日本推理小说经典馆

教室里的亡灵

[日]内田康夫 著

王延庆 译

群众出版社

目　录

引言

只要走进教室，我的精神便得到了解放，紧锁的心扉轻轻地打开，凉爽的清风吹遍全身。墙上、地上、天花板上渗透着教室特有的芳香，使人心情舒畅。我从内心里感到，教室是我唯一存在之所。

此时，正值午夜时分。岂止是教室，整个学校也看不见一个人影。正是因为如此，我的身心才得以安适。月光照射在窗前。黑暗中，在那微弱的光亮之下，三十几张课桌隐隐约约，依稀可见。课桌的主人——那些恶魔一般不断地发出喧嚣的饿鬼们早已不见了踪影。

曾几何时，我是这一空间的统治者和权威。只要我站在讲台上，随着一声“起立，敬礼”的号令，同学们便一齐向我致敬。我君临一切，自由自在地摆布着他们。他们则对我畏惧有加，不时地发出哀求，以博得我的欢心。我对他们满怀一腔热忱，倾注我全部心血，以激发起他们对知识的渴望。为此，我曾集学生们的爱戴于一身。我们双方确信，保持这种关系是我与他们之间达成的默契。那种时光，的确曾经流贯于这一空间。

不知从什么时候开始，十年前，不，或许是二十年以前，他们中间开始发生异变。我的命令得不到贯彻，教室失去了应有的秩序。他们为所欲为，肆意喧闹，有时甚至开始反抗。在忍无可忍的情况下，我不得不采取体罚措施。于是乎，他们跳出教室，立时便会招致家长的愤怒，有的父母甚至直接向教育委员会提起控诉。

为此，我离开了教室。然而，教室本身的魅力并没有消失。不，应当说是魔力。有证为据！置身于教室中的那种幸福感，即使在眼前这一瞬间，仍然紧紧地攫住我的身心，使我一刻也不愿离去。所不同的，只是在这一时刻，我的身边不再有学生环绕。或许，我所真正迷恋的，并不是那些学生，而是我所伫立的讲台。每当我背朝黑板，端视着全班同学，开始营造起课堂气氛时，那种压倒一切的优越感便油然而生。失去了这一优越感，我便失去了自身存在的意义。

如此这般，我在教室中度过的三十年时光犹如幽灵一般，记忆在一片昏暗的空间彷徨。我曾一度忠实地将我的一切全部奉献给我所伫立的讲台，却遭遇了挫折。我再也没有什么可以丢失的，没有恐惧，只是一味地被自己内心执著的理念所驱使，想要去实施正义的复仇。

噢，走廊里传来脚步声。那是我叫来的搭档。门被打开，黑暗中闪出一个人影。他心照不宣地向我打了个招呼，便走进了教室。他紧贴在我的耳边，低声道："对不起！来晚了。"

"不，不！并不太晚。"

"时机即将成熟。"

"是的。材料已经备齐，我打算明天就采取行动。"

"我也一起去。我们这里铁证如山。"

"非常感谢！"

"让我们一起干杯！我带来了凉咖啡！"

"太好了！今晚格外闷热，嗓子渴得直冒烟儿。"

我的搭档打开咖啡易拉罐，递到我面前。易拉罐表面凝了一层水珠。那冰冷的咖啡，使人感觉喝下去心底里都凉爽。

"让我们干杯！"

"干杯！"低声说完，我便一口气喝下了咖啡。一种苦涩的味道刺激着我的喉咙。那种刺激或许有些过于强烈，然而，我丝毫没有犹豫。接下来的一瞬间，我的胃里爆发出剧烈的疼痛。

这个，是什么东西……我条件反射地看了一眼搭档。黑暗之中，只见一口白牙发出了阴险的狞笑。

白色百叶窗的屋子

1

沿国道向右转，百米开外便可以看到学校那浅茶色的建筑。对于梅原彩来说，每天的这一瞬间，是她一天当中心理状态最不稳定的时刻。不仅情绪低落，而且心情郁闷，精神感到压抑，甚至心脏的跳动也会出现异常。

又是新的一天！彩一边暗自鼓起勇气，一边将目光投向学校对面、右手斜上方的那间屋子，确认着二层的白色百叶窗。

窗户打开着——今天或许有好运气——彩感到一丝安慰。听起来似乎有些荒唐，但白色百叶窗敞开的日子，她总觉得会有什么好事情。即使没有好事情，至少也不会出现特殊的麻烦。回想起来，第一次来到这所学校的时候，她便遇上了一件倒霉的事情。

位于群马县的高崎市立春日中学，对于彩来说，是她工作的第三所学校。

三年前，还是在东京上大学的时候，彩

便参加了教师资格考试。彩的家在涩川市。为了工作地点尽可能离家近一些……彩这样想着，从而选择了群马县。结果，她考试不及格。彩满有信心，却接到了不被录用的通知，对她打击不小。

可是，在接到这封通知书的同时，她随信收到了一封《临时教员聘用通知书》。这是一种制度，在不被录用的应试人员中择取优等人士作为临时教员，予以登记注册。据说这一制度的目的在于确保临时教员充足，以防止由于产假或病假造成师资力量的不足。

怎么办——彩犹豫不定。无疑，一旦作为临时教员被登记注册，便不可以到其他公司任职。按照规定，她可以做一些随时能够脱身的临时工，但不可以选择永久性的固定工作。什么时候会被教育委员会召唤，她根本无法预测。

这种不稳定的状态不可能持久。而且，临时教员的工作时间根据合同，全年不超过一百四十天。按每天一万日元计算，全年收入应当是一百四十万日元。

“一边做临时教员，还可以继续参加教师资格考试。梅原小姐的成绩排名非常靠前，所以我认为不应当放弃，应当继续朝着教师的方向努力。”

面试时，彩表达了自己的担忧，教育委员会的职员听了之后这样提出了忠告。为此，彩打定主意再考他几年，从而决定接受临时教员的登记。

“那么，马上就有一份工作。从四月份的新学期开始到九月份，请梅原小姐到N中学任教。”

彩当场被告知受聘。说起来理由很简单。女教师因产假停职两年，代替她的临时教员也开始休产假，为此需要彩做半年时间的临时代课教师。丝毫不费周折，面试会场就此成为了工作分配的场所。

面试的时间是在二月末，恰当就业去向尚未最终确定。更为幸运的是，N 中学所在的 N 小镇就在涩川市两个街镇外，从家里开车过去，不过三十分钟左右，距离非常近。

N 中学位于榛名山脚下的田园地带。全校学生总数不足二百。一个年级两个班，一个班三十几名学生，是一个规模较小的学校。学生家长多以农民和公司职员为主，此外也有小部分个体工商户。与城里的学校相比较，还算保持了质朴的一面。

即使如此，刚刚大学毕业的女教师仍然成了学生好奇的对象。正在休产假的临时教员佐藤不过三十多岁，但看上去俨然一个中年妇女的模样。开学典礼结束后，在体育馆的讲台上，佐藤亲自向学生介绍说，梅原“老师”将接替她教授六个月的课程。那一瞬间，全体学生不约而同地响起了热烈的掌声。这不仅让彩吃惊，甚至让其他教师都迷惑不解。

回到教员室，佐藤叹着气说道：“到底比不过年轻漂亮的老师呀！”惹得全体教师哄堂大笑。

如此这般，梅原彩的教师人生总算有了一个美好的开端。当她走进教室时，学生们的好感度之高，让气氛都变得缓和起来。同学们的课堂态度明显认真了许多。

彩教授的是英语科目。与学生在小学阶段便有优劣之分的数学相比较，彼此之间的英语水平差距没那么明显。这对于教师来说，负担也就减轻了许多。尽管如此，近来有些家长从幼儿园开始，便实施英语会话教育。不少家庭更是让孩子上英语私塾。据佐藤介绍，N 中学就有许多这样的学生。

“有些学生水平很高，所以一定要注意，不要被他们小看。”佐藤如此忠告道。彩却显得很自信。大学期间，她成绩并非很差，而且曾经上过走读的英语学校。论英语水平，她与美国商人之间的会话并无任何障碍。

她的实力，在最初的课堂有过表现。此次授课，佐藤作为旁听，一回教员室便再次感叹道："梅原小姐发音非常标准。"

彩在N中学担任一年级两个班和二年级一个班的英语教学。另有一名男英语教师担任二年级一个班和三年级的英语课程。彩不可能窥到对方的授课内容，因此也就无法判断对方实力。但是根据学生们传闻，似乎彩这边的口碑略胜一筹。当然，这似乎并非意味着彩的授课技巧高人一等，而是指外表的印象、人品的高雅，或者平易近人的风度。

由于接手了佐藤老师的工作，课程安排则尽可能注意沿袭佐藤的做法。作为临时代课教师，最应当留意的是，不给学生造成不连贯的感觉。教务主任耐心地嘱咐着。总之，不过是临时之举，无论怎样积极展开教学，也终将无济于事。而且，在试图探索教学方法的过程当中，时间早已悄悄流逝。

现在的学校秩序极其混乱。她经常会听到有人这样说。因此，家人很为彩担忧。然而，实际上并非如此。的确，每个班里都有两三个学生不能专心致志于课堂。但是，还不至于导致所谓的课堂崩溃。相反地，可以说，全体同学都对彩表现出了极大的善意。

七月份有教师资格考试。彩再次参加了，却仍旧以失败告终。尽管她取得了一定的好成绩，但鉴于录用人数有限，最终仍然没有能够逾越这一门槛。不知道什么地方出了毛病。算了吧——彩在思想上开始退缩，但总不能半途而废吧，于是习惯性地继续临时教员的工作。

按照预定计划，彩在N中学仅工作半年时间。暑假期间，她几乎每天都在家休息。实际上，作为领取日工资的临时教员，却不能像学生时代那样终日游手好闲。因此，对于彩来说，那无疑是一个严峻的夏天。

暑假过后，九月份新学期开始的第一天早上，彩将车停在学校的停车场。这时，一位女学生跑过来说道："啊，太好了！梅原老师，又见到你了！”那是一个在班里并不活跃，她甚至连名字都不容易叫出来的学生。“我还以为，到了九月份你就不会再来了。”她抽泣着，抬头望着比自己高的彩，眼里含着泪花。见此情景，彩也忍不住落泪。

这更加坚定了彩的决心：一定要成为一名教师。九月份结束，彩离开学校。许多学生集聚在校门口，为梅原老师送行。其间，有些学生喊道：“希望梅原老师能够再回来！”这得到了全体同学的一致响应。彩也大声回答：“我一定会回来的！”这时的彩忍不住泪如泉涌，以至无法看清挡风玻璃前方的道路。

2

那年十二月，再次传来教育委员会的召唤，到涩川北近邻的沼田市立Q中学工作。这次是代理一位因病休假的教师，期限未确定。彩曾问起病因，教育委员会负责人似乎不愿意做出明确回答。据说好像是心理上的疾病——说穿了，似乎就是神经功能不健全引起的疾病。另外的说法是，那是一位五十四岁、经验老到的男教师。按照教育委员会负责人的说法，“这个年龄的人，最容易犯上这种毛病”。

“您是说，容易犯这种毛病吗？”

“是的，但也很难一概而论。就是说，他对控制课堂完全失去了信心，内心极度烦恼，导致意志消沉。似乎只有一线的教师才能够知道，究竟为什么会造成这种结果。”

彩耳边响起了N中学临时教员佐藤的叹息声。旧式的英语教师，包括发音在内，接受的教育均是些未经实践的书本知识。而现在的学生，在私塾接受了先进的英语教育，就开始盛气凌人，毫不掩饰地以轻蔑的目光对待教师。

“你迟早也会有所体验。希望你努力，祝你成功。”

对方无意中说出的话，彩听来像是为出征的战士壮行，引起了注意。

这里与N小镇相比，人口增加了许多。每个年级百多名学生，学校规模也大了不少。然而，在跨进学校大门的那一瞬间，便会感到校园风气不正：所到之处一片嘈杂，学生们随意地上下打量着新来的彩，眼神给人以极坏的印象。

即将进入期末考试阶段，以三年级学生为首，人心开始涣散。学校里人与人之间关系冷淡。无论哪个班级，至少有十名以上学生不能专心致志于课堂。彩担任二年级的英语教学。学生上课时随便讲话，后面的同学根本听不到老师的声音。

“请大家安静些!”彩第一次大声怒斥着。

刹那间，教室里一片寂静。然而，那也只是转瞬间的事情。“讨厌!”有人大声叫喊着。他的名字叫门肋，是班里数一数二的坏小子。他高高的个头，大脑却停留在小学生水平。

“我说老师，你最多在这里待到春天，所以不要太认真。不如睁一只眼闭一只眼，到时候拿工资，其他事情跟你没关系。只要你别太认真，我们就不会说你的坏话，保证不到教育委员会告你的黑状。”

说是头脑简单，可关键时刻比起大人来还聪明。据说，这个学校的家长动辄就直接向教育委员会投诉。校长曾经嘱咐，对此要特别注意，并且提醒说，最好避免有刺激家长以及学生本人的言行。尽管如此，如果放任自流，则课堂纪律根本无法维持。

“话虽这么说，我可没有打算白拿人家的工资。而且，你这样做影响了大多数同学上课。大家学不到知识，你能负得起责任吗?”

“算了吧！什么大家？没有人愿意听你讲英语。大家说，是不是？有谁敢说不是吗?”

令人失望的是，班里一下子变得鸦雀无声。竟然没有一个人敢于站出来与那个坏小子抗衡。

“难道大家都赞成门肋君的意见吗？我看不是这样。只是他很厉害，大家不敢说话！那么好吧，我们来表决。大家听好，凡是不愿意上英语课的同学，请举手！”

那个坏小子及其一伙人六七个立刻举起了手，其他人则低着头不做声。

“那么，愿意上我的英语课的同学，请举手！”

同学们战战兢兢地看看周围其他人，两人，五人，最后，近半数同学举起了手。然而，人数仍然不到一半。

“喂，你看！果然，还不到一半儿。”那家伙得意地说道。

“尽管人数不到一半，但只要有人愿意上课，我就有义务继续教下去。这些人也有权利接受教育。你没有权利妨碍他们上课。这所学校，以至这个课堂，都是由国民的税收来维持的。如果你妨碍课堂秩序，那就是妨碍执行公务。”

对此，那个坏小子多少显得有些胆怯。然而，他立刻又虚张声势地反问道：“什么？妨碍执行公务，那又怎么样？要逮捕我们，交给警察吗？”

“这里是学校，老师不会叫警察。学校的秩序要靠我们这些教师，和你们这些学生共同维护遵守。为此，请你自觉，并采取负责任的言行。”

“负责任！我怎么负责任？”

“这一点请你自己考虑！你已经不是小学生了。”

“我没有那么聪明，不明白。你说我应该怎么办？”

“你可以什么都不做，但请你首先要保持安静！”

“我不可能保持安静。讲话是我的自由。我有言论自由。”

“言论自由也要看时间和场合。音乐会上随便讲话，就会被人轰出去。”

“我才不去听什么音乐会。”

“学校的课堂也是一样。如果干扰别人上课，也要被人轰出去。与音乐会不同的是，中学是义务教育的场所。就是说，你们不但有接受教育的权利，而且还承担着义务。这是法律的规定。”

“这种法律规定，又不是我制定的，和我没关系！”

“并非。只要是日本人，只要生活在这个社会，就必须遵守这个社会的法律。那么我问你，你以后学不学开汽车？”

“开车？当然啦！”

“可是你知道吗，汽车按照规定，必须沿道路左侧行驶。开车是你的权利，但汽车沿左侧行驶则是大家的义务。如果不遵守这一规定，道路就会发生混乱，就会出现交通事故。这就是社会的规则。国家通过法律，保障你们上学的权利。但与此同时，又要求你们行使接受教育的义务。这就是学校的规则。不遵守交通规则的人，就要被吊销驾照。如果被剥夺上学的权利，不是很痛苦的事情吗？”

“我一点儿也不感觉痛苦。”

“嗯？那么，你为什么要到学校来呢？”

“不为什么！”

“不为什么？难道说，你到学校来没有任何目的吗？那是不可能的。大家不是为了学习才到学校来的吗？”

“我不喜欢学习。爸爸让我上学，我没有办法才来到这里。”

“你爸爸希望你到学校来做什么？难道他不希望你在学校好好学习吗？他总不会说，课堂上可以随便讲话，可以干扰别人上课吧！”

“爸爸什么都没有说。他只说让我去学校。”

“就是说，你爸爸怎么说你就会怎样做，对吗？那好吧，让我见一见你爸爸，请求他告诉你应当怎么做。”

“算了吧！这和爸爸没有关系。我明白了。只要我不妨碍别人就可以了，对吧？那么我可以离开这里！”说完，便飞快地跑出了教室。彩急忙喊着“等一等”，但他似乎根本没有听见。

下课后，这一“事件”便成了教员室议论的话题。教务主任走过来对彩说：“梅原老师，请到校长室来一下！”

彩在老师们的众目睽睽之下，走进了校长室。见彩进来，校长愁眉苦脸地说道：“事情非常糟糕！”

彩按照校长的要求，一五一十地将事情经过说明了。任何人听了，都会认为那个家伙无理，无法对彩进行指责。实际上，无论是校长还是教务主任，都认为彩的表现无可挑剔。

“可是，事情非常糟糕！但愿不至于惹出麻烦。”校长嘴里嘟哝着，不停地发着牢骚。

第二天一大早，“麻烦事情”便成为现实。那家伙的父亲带着孩子，气冲冲地闯到学校。也不顾学生们正在上课，便要与校长谈判，并要求“交出那位英语教师”。那声音震撼了整个走廊。无奈，校长只得按照对方要求，请出了梅原老师。

彩接到教务主任通知，将刚刚开始的课程改为自习，一个人来到了校长室。

对方摆出一副傲慢的姿态，站在一旁的坏小子则显得畏缩了。彩上前打着招呼，对方却暴跳如雷，大声叫喊：“把我儿子赶出教室的是不是你？”

“岂有此理！您的孩子自己要离开教室，我极力劝阻，却无济于事。”

“如果不是你无理对待学生，他会离开教室吗？我的孩子有接受教育的权利。为此，我曾经向政府纳税。或许，这个学校不愿意接收黑社会的子女，是不是？”

从这一句话，便可得知那坏小子父亲的“职业”。彩一下子明白了班里同学和老师们唯恐惹出是非的原因所在。其后，便是那坏小子的父亲一阵无休止的叫喊。无论彩如何反驳，对方根本不予理睬。在他们看来，这无论如何是教师的错误，而录用这一教师的学校也存在着问题。

“无论怎样，借口病假或者其他什么理由就随便回家休息，而让这种年幼无知的女教师来顶替，这本身就是大错特错。”

这反倒成为了事情的起因。本来以为校长能够出来做个主，看来校长根本靠不住。他嘴上说着“好啦，好啦”，一味地劝解对方不要发怒，以息事宁人。

“您说得有道理。都是学校不好。梅原初来乍到，还不习惯，教学方法也存在问题。但尽管这么说，梅原完全是出于对教育事业的一片热心。只是还年轻，难免失误。本人也表示今后不会再发生类似事情……”

校长的话令彩震惊。她正打算反驳：“怎么能说是失误……”却被教务主任赶忙制止了。

“算啦！我看，大家最好心平气和。”校长也瞪了彩一眼，堵住了她的嘴。

那天总算平安无事。但彩的愤怒却无法平息。这不仅仅是校长或教务主任的问题，说明学校自身的体制已经开始腐烂。如此扰乱课堂秩序，学校对此却无能为力。这不能不让人感到痛心。五十四岁经验丰富的老教师，最后落得神经功能障碍。这与长期得不到学校方面的支持息息相关——彩似乎开始意识到这一点。

那位因病休假的教师，于四月初返回了学校。三月底，彩在未能来得及适应学校环境的情况下，便结束了在Q中学的工作。奇怪的是，自从那天以后，那个坏小子像是换了一个人，变得老实起来。他父亲来学校大吵大闹的第二天，彩在走廊里与他迎面相遇。他悄悄地走到彩面前，低着头小声说道：“对不起!”

彩吃了一惊，不禁说道：“没什么。”这便成为了他与彩之间唯一心平气和的对话了。

3

停好车，彩再次抬头望了一眼那白色的百叶窗。百叶窗敞开着。里面的玻璃窗和窗帘却紧闭着。窗户里面的主人会是怎样一个人？自从来到春日中学任教，已经过去三个月了，彩却从来没有见到过那家主人的身影。

那房屋看上去已有五十余年的历史，是一个人字形屋顶的建筑，与对面的学校似乎在同一时期建造。这一带在高崎市内属于新开发地区，据说战后发展迅速。

整座房屋显得朴素、低调，属于西洋式建筑。只有那白色的百叶窗向外突出，表现出强烈的对比。里面究竟住着什么人？这不由得引起人们的好奇。沿道路围起的是一堵一人多高的院墙，遮挡住了行人的视线。入口处，是一扇顶部带屋脊的推拉门，旁边是一个车库。彩曾对车库给予了极大关注，但从未遇到过车库大门开启的时候。

下了车正准备离开，身后传来了问候声。“早上好！”高田育子从后面赶了上来。高田育子是四名英语教师中资历最老的，担任主任职务。年龄似乎在五十开外，却显得非常年轻，看上去最多不过四十岁左右。高田年轻时曾在东京一家出版社从事翻译作品的编辑工作。为此，她的英语知识极其丰富。可说到实际会话，她经常哀叹着气说道：“无论如何也比不上梅原老师。”

“梅原老师，每天很准时呀！”尽管她开车来上班，也让高田感到佩服。行动准时或许是梅原的特长。从涩川到学校，大约需要四十分钟。途中只要不出现特别的堵车，时间始终一定。无疑，彩总是略微提前一些出发，在即将到达学校附近时，再对时间进行细微调整。如果时间过早，对“气氛”不适应，则一整天都会不舒畅。高田则步行去学校。按道理，与彩相比，她更容易掌握时间。然而就像今天一样，高田与彩的到校时间经常差不多。

春日中学出勤时间是早上八点十五分。所有人都必须准时参加早上的教师会议。说是教师会议，实际上只是个碰头会。八点三十分打响上课铃。十分钟的碰头会就当天工作内容进行确认。例如：放学以后，美术组的活动需要使用一部分操场，望大家予以协助，等等，诸如此类的协调事项。

彩到任后不久，便接到教务主任的请求，担任田径队顾问。这让彩不知如何是好。她身高一米七三，亭亭玉立，所到之处人人称赞："学生时代必定是个排球或篮球运动员。也许是撑竿跳健将。"然而，她这是真正的徒有其表。称得上运动的项目，彩有生以来不曾接触过一个。贯通于初中、高中、大学，彩始终隶属于管弦乐队，演奏单簧管。"田径队顾问？简直就是赶鸭子上架。"

彩正要拒绝，教务主任却满脸堆笑地点着头。"不必担心。说是顾问，其实另外还有教练。你只要和同学们一起跑跑步而已。"

"我最不擅长跑步。运动会上我总是最后一名。"

"哈哈，并不是要你和学生们赛跑。你只需要在练习开始和结束时发一声号令；在选手选拔会议上提出自己的意见。总之，就是管理课外小组活动的负责人。"

被教务主任的花言巧语所蒙蔽，彩糊里糊涂地接受了请求。然而，每次参加田径队活动都让彩感到十分尴尬。

春日中学在高崎市棒球、足球、排球和篮球比赛中均取得过优秀成绩。教学楼大厅的墙壁上满是奖状和奖杯。田径队的实力，也曾经在高崎市中学校队中名列前茅。然而，近年来似乎处于停滞状态。据说，原因是由于前任顾问态度不积极。

学校老师们似乎都不愿意谈论这件事情。前任顾问是位国语教师，今年五十六岁。按照鼓励提前退休的规定，已于年度末退休。据说，原因之一就是因为田径队顾问的压力太大。

由于有着以往的光荣传统，毕业生以及家长们对比赛成绩寄予的期望值非常高。比赛成绩不佳，则将责任归结于顾问的指导不力。一些家长甚至抱怨，我家孩子小学时很有天赋，自从进入中学以后，成绩却一直得不到提高。“必须严格加强训练。”家长们异口同声地说道，并指出前任顾问在这个方面过于放纵。

去年夏天的比赛，春日中学落得有史以来最为悲惨的结果。其原因在于，比赛之前几乎没有进行过像样的训练。为此，前任顾问曾经受到猛烈的抨击。

梅雨季节，队员们不到操场上练习，而是在室内利用楼梯进行上下台阶的跑步训练，借以敷衍了事。按照顾问的解释……临比赛之前，不能让队员们患上感冒。这种担心或许是正确的。雨中训练，结果只要有一个队员感冒发病，立刻便会招来家长们的攻击。然而，这却引起家长们议论纷纷。

比赛结束后，紧急召集了家长会议，顾问教师受到了大家一致的谴责。“下一点儿小雨，就不到室外训练，是不是顾问本人想偷懒儿?”

“这样轻轻松松的训练，根本不可能取得好成绩。”

“两年半时间，选手们期待着在比赛中取得好成绩，为此进行了不懈努力，然而全都落了空。对此，你究竟打算如何负责?”

原本就身材瘦小的顾问教师，此时显得更加憔悴。不仅家长，田径队的队员也趁火打劫，明目张胆地与顾问教师对抗。他们不服从顾问教师的训练指示；迎面走来竟然视而不见；有时还冲着窗外喊上一句“见鬼去吧”。结果，那位教师患上了身心障碍的疾病，从秋天开始抱病在家，年度末退休。

彩并没有亲眼见到过那位教师。然而，只要听听别人的介绍，便可以想象到此事并非与已无关。目前，彩正处于相同境遇之中。不久，就将要面临夏季比赛，同样正值梅雨季节。幸运的是，今年的梅雨势头不大，几乎没下暴雨，对选手在雨中训练并没有造成多大障碍。

尽管如此，对于根本不懂指导方法的彩来说，却很难做到去提高选手的水平。其实，选手们并没有指望能够从这位无能的顾问那里得到多少指导，而是按照外聘教练的训练计划，在三年级同学大木贵队长的带领下各自训练。

“这种情况合适吗?” 彩在教师会上表示了担忧。一位名叫古贺浩美的柔道队顾问教师立即安慰道：“没有关系。”那是一位比彩年长五岁、身材略微矮小的女教师。“我也一样，从来没有学过柔道，也担任着顾问工作。”

据说，古贺的指导方法是抱着胳膊，站在柔道场地一角，发现有偷懒的选手就大喊：“喂，请注意!”同时用手招呼着，“认真训练!”

尽管是外行，但在彩眼里，似乎这个学校的运动水平很高。如果自己有能力指导，将会给大家带来极大帮助。彩向大木贵表达了自己的心情，并对自己不能够提出合理建议而表示深深的歉意。

大木贵听了以后非常吃惊。他盯着彩看了很长时间。他无论如何也没有想到，老师会如此坦率地向学生道歉。

“老师，请不必担心！我们会认真训练。老师只要站在一旁看着，指点一下就行。”这话像是对自己的安慰，彩听了以后心里暖乎乎的。看来，他们也并非全是坏小子。

尽管如此，家长们可是丝毫不留情面。每到训练时间，有些家长必定前来观看。一位一千五百米长跑选手的父亲在选手跑到最后时刻大声提醒道：“最后一圈。”那声音从彩身后传来，让她浑身颤抖，似乎在向她发问：“顾问老师，你在那里干什么呢?”

尽管也存在许多不尽如人意的地方，但彩的教师工作却一步一步地走上正轨。然而，随着梅雨季节的结束，在炎热的夏季即将到来前夕，发生了一件预示着可能出现异变的事情。那天，白色百叶窗紧闭着。

4

英语课由四名正规教师轮流担任，每人每天平均三个课时。此外，还有一位 ALT（语言辅导教师）按照三节课一个课时的比例进行辅导。现在的这位 ALT 是去年来到日本的名叫格林的美国青年。他与正规教师组成小组，主要进行发音和对话指导。

彩负责一年级和二年级的英语教学。目前，在许多学校，学生的社会能力和学习态度均成为重大问题，严重的学校发展到“班级崩溃”的地步。春日中学在高崎市公立学校当中却是数一数二的优秀学校。学生表现出良好的素质，教学秩序基本保持正常。对于年轻教师彩来说，被分派到这所学校，无疑是极大的幸运。

这一天是格林参加课堂辅导日。有关授课形式，前一天与格林商讨过，共同制订了教学计划。格林比彩年长三岁。但他对作为正规教师的彩极为尊重，两人配合得天衣无缝。从创造学习气氛开始，通过与学生互动，利用情景教学方式，使同学们掌握动词的格式变化以及疑问句的构成。对于彩的这一教学计划，格林心领神会。

同学们也是一样，比起其他课程，由于有外籍教师参加，对他们形成了刺激，从而显示出积极的学习热情。

尽管上任时间过了三个月，彩仍然没能摆脱紧张情绪。授课时，她便要全力以赴。为了在授课时间内使学生始终保持最大兴趣，她必须关注三十五名学生的整体情绪，并在此基础上开展教学。这无论在精神上还是肉体上，都需要消耗极大的能量。在后半堂课上，要进行一种称为“交流活动”的游戏会话。具体的方法是，全体学生离开座位，自由选择对方，提出简单的疑问句并要求回答。交流活动顺利结束的可依次回到自己座位。这种方法，最初受启发于曾是英语教师的学校校长。开始时，彩对于能否恢复课堂秩序不太有把握。

最初，彩看准课堂剩余时间，宣布了游戏的时限。然而，离开座位的同学们大声喊叫，教室里一片混乱。彩开始担心事态得不到控制，甚至被邻近教室提出抗议，但没有想到的是，倒计时结束时随着彩一声“注意，停止”的口令，教室像落潮一般变得一片寂静。这时的学生让彩从心底里感到可爱。

在逐渐掌握这一授课技巧后，彩对教师职业开始产生了浓厚的兴趣。但是另一方面，由于消耗过多精力，她的身心感觉疲惫不堪。

彩第一次走上讲台，是代理休产假的教师。第二次，也是代理因病休假的教师。这样不知不觉地，她便产生了短期的“临时”观念，思想上无所顾忌，想着失败的话可以随时离开。然而，一旦被春日中学正式录用，心里的感觉就完全不同。说起来，就像短期决战与持久战之间的区别。无论发生任何事情，都不可能一走了之。随着责任感的加重，彩的工作斗志被激发起来了。

站在讲台上环视学生，感觉他们像是善意的听众，时而又感觉他们像是一群充满敌意的猛兽。或许，学生的确同时具有这两方面的性格。对于学生来说，教师是作为指导者或主宰者，时而又像艺人，具有光辉灿烂的一面。相反，为了满足学生们隐藏在内心深处的残忍的进攻本能，有时教师又会成为他们绝好的鱼饵。

目前，不知是受惠于学生素质的健全，还是彩的艺术性格给了他们以好感，总之，学生方面的反响近乎完美。但是，如果因此而放松警觉，忽视教学内容，或者显示出失态，则不知道什么时候情况会急转直下。有些教师就是因为这些原因，遭到了学生及家长的反叛，不得不离开学校讲台。

第六节课结束，与学生一起大扫除并参加完教师碰头会后，彩便开始了课外活动的监督指导。她换上运动服，站在了田径活动训练场上。并没有什么特殊的指导，她只是眼睛一刻不停地注视着训练场地。在这里，出现任何事故，学校都必须承担全部责任。前不久，横滨的一所学校由于学生过失，抛出的铅球砸在附近学生身上，造成了重伤事故。

即使不是这种人身事故，烈日当头时的训练过度也可能导致运动员脱水。此外，训练时还可能发生高年级对低年级学生提出苛刻的训练要求。对此类事件，也必须引起警觉。

关于这一点，目前在田径队大木贵队长的带领下，全体队员始终团结一致。大木贵是个身材高大、体格健壮的少年。与那高大的身材形成对照，他的瞬间爆发力极强，短距离及中距离跑步、跳远、投掷等项目无所不能。他本人抱负不凡，希望将来成为田径十项全能选手。大木贵帮助田径知识甚少的顾问教师，协助外聘教练，关心每一位队员，从而享有很高的声望。有了大木贵，彩总算勉强承担起了顾问的职责。

静校的铃声响起，彩结束了一天的工作。她换好衣服，回到教员室，整理完剩余的功课，并准备好第二天的课程。离开校园的时候，将近晚上七点钟了。

回到车里，与外界隔绝的那一瞬间，彩深深地松了一口气。与此同时，她开始感到极度的疲劳。这种情况每天如此。按照前辈教师高田育子的说法："终将有一天会习惯这种生活。"

高田五十二岁，与彩年龄之差犹如母女。据说，高田已有一子，业已独立，但她看上去非常年轻。这使得年轻的彩不得不自愧不如，高田总是精力充沛，让人羡慕不已。询问其中的奥秘，高田则微微一笑道：“和孩子们在一起，老了怎么可以？教室就是战场，教师就是战士。面临众多敌人，如果胆怯示弱，只能落得一败涂地。”

“说得好！”彩从心里感到佩服。毫无疑问，正是因为高田那样有着坚定信念、积极热情的教师，才使得这个学校的教学活动得以顺利进行。

听彩这样一说，高田会意地笑了。“我刚来的时候，这里也是一片混乱。那时的老师和我不一样，多数温顺，而且随声附和。他们哪敢对抗，甚至一句严厉的批评都不曾说出。如果稍加斥责，学生立刻便拒绝到学校上课，家长也会来学校大吵大闹，最后校方不得不出面道歉。”

“面对这种情况，学校就无法向家长指出孩子的问题吗？”

“学校对此无能为力。据说，家长动辄向教育委员会提起控诉。如果学校屈服于压力，学生也会如此效仿。芝麻大的事情也要向教育委员会汇报。那时的校长软弱无能，对教委更是百般奉承。这一点，现在的校长还算有骨气。他始终坚持自己全权代表教委，我们也还感到放心。”

的确，彩从校长那里受益匪浅。他不但在教学方面提出许多建议，甚至彩不熟悉的田径队顾问工作也得到了校长的莫大支持。训练时，彩站在一旁，稍有不注意，学生便贪图安逸，校长便会站出来鼓励。有些多事的家长对孩子的训练横加干涉，让人无法忍受。这时，校长便会上前婉转地提出批评，并予以制止。

“至少今年有校长在，我们不必担心。”言外之意，明年以后的情况则变幻莫测。现在的校长年底即将退休。

“在此之前，你要让自己站稳脚跟哟！”高田的话不知在安慰，还是在鼓励。

危险的男人

1

走出校门，无意中抬头望去，对面屋子的白色百叶窗敞开着。早上看见时的确是紧闭着的。无疑，是什么人打开了窗子。说起来与己无关，可彩总觉得里面有人居住。于是，她不知为何，竟从心里感到安慰。

这一带地处住宅区，往来行人寥寥无几。白天在校园感觉不到，早晚上下班的路上很少遇到行人。或许，这里是小型化家庭集中的地区。实际上，据说与春日中学相邻的几户人家，没有一位学生在本校就读。出生率下降的冲击波正在步步逼近。

孩子们的身影从视野中消失，引起了诸如彩这些年轻人的不安。人们自然会想到，该不会是那些夫妇都没有孩子吧？否则，孩子们都去了什么地方？

离开学校向高崎车站方向行驶，不久便来到一家叫作“百合超市”的超级市场。店内规模不大，但在高崎市内以销售高档商品而闻名。高崎去东京乘新干线不足一小时，在所谓的通勤范围之内。为此，从高崎市乘车到东京工作的公司职员在逐年增加。为了满足这些人的高档需求，据说店主人非常注意商品的选择。

彩时常在回家途中顺便到这里购物。通常，父母总要等彩回家共进晚餐。同时，父母也请彩代为采购一些食品。这个季节，只有在这个商店才可以买到深受父亲喜爱的“关东煮套餐”。通常，一般人在盛夏并不吃这种关东煮。可父亲和母亲，甚至彩本人也对此情有独钟。而且，这个店里还销售彩喜欢的品牌的冰淇淋。

这个时间，晚上购物高峰已告一段落。停车场内到处有车位。彩将车停好，沿店内通道向食品专柜走去。这时，她无意中感觉到了一个视线，就把目光投向了对方。

一个男人正朝她的方向走来。他推着一辆购物车，车里装着一个购物筐。他知道彩有所察觉，便露出白色牙齿笑着，略微点了点头。彩被动地还了个礼。这是一个不曾相识的男人。

男人走上前来，嘴里说道：“噢，好久不见！”看上去年龄三十多岁，身材高大。就是女人里属高个子的彩，也需对他仰视观望。而且，他算得上十足的美男子了。一件意大利名牌的白地儿蓝色条纹运动衫胡乱穿在身上，看上去并不令人厌恶。

“噢，好久不见！”无奈之下，彩也打了个招呼。彩不曾记得此人。然而，从对方“好久不见”的语气当中察知，彼此似乎并非初次见面。或许，是哪位学生的家长。为此，她不能有丝毫的怠慢。“是来买东西吗？”说完以后，她又觉得问题可笑。彩自我反省着，来超市如果不是买东西，便是偷东西。首先，彩手里只提着上班用的手提包，并没有拿着表明是在买东西的购物筐或推着购物车。

“是的。你也来买东西吗？”那个男人顺势说。

“是的，我来买晚餐食品和冰淇淋。”说了以后，彩立刻又开始反省了。晚餐的食品还说得过去，说买冰淇淋则完全没有必要。

“啊，我也一样。你买什么牌子的冰淇淋？我可是只要香草味道的。吃抹茶冰淇淋的人简直就是外行。”

“是呀。我也同样只要香草的。”彩说的并非真话，她本来打算买抹茶冰淇淋的。为此，她不得不补充一句：“可是，父亲喜欢抹茶味道。”

“是的，上了岁数的人喜欢抹茶。”男人笑了笑，淡淡地说了声“对不起，我先走了”，就推着购物车离去了。

由于目的地一致，彩故意取岔道，先拿了一瓶事先并无计划的橄榄油，借此调整了一下时间。然后，又到食品专柜取了一袋关东煮套餐，最后向冰淇淋柜台走去。因为手中没提购物筐，空手拿着东西，再要取冰淇淋着实有些困难。正当彩为这区区小事烦恼时，突然间又遇上了那个男人。

“啊，怎么啦？”他难为情地抬起了手。“手里拿不住吧。这里，东西放在筐里吧！”他非常体谅地指了指购物车上的购物筐。那筐里盛了些牛肉、蔬菜及豆腐等，看来全是些做牛肉火锅的材料。彩寻思着，或许是受夫人嘱托前来采购食品的。

“对不起！”承蒙对方的好意，彩将橄榄油和关东煮套餐袋放进了购物筐。然后，又与那男子并排站着，将冰淇淋放入了购物筐。此时，彩并没有过多地联想什么。

店内遇到的一位女子向男子打着招呼：“晚上好。”随后，意味深长地笑了笑，又惊讶地叫了一声“啊”。此时，彩方才如梦初醒。和一位男人推着一辆购物车购物，这在外人看来，不是夫妻便是同居的恋人。想到这里，彩突然感到脸上一阵发烧。

“我先走了。”慌乱之中，她急忙抱起自己的东西，一股脑儿地放在收银台上。付了钱，将所购物品及冷藏剂放入食品袋，她一溜烟儿地朝大门口走去。回到车里，她的脸涨得通红，甚至能够听到心脏“砰砰”的跳动声。

真见鬼！怎么会是这样？彩感到怒不可遏。当然，并非对那个男人，而是冲着自己。为什么会如此动摇？这在自己二十五年的人生当中还是第一次。

是一见钟情？简直一派胡言！彩冲着反光镜中的自己苦笑着。在一片愤怒的情绪当中，她转动了点火开关的钥匙。

说起一见钟情，那还是五年前彩的学生时代，曾经有过一段痛苦的经历。吹奏乐团中有一位比自己大两岁的男生，后来回想起来，彩险些被他花言巧语所欺骗。男生与一个做女招待的女人半同居在一起。周围许多人都有耳闻，唯独彩在长达一年多的时间里，在被蒙蔽的情况下与他交往着。

不忍心看下去的朋友嘱咐彩，“当心，不要上当受骗”，而彩却执迷不悟，认为那都是恶语中伤，迷迷糊糊地上了他的贼船。

从那以后，彩便失去了对男人的信任，甚至失去了对所有人的信任，长时间萎靡不振。其后，曾有多位男士试图同彩接近，她却根本不予理睬。一名教授曾经帮她在东京介绍了一个很好的就业机会，却遭到她的断然拒绝，进而选择在家乡任教。原因亦在于此。

两次临时教师的工作经验，成为对彩的最佳考验。在发现人生意义上，她有了极大的收获。彩开始认识到，每个人在性格上千差万别，并深深体会到人生价值与意义的重大。

特别是来到春日中学以后，彩感觉每天生活非常充实。男人对于她来说，已经毫无意义，结婚更是大可不必。她变得更加独立了。然而，就是在这种情况下，却发生了今天的“事件”。

回到家，母亲已将晚饭准备停当。父亲坐在饭桌前，就着母亲亲手制作的煮小公鱼喝着啤酒。见彩回来，便说道：“喂，买抹茶冰淇淋了吗？”

“买来了。可是，喝着啤酒，怎么还想起来要冰淇淋?”

趁着冷冻剂还未失效，彩将冰淇淋取出，放入冰箱，又将关东煮从食品袋中取出，放在锅中加热。父亲探过头来说：“太好了，今天有关东煮!”说完，又赶快回到饭桌前。母亲则责备道：“老头子，还没热呢！等彩换了衣服，大家一起吃。”

父亲雄一朗在涩川市政府工商产业科当科长。据说明年有可能升为部长。为了给独生女彩积攒学费，送她去上私立大学，父亲着实付出了辛苦。然而，雄一朗却从来没有一句怨言。

母亲千鹤子出身于“女人当家”的上州地区。然而，她却是少有的矜持寡言，万事总要先征得丈夫的同意。母亲不时也做些诸如临时工之类的工作，以贴补家计。虽然普普通通，但在女儿的眼里，却是一对和睦的恩爱夫妻。

由于彩做教育工作，因此，梅原家饭桌上的话题自然更多的是有关教育的问题。经常是雄一朗一句“怎么样，最近还顺利吗”，便引起彩在学校里的一系列话题。

三个月以来一直围绕着同一个内容，话题也逐渐趋于单调。但对于雄一朗来说，却永远显得兴致盎然。特别是对于最近学校出现的混乱现象，雄一朗感到十分痛心，不时深有感触地说道：“我们小的时候……”

大约十年前，NHK 电视台报道过大阪一家小学“班级崩溃”的事件。学生们在教室里随便走动，大声喧哗，互相打闹，有时甚至污辱教师，让人难以置信。当得知彩选择教师这一志愿后，雄一朗以此为由，曾经极力反对。“有经验的老教师都得了精神分裂症，不得不辞职。年轻的女教师不是也被逼得走上自杀的道路吗？那种地狱一般的地方，你绝对不能去!”

即使如此，彩最终还是选择了“地狱的道路”。在险些患上孤僻症的时刻，进也罢退也罢，总之也要走向地狱。无疑，当时的彩正是出于这种观念。然而，事实证明，彩的选择是正确的。

在得知学校现状之后，雄一朗总算得以安心。可是，仍然不能保证她从此不再陷入“地狱”。

“现在最大的问题是，学生们不懂得如何尊重老师。他们对待老师就像对待同伴一样。我们那个年代，老师就像上帝，具有至高无上的权威。学生可以不听家长的话，但必须听从老师的教诲。父亲也是这样教育孩子的。然而，现在却是怎样一个情形？家长唆使孩子污辱教师。家长的学历提高了，有些还是东大毕业，就开始看不起老师。既然把孩子交给了老师，就应当在孩子面前树立起教师的绝对威信。做了坏事，必然要受到惩罚，甚至应当让孩子们知道，有时可能还要遭老师的鞭笞。”

“不可以实行体罚的。”彩赶忙制止道，“这种话可不能到外面说。爸爸您好歹也是公务员。这样说话，会给自己带来不必要的麻烦。即使有正当理由，教师对学生实行体罚必然会引起轩然大波。”

“噢，就算不可以鞭笞，也有其他惩罚措施。例如，在走廊罚站，双手提水桶，围着操场跑十圈，扫厕所……”

“不行，不行。这些都不行。”彩惊讶得笑出了声。“现在的年代，与爸爸和我们那个年代不同了。无论使用什么样的方法，只要是体罚，就会被指责为歧视，或者是践踏未成年人的人权，就有可能被提起诉讼。”

“正是因为学校对此有所顾忌，才使得学生及家长越发肆无忌惮。在家里不能受到良好的影响，就要接受学校的教育。对此，如果心怀感恩戴德之心，就不会有那么多的不满情绪。”

“喂，我说老头子，快吃饭吧！”如果不是千鹤子出来干涉，雄一朗那激动的心永远不会自动冷却。

2

在学校教学秩序混乱得到一定程度整治的今天，引起彩担心的另一个问题是学生学力的下降。彩上学的时候，对此并没有感到过担心。然而，最近在与世界各国的比较当中，日本学生学力的下降异常显著。

出现这种现象，在某种意义上讲是必然趋势。彩自己也这样认为。

在“宽松教育”的名义下，每周五天学制，教学时间大幅度缩减，让人担心这是否有利于孩子的成长。

彩毕业于涩川市内公立中学，而后进入东京的大学设在高崎市的一所附属高中。幸运的是，这两所学校均未经历过“教学秩序混乱”的冲击。可是，据高中同学介绍，在群马县内的中学，有些学校情况十分严重。“因为不能保证课堂秩序，在学校无法正常学习，学生只得去上私塾。结果，同学之间的成绩差距越来越大。”

由于实行了宽松教育，学生去私塾的时间变得充裕。

“所谓宽松教育，实际上是使经济宽松的家庭受到恩惠。”如此大发议论的男学生以全校第一的成绩高中毕业后，顺利地通过了东大的入学考试。

正是因为有了这一体验，彩从心里觉得，即使在宽松教育的体制下，也希望自己的学生能够得到充分的学习机会。至少彩不希望看到，去私塾学习的学生与没有能力上私塾的学生之间成绩出现差距。

第二天第一节课是二年级A班的。彩走进教室，像往常一样向大家问好：“Good morning!”然而，回答却是五花八门，其中还掺杂着口哨声。

待要走上讲台，她却发觉黑板上画着一张漫画。一个男人推着购物车，一个女人紧靠在男人身旁。手法非常高超，彩正要发怒，却不得不为那精湛的绘画技巧赞叹不已。

嫌疑人立刻浮出了水面。那是一位名叫桥本逸人的喜欢画漫画的学生。如此看来，或许他昨天在百合超市目击了那一场面。

“画得很好呀！是你画的吗？”

“是的。”被人如此追问，他只得低头承认。这是一个平日不太张扬的少年，但也有跟在别人后边随声附和的轻浮一面。“那个人，是你哥哥吗？”

“不是。”

“啊，真的吗？和你长得一模一样，非常英俊。我还以为他一定是你家兄弟。”桥本偷偷笑着，摸了摸头。

“老师，是不是要结婚啦？”旁边传来女生的声音。她叫及川爱结，是班里有名的美少女，立志要成为一名演员。

“哈哈，昨天刚认识的人就要和他结婚？那是不可能的！”

“那么，是不是将来有可能结婚？”

“不许胡说……”彩挥了挥手。这时，不知是谁拍着手高呼：“结婚，结婚！”于是，全班开始和着拍子齐声高喊：“结婚，结婚！”彩也不甘示弱，挥舞着教鞭，像是拿着根指挥棒，随着学生的节拍喊道：“结婚！结婚！”看到大家开始疲劳了，彩将指挥棒一横，打出了一个休止符。此时，令人惊讶的是，欢呼声顿时变得鸦雀无声。白天的电视节目当中，有一个田森指挥全场拍手的场面。估计学生们一定是受到了它的影响。

“现在是英语课，我希望大家能够说英语。及川同学，请你告诉我，结婚用英语应该怎么说？”

“Wedding。”及川站起来，得意洋洋地回答道。这时，从相反方向传来一个声音：“不对。”

“是的。Wedding 更多的是指结婚仪式。你可以说 Wedding

Cake。那么，渡边同学，请你告诉我什么是正确答案。”

渡边站了起来，发音端正地回答道：“Marriage。”

“是的，完全正确。这个词可以这样使用：‘I propose marriage to her’，意思是，‘我向她求婚’。”彩转身面向黑板，把英文句子板书了。“这句话请大家记住，或许会有所帮助。最后一个词‘to her’可以改写为‘to you’。”于是，大家安静了下来。险些陷入混乱的教室气氛总算转向了正常，开始进入课堂教学。

下课后，彩走出教室，桥本从后面追赶上来。“老师!”彩在楼梯拐弯处被叫住，本以为他要道歉，却没想到他只说了声，“那个家伙，你最好提防着点”，便向楼梯上面跑去了。

周围有许多同学，彩没能来得及问个究竟。这，到底是怎么回事!

然而，彩能够想象得到桥本想要说的话。他是指昨天的那个男人。最好提防着点儿，就是说，这意味着他是个危险人物。同时，还可以想象得到危险所代表的含义。它让人联想到“玩弄女性”、“蒙骗妇女”等。

可是，这与自己有什么关系？只见过一面，况且今后也不会再见面。然而，男人所说的“好久不见”，却让彩始终耿耿于怀。如果是第一次见面，并不会是“好久不见”。或许，虽然自己没有注意，却是经常在百合超市擦肩而过？

彩带着沉重的心情走进教员室。一进门，教务主任像是已经等候多时，急忙打着招呼：“噢，梅原老师！第二节，你好像没有课。请到校长室来一下。”说完，教务主任先出了门。彩不觉感到问题严重，急忙紧随其后。

校长室位于与走廊相接的另一栋校舍。有客人到来，这里便用作接待室，有时也用作小会议室，房间阔绰宽敞。校长和两位“客人”早已在那里等候了。

“噢，梅原老师，这两位是沼田警察局的警察，希望向你了解一些情况。请坐吧!”

彩被让到了一把扶手座椅上。对面沙发并排坐着两位刑警。他们见彩走过来,便先后站起身。一位看上去三十五六岁,另一位则大约二十五六岁。

“你是梅原彩小姐吗?”年长的警察一面翻阅笔记本,一面确认。校长已经呼唤过姓名,似乎没有必要重复,但这是警察的工作程序。彩也诚实地报出姓名:“是的,我叫梅原。”

“梅原小姐认识一位叫泽吉博的先生吗?”

“这个……好像听说过这个名字。这位泽先生,出了什么事情吗?”

“他死了。”警察双眼紧盯着彩,像是要从中发现什么似的说道。

3

案件调查似乎以那位年长的警察为主进行,他递上了名片。姓名“井波利治”,头衔是刑侦科搜查组组长。年轻的叫“关直人”。说起警察或刑警,在彩看来,总有一种疾言厉色的感觉。然而,这二位却都态度温和,说起话来语气也非常平静。

尽管如此,突然听说“死了人”,彩一时不知如何回答是好。泽吉博这个名字似乎在什么地方听到过,无疑不是关系密切的那种人。“那么请问,那位先生,他是怎样的一个人?”

“梅原小姐不知道他的情况吗?”

“不,我不知道。”

“嗯,奇怪……”井波不停地摇着头。

“为什么说奇怪?”

“你记得这张照片吗?”井波慢慢地将手伸进上衣口袋,取出了一张巴掌大小的照片,放在了桌子上。“这是从死者泽吉博先生的上衣口袋中发现的。”

看到摆在眼前的照片，彩不由得“啊”地叫出了声。毋庸置疑，照片当中的人正是彩。一条长裤加一件长袖运动衫。那是今年春天买的，也曾穿着去过学校。在彩的旁边，并排站着一个不曾相识的中年男子。“这个人不是我吗?”彩糊里糊涂，也不知道说了些什么。但是除此以外，她已经无言对答。

“是呀，看起来很像你。”井波说着，一边探询着校长和教务主任的意见，“你们看如何?”

“噢，的确是梅原老师。”校长说道。教务主任也点了点头，随声附和着。

“可是，我怎么一点儿也不记得这张照片！而且，旁边的那个男人……或许，他就是那位死去的泽吉博先生吗?”

“正是这样。请问，这张照片是在什么时候拍摄的?”

“什么时候……我说过，我不记得曾经拍过这张照片。当然，也不记得曾经被别人拍过。”

“可是，照片里的人难道不正是你梅原彩小姐吗?”

“好像是我……可是，难道没有这种可能吗，比如偷拍。就是说，在我不知道的情况下被人拍了照。”

“即使如此，你一定曾经见过泽吉博先生。”

“我从来没有见过这个人。首先，请问这位泽吉博先生究竟是什么人?”

“泽吉博先生在沼田市的 Q 中学担任英语教师。警察在去 Q 中学向他们询问这张照片后得知，照片上的女子，也就是梅原老师，曾经作为泽吉博老师的后任，接替他的工作。”

“啊!”彩明白了。他就是因病休假、由彩作为临时教员顶替的老师。彩叙述了这一经历后，井波绷着脸，似乎在说：我说过，你还是认识他呀!

“说是后任，也只是作为学校的临时教员。听说这位泽吉博老师是因为得了精神分裂症而休假的。至于不幸去世，我想是不是因为别的什么并发症?”

听彩这样一说，井波刑警面无表情地摇了摇头。“不！根据目前判断，他是自尽。”

“嗯！这么说，就是自杀了?”彩吃了一惊，甚至不能相信自己的耳朵，不由得反问了一句。然而，似乎最近已经不经常使用“自杀”这个字眼了。仔细想起来，自杀这种说法似乎并不准确。

“刚才警察先生说，目前判断是自尽，就是说，或许还存在其他可能。可以这样理解吗?”

“噢，你可以这样理解。”

“也就是说，有可能是他杀，是这样吗?”彩惊讶地追问道。对此，井波并未予以答复，只是点了点头。

“果然如此……那么，你们找我是什么目的?关于那位先生，我可是什么也不知道。我甚至从来没有见过他本人。”

“你真的没有见过他吗?”

“是的。我到Q中学工作的时候，他已经停职在家休养了。”

“在学校以外的地方，也没有见过面吗?”

“是的，没有见过。”

“可是，为什么会有这张照片?”

“这个嘛，我一点儿也不知道。我刚才说过，我根本不认识泽吉博这个人。说不定，是偶然在什么地方被人拍成了照片。”

“那么究竟是谁，出于什么目的拍了这张照片呢?”

“这个嘛，我倒想要问问警察。我对此一无所知……想起来让人感到害怕。首先，这张照片的拍摄地点究竟是在什么地方?”

背景是一片了无生机的灰色水泥墙或水泥建筑。人像从膝盖向上，脚下的情况却不得而知。“墙壁”上端及两侧均未被拍摄下来。因此，无法对周围环境进行判断。

“或许，这可能是一张合成照片？”彩有所察觉，并且张口说道。不知为何，两个“被拍摄物体”似乎让人感到有些不协调。现在的合成技术不断进步，使用计算机，在这种单调的背景当中，可以对任何剪切的照片进行组合加工，从而轻松地制作出新的照片。

“啊……”两位刑警以及校长、教务主任听了以后大为震惊，一齐把头伸向照片。三个人的头没能撞在一起，简直就是个奇迹。

“这是合成的吗……”井波说着，简直不敢相信自己的眼睛。这一点被彩指出之前，他完全没有往这方面想过。如此作为重要证据的照片拷贝，不仅仅这两位刑警，或许警察局里更多警官都已经目睹了，竟没有一个人怀疑它是合成照片。这更让人感到失望。彩这样想着。

“如此说来，的确让人感觉这张照片有些不正常。”井波翻来覆去地仔细端详着，最后不得不予以承认。

“回去以后，立即对这张照片进行鉴定。可是，假定这的确是一张合成照片，那么问题在于，制作照片的人究竟出于什么目的，为何要如此煞费苦心？对此，梅原小姐能否提供一些线索？”

“我没有什么线索。”

“是这样？但请你认真想一想，是否被这位泽吉博先生，或其他什么人所嫉恨？如果不是泽吉博先生所为，其他人无缘无故是不会做这种事情的。”

照片已经使彩感到厌恶，警察的这种穷追不舍，更让彩不快。“无论你怎样说，都一样。我想象不出任何理由，曾经嫉恨过什么人或被什么人所嫉恨。”

“可是，至少对于这位泽吉博先生来说，是否有过这种意识，认为自己的工作被梅原小姐夺走了？”

“他会这样想吗……”彩惊呆了，一时变得哑口无言。

“并不是我把那个人，那位泽吉博先生赶走的。因为泽吉博先生停职，我才被召来代替他的工作。请不要把事情颠倒了。而且，我在Q中学只工作到那年年底。那以后，泽吉博先生不是又回来了吗？当然，以后的事情我就不得而知了。”

“是的，他的确又回到了学校。但据说不久就辞了职。”

“这么说，是不是精神分裂症又复发了？”

“噢，或许是那样。似乎烦恼比以前越发加重。可以说，他完全失去了自信。具体地说，学生，甚至是家长，把他与前任教师的实力进行比较，从而对他喝以倒彩。为此，他感到痛苦，情绪极度低沉。”

“你说的前任教师……是指我吗？”

“或许就是。”

“不可能……那是不可能的。那里只是我任教的第二所学校，而且是临时教员。要知道，尽管我上大学时参加过教学实践，但真正站在讲台上的经验却非常肤浅，根本讲不好课。”

“这一点你自己似乎并不明白，但这是事实。据说，泽吉博先生离职时，在向校长提出的理由中提到了你的名字，并且抱怨自己受到了极大的侮辱。”

“你这样讲话……难道说，这个事情我也有责任吗？”

“不，我并不是说你有责任。不过，这也是造成他精神失常的原因之一。这也是事实。一个刚刚大学毕业的小女孩儿……请不要生气，这不是我说的，而是泽吉博先生与校长谈话时使用的语言——竟然败给了一个小女孩儿！这对他是一个极大的打击。”

“会有这种事情吗……”彩不知道应当如何回答，“可是，假使真是这样，那与我也没有任何关系。”

“这个嘛，也不能完全这样说。”

“为什么？”

“因为不可否认，泽吉博先生曾经对你抱有怨恨。”

“照你这么说……如果我被人仇视，那么被杀的难道不应当是我吗？”

“怨恨是相对的。如果被人仇视，那么就有可能对此进行报复。”井波刑警冷笑着，打开警察笔记本说道，“请问，前天午后九时至十时，梅原小姐在什么地方？”井波以审问的口气说道。

“前天吗……啊！难道这是在对我进行调查吗？”

“噢，并非像你说的那么严重。我们只是履行程序。请梅原小姐不必介意，如实回答我的问题。”

“我怎么会不介意？似乎泽吉博先生的死与我有关。”

“我并没有这样说。我只是问你，前天的那一时刻，你在什么地方？仅此而已。怎么样，你能告诉我吗？”

彩非常失望，眼睛看着校长和教务主任，希望能够得到救助。然而，此时的校长和教务主任显得很无奈，只是一言不发地点着头，似乎在说，如实回答警察的问题。眼看着部下陷入困境——或许他们也无能为力——关键时刻谁也靠不住。

“明白了。我又没有什么好隐瞒的。你是说前天星期一吗？那天从晚上八点钟起，我一直呆在家里。”

“不会错吧？不需要确认吗？”

“有什么好确认的？通常晚上离开学校后，我不会去任何地方，而是直接回家。”

“这个事情，有谁能够给你证明？”

“我的父亲和母亲可以证明。”

“可是，最好能够有家人以外的第三者予以证明。”

“什么第三者！太过分了，完全把我当成了嫌疑人。”

“不，我刚才说过，我们只是在履行程序。我们必须这样将有关人员一个一个地予以排除。这是警察进行调查的基本方法。”

“明白了。但没有第三者。家里只有父亲和母亲。”

“那好吧！对不起，耽误你很长时间。今后，包括这张照片在内，根据需要，我们或许还会来打扰。届时，还请梅原小姐给予协助。”

两位警察站了起来。校长和教务主任像是一块石头落地——总算松了一口气。彩却仍然心情沉重。她开口说道：“对不起，可不可以问一个问题？请问，那位泽吉博先生是在什么地方，因为什么原因死亡的？”

井波看了一眼部下关直人刑警，无可奈何地说道：“在Q中学的教室里。昨天，到学校上班的校务人员发现他倒在黑板前，已经死亡。死亡原因是饮用了带有毒药的罐装咖啡。由于事发地点在校园，校方与警察共同实施管制令，暂时不向媒体公开。还请梅原小姐给予保密。”说完，两位警察便离开了学校。

教务主任将两位刑警送出门后，返回校长室准备与校长和彩商讨善后对策。说是善后对策，彩却认为，这件事情与她毫无关系。校长和教务主任却认为，容不得马虎。

“这种事情立刻就会传得满城风雨。我们必须十分注意。”教务主任小声说道。

“但是，我们需要注意。难道我们有什么可以担心的吗？”

“我们必须注意，防止外面流传梅原老师与杀人事件有关。”

“什么……这件事情和我有什么关系？”

“正因为如此，我们不愿意听到外面有这种风言风语。”

“为什么？你为什么认为会有这种传闻？”

“难道你不知道吗？学校来了两名刑警。仅凭这一点，就足以构成传闻的依据。而且，还有被害者与梅原老师的合影。如果这种事情被传出去，立刻就会引发一片喧哗。新闻媒体也会一齐出动，云集到学校。”

“听我说，教务主任！”校长以责备的口气说道，“请不要说什么被害者。关于死去的泽吉博先生，警察不是说怀疑很可能是自杀吗？所以，请不要轻易说什么被害者。总之，关于这件事情，希望只是我们三个人知道，绝对不能向外泄露。目前我们能够做的，也只能是这些。”

然而，事情并非校长说的那样简单。这一点，不久便得到了证实。

第三节课开始了，彩来到她担任班主任的二年级 B 班，教室里气氛嘈杂。“Good morning!”礼毕后，田径队队员、学生竹内一记立刻举起了手。“老师，出了什么事吗?”

“什么，你说什么?”彩装成若无其事的样子。

“可是，刚才不是来了两名警察，而且梅原老师也被叫到校长室去了?”

彩吃了一惊。无疑，校长室的谈话内容并没有被外人听到。可是，竹内怎么会知道他们是警察？或许，有人故意试图探听虚实。

“你是说那两个人吗？他们不是警察。他们是教育委员会的先生，就有关宽松教育的改革方案能否顺利实施来征求学校方面的意见。”

“嗯……”竹内皱着眉头，表示出怀疑的样子，却坐了下来。其他同学也显示出极大的兴趣，但看到竹内不再说话，就迅速安静了下来。

或许是受其影响，教室的气氛变得沉闷了。彩与同学们的关系似乎也因此产生了隔阂。最后，不得不在这一气氛当中迎来了下课的铃声。

彩走出教室，看到竹内从教室后门跑出，并追赶过来。彩不仅未停下脚步，反而加快了步伐。将要到达楼梯口时，竹内追了上来，与彩并肩行走，张口问道：“为什么会是这样?”

“什么为什么?”

“我第一次听到老师说谎话。不知道出了什么事情，因此非常担心。”

回头看去，彩感到他那是发自内心的担忧。或许是由于做田径队顾问的关系，竹内成为彩的坚定支持者，并积极协助班里的工作。

彩下意识地望了一下四周。幸好，附近没有其他人。“竹内君，午休时间请来一下会谈室。”彩只说了一句，便急忙离开竹内，匆匆回了教员室。

坐在那里，彩的心情久久不能平静。被学生指责说谎话，又不能辩解，这使她受到了沉重的打击。她看了看周围的老师，似乎教员室的气氛与往常并无变化。除了教务主任，似乎没人察觉到这一事态。与此相反，竹内那强烈的第六感使人震惊。无疑，无论其依据如何，竹内能够知道这件事情，或许其他同学也有所察觉。

真是愚蠢！彩在自我责备。本来，彩与泽吉博的死没有任何关系。既然如此，为什么要无缘无故地担心呢？彩思忖着。

第四节课下课后，用完午餐，彩便匆匆来到会谈室。这里是教师对学生进行升学指导以及心理咨询的地方。这个季节很少有人使用。

外面有人轻轻敲了一下门。彩的话音未落，竹内便探了头，露出一张脸。那被晒得黑红的脸庞显得格外英俊。他见到彩后，迅速进了房间，随手关上了门。

尽管不清楚是什么理由使得竹内察知了刑警的到来，彩却觉得不得不向他讲明事实经过。失去了与竹内之间的信赖关系，会对今后的课堂教学带来不利影响。

“刚才那件事情，”没等竹内在对面椅子上坐稳，彩便张口问道，“你根据什么那样说？”

“对不起！我现在道歉，不应当说老师讲谎话。”

“嗯，没有关系。只是当着大家的面说那种话，倒是有点儿成问题。可是，另一方面我也想知道，你是怎样得知那两位客人是警察的?”

“我本来就知道。去年我家自行车被盗，后来在沼田市发现，我去警察局认领，见过那位刑警，还和他谈过话。所以，我一看到他进了校长室，就觉得很奇怪。随后，又看到梅原老师也进了校长室。所以，我觉得一定有什么事情。”

“是这样？是的，你说的很对，那两个人是沼田警察局的刑警。在沼田局管辖的区域内发生了一起事件，他们是来调查的。最后查明与这所学校没有关系，就离开了。就是这样，你不必担心。”

“真的是这样吗？真的不必担心吗?”竹内反复追问着。可以看出，他并非仅仅对彩的话表示不相信。他是在内心里对梅原老师感到担心，希望能够知道事情的真相。

“真的不必担心。我不知道你在担心什么，但是请你放心，我和警察没有任何牵连。”

“如果真是那样，当然很好……”竹内并没有打消内心的顾虑，无可奈何地站了起来，向门口走去。然而，他再次转过身来说道，“请不要嫌我唠叨！梅原老师如果有什么为难的事情，就请告诉我。我认识一位非常可靠的人，有事情可以找他商量。”

“是吗？那太感谢了！可是，什么事情也没有。午休时间马上就要结束了，快回教室去吧!”

竹内鞠了个躬，答道：“是的。”便跑了出去。多么纯朴的孩子呀!

4

那天的晚报刊登了有关泽吉博的“事件”。

原中学教师在教室内自杀身亡/原因为精神失常

七月八日早晨，在沼田市的市立Q中学教室里，上班的学校员工发现了该校教员泽吉博先生的遗体。泽吉博先生（五十六岁）至去年夏天以前，在该校担任英语教师。死因为饮用带有毒药的罐装咖啡导致中毒。根据沼田警察局的调查结果，泽吉博先生因犯有极度的神经功能系统疾病而离职。此次，因不堪忍受疾病的痛苦而自杀身亡。

内容极其简单的一篇报道。这与井波刑警所说“不排除他杀可能”的说法截然不同。或许警方和学校一味地只管隐瞒事实，抑或怀疑他杀的只有井波一人，而其他众多警察则主张以自杀了事。

无论怎样，本来就和彩没有关系，说无所谓也是无所谓。可是，这个案件遗留下的恶果却是后患无穷。

临离开学校之前，校长拿着晚报走过来说道：“结果还是自杀。总算松了一口气。”

“噢。可是，不知为什么仍然让人感到不安。”

“是呀，被警察造访，总不是件开心的事情。可是我看，也就没有必要再介意了。”听校长这样一说，似乎事情可以就此了结。然而，事实却并非如此。

第二天，早报刊登了一篇与泽吉博“事件”有关的特别报道。其中，G大学教育系教授发表谈话，指出近年来出现了一种趋势，有经验的老教师提前离职，年轻教师自杀事件时有发生。不久前，发生在东京郊区一所小学的年轻教师自杀事件就是一个典型的案例。其年龄仅二十五岁，与彩的年纪相同。因此可以说，并非与己无关。

现在的教育第一线，所有人都在疲于奔命。从前老教师要扶植年轻教师。现在人们没有时间去顾及他人。在被称为班级崩溃的今天，刚刚大学毕业的年轻教师走进教室，便处于孤立无援的状态。他们不得不亲自面对这一复杂局面。这对他们来说，是非常残酷的。这种情况，对于那些有经验的老教师亦是如此。他们被来自学生，特别是来自家长的单方面苛刻要求所钳制，完全丧失了自信，从而不得不选择离开教学岗位。这种事例层出不穷。

读到这里，自然会让人联想到，泽吉博的“自杀”看似作为事件而被一时了结，警察的调查似乎并没有就此结束。这篇新闻报道刊登数日后，井波和关直人刑警来到了位于涩川的梅原家。时间是在晚餐后的八点钟左右。门铃响起时，母亲千鹤子正在厨房收拾餐具不得脱身。看到门外立着两个男人的那一瞬间，彩不由得吃了一惊。

“对不起，这么晚来打扰。总觉得到学校不方便，会给梅原小姐带来不必要的麻烦。”井波这样解释道。警方总算还考虑到对方的情绪。然而，在街坊四邻面前，同样会给梅原家带来麻烦。

在门口站着说话不方便，为此，彩将客人领进客厅。看到有客人来，雄一朗过来张望。彩却说了声“是我的客人”，便将父亲撵了出去。

“你们来有什么事情吗?”彩催促着。

井波开始说明来意。“关于那张照片，正如梅原小姐所说，已经判明是一张合成照片。具体地说，是在一张以水泥墙为背景的泽吉博先生的照片上，粘贴了梅原小姐的照片。”

“噢，果然是这样。”见解得到证实，彩略微感到欣慰。同时，又不得不表示出愤慨。“除此以外，还有什么事情？报纸已经报道说，泽吉博先生是自杀。”

“是的。报纸的确是这样报道的。可是作为警察，却不能简单地就此了结。泽吉博先生是否真是自杀，还有待于进一步调查。例如，有关罐装咖啡中的毒药，泽吉博先生究竟是从何种渠道弄到手的。对此，还未能做出足够说明。”

“噢，是这样！说是这样说，你们到我家里来却让我很为难。这件事情跟我没有任何关系。”

“是的，是的！我们知道，这样会给你带来许多麻烦。但是，另有一些饶有兴趣的事实，不知是否存在某种联系，但让人感到不可思议。”

“到底是什么事情？”

“实际上，死去的泽吉博先生，似乎并非与梅原小姐丝毫无关。”

“你是说我吗？这到底是怎么一回事？我已经说过无数次，我根本不认识那位叫作泽吉博的先生。”

“噢，或许这的确只是个非常偶然的巧合。我们调查了泽吉博先生的履历。泽吉博先生在二十八岁以前的五年时间里，曾在春日中学任职。他大学毕业以后最初的工作地点就是春日中学。就是说，与现在梅原小姐所走的道路完全相同。”

“啊……”彩不由得发出一声悲鸣似的尖叫。刹那间，脑海里浮现出一个梦幻般的身影。在她每天为之努力的讲台上，竟然伫立着一个年轻的男教师，仿佛他在黑板上书写英文单词的形象也历历在目。

两位警察似乎为彩如此强烈的反应而感到高兴，脸上露出了笑容。“尽管如此，那件事情与此次事件并无直接联系！”

“当然！这和我没有关系。难道你们就是为了这点儿事情，这么晚了还特地来我家调查吗？”彩开始表示不满。似乎在说，难道就是为了让我听到这令人不快的事情吗？在彩看来，这简直就是警察在故意戏弄人。

“你必须知道，作为警察，即使表面看来微不足道的事情，也不会轻易放过。更何况，根据我们掌握的一些事实，并不能表明与你没有任何关系。”井波开始表情严肃地说道。

“警察的调查结果表明，泽吉博先生是去年这个时候离开学校的。从那时起，他便开始走访自己任教的学校，并拍摄了大量照片。梅原小姐的那张照片……也就是被合成前的那张照片，很有可能也是泽吉博先生暗地里拍摄的。”

“啊！可是，穿那件衣服，并不限于在学校附近。或许，有可能就在我家附近拍摄的。但是，他究竟出于什么目的？”

“警察目前正在对此进行调查。”井波机械地回答道。或许这是一名刑警所必须持有的态度。但是，对于彩来说，被人偷拍已经足以使她感到作呕。照片被合成，而同一张照片上的人却被杀害了。彩不由得后背冒出一股冷汗，感到毛骨悚然。

“噢，总而言之，无论什么原因，泽吉博先生和你被放在同一张照片上了，事件便不可能说与你没有关系。如果你察觉到任何线索，必须立即向警察汇报。此外，最近一段时间，如果有事外出到较远的地方，必须事先通知警察。”

两位警察只是为了通知彩而特意来到这里，除此以外，并没有做任何调查，便离开了梅原家。这才是真正的戏弄人。彩越发感到对警察的憎恶。

家庭会议

1

晚餐桌上，侄子雅人停住手里的餐具，表情严肃地说道："叔叔，今天，学校发生了一件奇怪的事情。"

"噢，什么奇怪的事情呀？"浅见也郑重其事地问道。雅人将自己最喜欢吃的炸肉饼插在叉子上，一动不动地说着。看来事情"非同小可"，不得不认真对待。

"我们正在上课，突然，千田君的妈妈来到教室，冲着老师非常严厉地说道：'请你不要把那些糟糕的图画贴在墙上展览！'"

"为什么？哪些图画？是不是雅人画的图画呀？"浅见开着玩笑说道，雅人却是一副认真的面孔。"嗯，教室后面贴着的图画当中，也有我画的图画。"

"这到底是怎么回事？"

浅见家饭桌上的注意力一下子从炸肉饼转移到了雅人的话题。饭桌前就座的有浅见光彦和雅人、雅人的母亲和子、雅人的姐姐智美，此外还有被称为这家的女王的浅见母亲、遗孀雪江。总之，除了家里的顶梁柱阳一郎外，全家人一应聚齐在这里了。站在厨房与餐厅之间隔断附近的保姆须美子，一时间也停下手里的活儿，凑过来想听个究竟。

浅见家位于东京北区西原的高级住宅区。这一带正如地名所示，地处东京北郊附近，无论在地理还是在地形上，均不具备发展空间。因此，即使在泡沫经济时期，也没有受到开发浪潮的冲击。这里曾经因为战祸，房屋大面积焚毁。未遭战火洗劫的地区，则零星地保留下来，呈现出一派绿树成荫的景象。

雅人走读的A中学，从浅见家步行仅需五分钟。学校规模既不大也不小，外表看上去既不壮观也不贫寒。校园内矗立着一座极为普通的四层楼校舍。据说，其教学质量在区内中学属于中等水平。姐姐智美和雅人均毕业于浅见的母校、区内屈指可数的名校泷野川小学。毕业后，智美根据本人志愿进了位于市谷的J学院。雅人则没有特殊的志向。按照父亲阳一郎所说，“男孩子最好在惊涛骇浪中锻炼成长”。于是，在这一多少带有反向歧视主义观念的影响下，雅人选择了区立A中学。

现在，校园到处一片混乱。这种情况，人们早已有所耳闻。然而，A中学却没有受到这一风浪的冲击，一片风平浪静。换句话说，自始至终表现得平平庸庸。或许，那是受惠于周围环境。远离花花世界，而且学校周围是一片绿树成荫的住宅区。这种环境在东京二十三个区内极为少见。

正因为如此，雅人所说的“发生了一件奇怪的事情”对于A中学来说，在某种意义上，则意味着发生了划时代的重大事件。按照雅人的解释，“那件事”发生在语文课刚刚开始不久。教室的前门外有人敲门。没等老师回答，门被打开。一个女人出现在门口。她走到讲台前，突然说道：“那些糟糕的图画……”教室后面的墙壁上，贴满了美术课上同学们完成的作品。

“那声音显得非常厉害，肯定是很生气的样子。当时老师和同学们都吃了一惊。开始的时候，谁也没有听清楚她在说什么。”

雅人的话似乎不难理解。那突然出现在大家面前的女子指着教室后面，冲着老师发怒，让人感到措手不及。据说，那是千田YUUKI的母亲。

“YUUKI，是写成勇气十足的勇气两个字吗？”浅见问道。

“不，不是。是个很难写的汉字。写成祐子姑母的‘祐’字，和葵花的‘葵’字，念成YUUKI。”

祐子姑母，是浅见的妹妹，从广岛县尾道去岛根县隐岐的旅途中遭遇横祸而身亡。

“嗯？叫祐葵。‘葵’字确实读成‘KI’。能够起这么好听的名字，他的父母一定非常优秀吧？”

“优秀不优秀我倒不知道，但他的母亲可是真够勇气十足的。”雅人开了个玩笑，却遭到和子的训斥：“不许无礼！”

“可是，他的母亲究竟对什么不满意？”

“我不是说过吗，她就是嫌弃贴在墙壁上的图画太糟糕。”

“那些图画非常糟糕吗？”

“这个嘛，包括我在内，大家都是非常认真地画的。但是和凡高呀塞尚比较起来，当然是很糟糕啦。”

“哈哈，怎么能够和那些人相比较。噢，不要开玩笑，后来到底怎样了？”

“我不是在开玩笑。千田君的母亲很认真。她列举凡高、塞尚、莫奈、雷诺阿、维梅尔、伦勃朗的名字，说与那些名画相比较，这些画儿太糟糕。”

“她这样说的吗？”

“是的。她冲着老师说道：‘把这些糟糕的画儿挂在墙上，对于孩子们的情操教育不知道会带来多么大的恶劣影响。’”雅人连说带比画，模仿着千田夫人的说话表情。

餐桌上所有人都听得目瞪口呆。过了一会儿，和子担心地问道："千田君的母亲，真的是那么认真吗？"

"我看她是认真的。如果不是那样，就不会在上语文课时闯进教室，还说了那些话。"

"的确是这样。"浅见点着头。

"可是，她也真够厉害的。确实让人感到勇气十足。我倒很想见识一下。"

"光彦！"雪江大喝一声。"不许那样随便！雅人是认真的。是不是？雅人！"

"是的。我是认真的。她这样做让人感到很为难，老师就更是进退两难了。老师不知道如何是好，显得惶恐不安。"

"语文教师是位女老师吗？"浅见问道。

"是的，是班主任大绳香织老师。"

"很年轻吗？"

"噢，我也不知道。看起来比叔叔年轻。可她已经结婚了呀！"

"噢，我不是这个意思。我觉得，如果是年轻的女教师，有些时候很容易被家长轻视。"

"大绳老师对工作很负责任。学生犯了错误她就严厉斥责。教学方法也很高明，而且长得又漂亮。叔叔也不要太磨蹭了，不如早点儿找一个那样的女人才是。"

"雅人，你在说些什么！"这回是和子在训斥雅人，并对一向磨磨蹭蹭的小叔子道歉，"实在对不起！"

"哈哈，这没什么。可是，后来又怎样了呢？大绳老师对于千田夫人的责难是怎么回答的呢？"

"她说，是的，明白了。"

"噢！就是说，大绳老师诚恳地接受了她的意见，是吗？"

"看那个女人气势汹汹的样子，大绳老师没有办法，只好这样回答。如果是叔叔，你会怎么样？”

“我会坚决拒绝。我会告诉她：‘我是教育的专家。我会按照长期以来在日本建立起来的教育传统和丰富的经验，并在此基础之上，根据我所奉行的教育方针组织教学。我没有任何理由必须听从你这样一位外行的指挥。’”

“说得太好了……”在一旁安静地倾听的侄女智美，此时举手鼓起了掌。智美是J学院高中部一年级学生。学习成绩在全年级同学当中是出类拔萃的第一名。而且，似乎她还未察觉，她也是一个出众的美少女。不知是学校有规定，还是本人的意愿，智美似乎对化妆毫无兴趣，以至有时甚至忘记涂抹化妆水。小的时候，同学当中就一直流行在下眼睑上画眼线。然而，智美却从不效仿。这一直成为浅见的骄傲。

“就是嘛，叔叔说得很有道理。”智美睁大了眼睛说道。

“学校老师是教育专家。如果任凭外行挑剔，不要说教学，甚至整个学校工作都无法进行。我认为这是典型的妨碍公务，而且严重侵害了学生上课的权利。对此，大绳老师应当予以严厉斥责。不仅仅是老师，学校方面也应当明确地表示态度。最近，这种古怪的成年人到处可见。”

听智美这么一说，和子严厉地说道：“你说的有些过分，智美！”

“噢，对不起！”智美耸了耸肩膀。

“可是，如果这时大绳老师予以反驳，千田君的母亲一定会大发雷霆。那样的话，教学就真的无法进行了。所以，大绳老师是在无可奈何的情况下，才接受了她的意见。”雅人非常客观地观察着问题。如果同学们都能够像雅人这样体谅老师的苦衷，那将是教师们的莫大荣幸。

“结果，千田夫人原谅大绳老师，就此罢休，离开教室了吗？”

“不，她还不原谅。她催促着大绳老师：‘我来帮忙，立刻把这些图画都摘下来……’”

“啊，当场就要摘吗？可是，不是正在上课吗？好厉害呀！”浅见与其说是惊讶，更多的是敬佩，是对那些目空一切，横行于这个社会之上的人们的由衷敬佩。

2

这似乎成为全家人的共同感受。对于事件的意外发展，所有人都感到瞠目结舌，以至忘记了手中的刀叉。

“算了！算了！话就说到这里，赶快吃饭吧。”雪江说着，鼓舞着大家的情绪。这位代表日本传统道德化身的女性，对于那位千田夫人的言行无疑有着自己更多的见解。然而，她却不轻易流露自己的感情。

大家的情绪总算有所缓和，重新开始了晚餐。很少有人讲话，各自想象着事态的可能发展，默默咀嚼着炸肉饼。甜食是熟透了的芒果。这是宫崎特产，只有在成熟后自动脱落了才予以收获。

“这是濑户长惠子小姐送来的。”雪江念叨着学习插花的弟子的名字。芒果受到了极大欢迎，雪江夫人的心里却暗自另有盘算——真希望她能够成为我家二儿媳。可是，浅见则显得闷闷不乐。

“我想问一个问题。”浅见再次提起了话题。

“在那些糟糕的作品当中，是不是没有千田君的作品呀？”

“嗯，千田君的画儿没有贴在上面。”

“果然如此。一定是因为他画得更糟糕。那么当时，作为关键人物的千田君，他是怎么说的呢？是出来劝阻母亲，还是为难地哭出了声？千田君一定也受到了很大的打击。”

“噢，这个我不知道。那天千田君没来上学。”

“啊，他在家休息吗？这么说，一定是千田夫人听了儿子的谗言——作品未被贴出，是对他待遇的不公，所以才来学校大吵大闹的！”

“什么叫谗言？”

“就是无中生有，凭空捏造，说坏话。”

“嗯？怎么写？”

“我也不知道。打开计算机就可以查到。噢，以后再慢慢查吧！我在想，自从那个事件发生以后，千田君是不是不好意思到学校来了？大家又会怎样看待千田君？我觉得问题很严重。”

“我也这样认为。”雅人认真地点了点头。雅人担任班级委员，必须从整个班级考虑问题，因此一定感到非常忧虑。

“从某种意义上说，他也是自食其果。”智美这样说着，立刻又摇着头，“可是……”

“千田君也很可怜。有那样一位严厉的母亲，无论谁都会畏首畏尾，而表面又不得不装出一副好孩子的样子。这一点，我们就很幸运。”

“智美，不许胡说。”和子责备道，脸上泛出一丝红光，表明女儿说的不无道理。

“我认为智美说的很对。”浅见说道。

“可以说，千田君也是受害者，弄不好会发展为受人排挤，最终拒绝到学校上学这一棘手问题的出现。如果班里的同学不采取非常克制的态度……可是，看来很难。”

“我们应当怎么办？叔叔，你认为应当怎样办？我感到很为难。”

“大绳老师是怎样说的？”

“她什么都没有说。”

“什么都没有说？难道之后大绳老师就没有对全班同学讲些

什么吗?”

“嗯!放学后的大扫除时间,大绳老师来到教室,显得很孤独。她在大家面前故意表现得很坚强,看上去一定在教员室哭过了。一定是感觉受到了打击,非常懊悔。”

“噢……”浅见感到意外。雅人小小年纪,却能够体会女人心理的细微变化。

“这么说,大绳老师不可能有精力向同学们讲述解决办法了?但是,如果大绳老师知道还有雅人这样的好学生,一定会振作起精神来的。对啦!可以给大绳老师打个电话的。”

“啊,你是说我吗?”

“是的,除了你还有谁?你可以给老师打个电话。”

“我看,最好是妈妈或者叔叔打才好。”

“那怎么行?如果第三者介入,事情会变得更加复杂。只有把你自己想到的如实告诉老师,才能打动她的心。像这样对老师的工作给予支持,是班级委员的责任。”

“嗯……”雅人闭上嘴,认真思考片刻,然后站起身来说道,“是的,我去打电话。”

“那么,请让我用一下奶奶房间的电话。”到底在大家面前还有些害羞。说着,他未等雪江回答,便向里间跑去。

“那孩子,能放心吗?”和子担心地望着儿子的背影。

“放心吧,雅人做事认真。”雪江作出保证,随后又由衷地说道,“真是个善良的孩子。”

“据说现在的学校里,像千田君母亲那样的怪兽家长非常猖獗。”浅见说道。因为一点小事情就按自己的主观想象,动辄到学校大吵大闹,甚至直接到教育委员会“控告”。这样的家长越来越多了。作为典型事例,曾经有过这样的报道:一个学生在教室发脾气,用脚踢门,将门损坏了。校方通知家长,即使不是全额赔偿,也要赔偿一半损失。对此,家长大为恼火,来到学校,反咬一口，指责学校："安装这种一碰就坏的门，学校方面有问题。我家孩子因此受了伤，学校打算如何承担责任？"

家长的这种不负责任的言行，一定会影响到孩子。

“我和学校几乎绝缘了，所以不十分了解情况。据说在一些小学，班级崩溃的现象也开始蔓延。”

“雅人走读的 A 中学暂时还没有出现这种现象。听说北区内有些中学就发生了这种事情。”和子感叹地说道。

“这种情况在小学表现得特别突出。上课时随便离开座位，在教室里走来走去，躺在地板上睡觉，大声说话，而且不是一个人。大家互相效仿，使得教学无法进行。”

“真是这样吗？从前，初中或高中经常出现教室暴力。现在小学也变成这样，究竟出现了什么问题？”

“据说，孩子们已经失去自控能力。由于独生子女家庭的增加，孩子们变得越来越任性。这种性格如实地反映到了学校。无论老师如何劝说，也无济于事。”

“遭到训斥也无动于衷吗？”

“根本不起作用。相反，却招致反抗，动辄大哭大闹，使得事态无法收拾。”

“抓过来揍他屁股一顿，有什么关系？”

“那可不行。家长会说你实行体罚，到学校来大吵大闹，把问题扩大。于是，教育委员会和新闻媒体就会卷入进来，弄得满城风雨。”

“新闻媒体完全不问受到体罚一方的过失，单方面对学校和教师横加指责。打两下屁股怎么能说是体罚？这是代替家长对孩子进行教育，应当得到感谢。”

“是呀！有常识的家庭会这样考虑。但是，这种人通常来自缺乏常识的家庭。”

“原来如此……”浅见觉得有些事情真是莫名其妙。

雅人回到餐厅，一副垂头丧气的神色，面无表情，显得很失望。

“怎么样，电话打通了吗?”

“嗯，电话打通了。可是……” 雅人含糊其辞，有气无力地坐在椅子上，两眼发呆。

母亲和子感到担心，问道：“怎么了，老师怎么样?”

“不，不要着急……可能是我不好……”

听雅人这么一说，越发使人担忧。浅见则为雅人鼓着劲儿，说道：“怎么样，是不是被老师批评了?”

“不……我按照叔叔说的那样，把想到的告诉了老师。可老师却一言不发，一直保持沉默，最后只说了声‘谢谢’……我听见老师似乎在哭泣。”说着，雅人的声音似乎也有些喑哑了。

3

晚餐结束后，浅见回到自己房间。打开计算机，脑子里却始终想着刚才的事情。

正如他说的，他几乎与教育无缘。本来对学习就不十分感兴趣。初中以前一直保持班级优秀的成绩，但自从养成了阅读小说的习惯之后，便减少了对学习的投入。对于数学、物理这些与世俗无关的科目，更是不擅长。他觉得，只要能够读书、写字、算算术，或者能够摆弄家用电器就可以了，除此以外，根本没有必要学习数学、物理之类的东西。浅见的态度多少显得有些自以为是。

这种观念不折不扣地反映在学习成绩上。进入高中以后，他的考试成绩屡屡下降。除国语以外，几乎所有学科都在最低分数线，勉强及格。大学考试的情况更加悲惨。第一年没考上，第二年则考了个二流大学。

如此世代书香所延续的精英家庭，前所未有地诞生了一个不成气候的等闲之辈。浅见家自明治维新以来，官僚辈出。父亲秀一曾任大藏省（现在的财务省）局长，就任次官之前突然去世。浅见的哥哥阳一郎以头榜状元的成绩毕业于东京大学。因听父亲说——大藏、内务掌握国家命脉，所以选择了警察的道路。为了使日本的未来更加公正廉明、繁荣富强，离不开建立在正义基础上的社会秩序。这是他所信奉的主义。年仅四十七岁，便做到了警察厅刑侦局长的位置。

自少年时代起，浅见便时常被人将其与仁兄比较，加以品头论足。家里人并没有这种感觉，但街坊以及亲朋好友，特别是那位爱管闲事的平林夫人毫不掩饰地声称："你家阳一郎很有出息，光彦则不然。"这种话，浅见家已经听了近二十年了。

"光彦有光彦的优点。"凡到此时，雪江便彬彬有礼地予以答复。然而，三番五次地有人前来说亲时，却终因这"等闲之辈"的恶劣名声不欢而散。这无疑也使浅见感到困扰。

只有浅见家前任保姆"小清"对这位二少爷赞赏有余。只要两个人在一起，小清便会袒护说："大公子阳一郎非常优秀，但二公子光彦一点儿也不逊色。"这倒也无妨。只是在"二公子"的盛名之下，有些其实难符。然而，能够得到别人的夸奖，也是好事。这便成为浅见精神上的支柱，使得他的成长道路并未出现重大挫折。所谓教育精髓，似乎正是暗含在这一奥妙之中。这便是浅见的亲身经历。

继小清之后，同是新泻来的须美子完全继承了小清的衣钵，再次成为"光彦公子"的崇拜者。与前任"阿姨"有所不同的是，这位须美子是位正当年的淑女。她对光彦公子的崇拜之念，随时有可能发展为朦胧的眷恋之情。

按照雪江的计划，二儿子早就应当娶妻成家。光彦却始终不能独立，不能有一个固定的职业。勉强维持所谓自由撰稿人的职业，却像一片失散的浮云，漂泊无定。

至此，雪江再也不能忍受，时常刻薄地催促道："什么时候才能独立？”再不成家立业，恐怕家里也难以容纳他了。他似乎已经成了雪江的思想包袱。

这时，须美子敲门唤道：“光彦先生，你的电话！”在这个家里，只有客厅、雪江的房间以及阳一郎的书房设有电话。每个房间都设置电话，将导致家庭成员互相隔绝。这是根据雪江的主张安排的。同样因为这一原因，手持电话在家里被禁止。甚至作为自由撰稿人的浅见，至今也只被允许配备一部车载电话。理由很简单，“车载电话被限制在了汽车这一狭窄的空间”。可是，作为自由撰稿人，二公子不久便打算申请一部手持电话。

“是藤田打来的吗？”浅见一边走出房间，一边说着《旅游与历史》杂志社总编辑的名字。

“不，是一位叫冈野的女士。”从须美子那若无其事的语气可知，这位女子并不年轻。假如对方是年轻女子，她便会有意无意地流露出竞争意识。

浅见对于这位“冈野”女士却没有任何印象。“让您久等了，我是浅见光彦。”

“啊，浅见先生！”听到浅见的声音，对方似乎松了一口气。的确不年轻，是一位中年妇女的声音。“噢，我叫冈野，冈野松美。您是否还记得，有一个高崎的冈野松美，在池永先生那里曾经得到您的关照。”

“啊，冈野小姐，好久不见！上次多亏你大力协助，非常感谢！池永先生还好吗？”

浅见似乎回忆起来了。那是一位名叫池永惠一郎的原县议会议员，至今在群马县仍具有一定的实力。冈野是在池永先生开设的养老院从事护理工作的女子，曾经为解决发生在伊香保温泉的事件提供过重要线索。

“噢，托您的福。今天给您打电话，只因为有一件事情希望得到您的帮助。”

“嗯，池永先生有什么事情吗？”

“不，不是池永先生。我是受另外一个人的委托，一位中学女教师。她遇上点儿麻烦事了。”

“噢，不会是因为一些糟糕的图画而被人指责吧？”

“啊？不，不是因为图画，是因为一张照片。”

“什么？这次是一张照片吗？是不是又遭到了一位厉害女人的指责？”

“不，比女人更厉害，遇到了警察。”

“警察……太厉害了！是警察找上门来了吗？如果是教育委员会还有情可原。不容分说地叫出警察，实在有些过分。那究竟是张什么照片？不会是见不得人的照片吧？”浅见想象着，那可能是一张不堪入目的裸体照片。

“且不说是否见得人……那位女教师说她完全记不得那张照片了。”

“那么，是被偷拍吗？那可是犯罪行为。那位教师是受害人吗？”

“噢，是的。可是，说是受害人，死去的并不是那位教师，而是另外一个人。”

“啊！死人？这到底是怎么一回事？”或许是由于冈野松美说话语气的缘故，听起来让人焦急不安。而且，似乎与杀人事件有关。

“噢，实际上我也是道听途说，不了解事情真相。而且，那个年轻人非常希望能够得到浅见先生的帮助。他非常诚恳地提出请求……”

“那个年轻人，这么说，那个教师是位年轻女子吗？”

“啊？噢，那的确是位年轻女教师。但是，实在对不起，我说的那个年轻人，他是个中学生。”似乎因自己的话而使对方感到失望，冈野向浅见表示道歉。然而，看起来事情越发显得错综复杂了。

“总之就是说，发生了一起杀人事件，而那位年轻女教师受到了警察的怀疑——是不是这样？”

“噢，是的，就是这样。浅见先生真不愧是名侦探，理解问题非常迅速。”

其实是不是名侦探，这点事情谁都能猜得出来。“那么，需要我做些什么呢？”

“实在对不起，我想，能不能请浅见先生来一趟高崎……噢，这是那个年轻人，不，不是那位教师，而是那个中学生的希望。依我看，这似乎不可能。我跟他说过，那是不可能的……”冈野松美絮絮叨叨地解释着。

“不，并非不可能。只是不知道我能否帮得上忙。而且现在马上就去恐怕有点儿……”

“是呀，我看还是不可能呀！”

听到对方失望的声音，反而引发了浅见的冲动，希望能够对其有所帮助。仅凭冈野的解释，终究不可能把握事件的整体轮廓。总而言之，似乎有位女教师被卷入了一起杀人事件。

对方希望他立即去到高崎，帮助解救危机。然而，浅见却不知道如何做起。高崎离东京并不很远。但即使如此，动一动就要发生各种费用。对于终日无所事事的自由撰稿人来说，要想承担此任，并非轻而易举。“我会认真考虑你的请求。”浅见带着官腔，好歹暂时挂断了电话。

然而，希望浅见“出山”的竟是位中学生。这引起了浅见的极大兴趣。就在不久前，听到雅人学校发生了类似事情，让人感到事情并非孤立的，也引发了他的兴趣。

此外，还有一个原因，似乎涉及这起事件的女教师非常年轻。这也是浅见不忍心将其置之度外的原因之一。尽管如此，浅见在道德上并非别有用心。母亲无尽无休地唠叨，希望他早日离家独立。浅见不可能对此无动于衷。至少，这也成为了浅见的潜在动机。

根据以往的经验，即使不能立即介入，也总会因为某种原因最终卷入其中。而这种情况，八成来自杂志《旅行与历史》的请求。

《旅行与历史》杂志，顾名思义，是一本以旅游和历史为题材的综合性杂志。浅见为其撰写稿件，几乎成为了它的专职采访记者。《旅行与历史》杂志的出版方针是无特定见解。其象征性人物是总编辑，名叫藤田。此人同时也是能够任意驱使浅见的天才。

“此次，《旅行与历史》杂志社作为报答读者活动的一环，决定组织侦探旅游团。为此，请浅见先生予以协助。”

这种完全不考虑对方情况、单方面擅自做出决定的办事方式，早已成为藤田的惯例。因此，浅见听了并未感到惊讶。然而，如果是采访活动，或者是苛刻的截稿日期，浅见似乎已经习以为常，但此次居然是被召来组织旅游团。尽管浅见终日逍遥在外，但这种工作实在让他难以胜任。“组织侦探旅游团，我能做些什么呢?”尽管寄人篱下，浅见还是想要确认总编辑的意图。

“去当地进行事前考察及事前交涉。此外，还有整个活动的策划。”

“这个，我怎么可以?”浅见感到失望，打算当场拒绝。

“噢，浅见先生绝对没有问题。再说，除你以外，没有人可以承担这项工作。”

“你为什么这样说？这种事前考察及事前交涉的规范工作我最不擅长了。这一点，难道总编辑不知道吗?”

“通常情况下，或许是你所说的那样。但这次却是浅见先生大显身手的时候。无疑，你一定也是信心十足的。”

“我不明白你在说什么。为什么这次非我莫属?”

"喂，喂，这还用我解释吗？首先说，完美解决那个事件的，难道不是浅见先生吗？"

"请稍等，你说的那个事件究竟是哪一起事件？"

"这还用我说吗？发生在伊香保的那起事件。噢，你是不是说过伊香保？"

"我没有说过。原来是这样？是去伊香保的侦探旅游团吗？"

"是的。所以我说必须由浅见先生负责。熟悉那里的地理环境、了解那个事件全貌的，只有浅见先生一个人。好吧，就这样决定。你要立刻准备去上州。关于侦探旅游的整体构思，我会马上用传真发给你。拜托了！"藤田说完，迅速挂断了电话。至于对方是否有时间，以及采访费用如何，他根本无心提及。

说什么拜托？浅见简直有些愤怒了。但是，坦率地说，这又似乎正中浅见下怀。

藤田所说的"伊香保事件"，无疑就是先前所说的那起事件。对于冈野松美的请求持保留意见的浅见，现在决定立即前往高崎。

不久后，他接到藤田发来的传真。其中，预定侦探旅游团的实施日期为十月份，计划在下一期《旅行与历史》上发表募集参加者的广告。按照这一计划，时间并非充裕。看来，与这种凭一时冲动做出决定的人打交道，实在令人难以招架。

给冈野松美打电话，转告她将去高崎一事后，冈野非常兴奋地说道："我马上就去告诉 KAZUNORI"。

"KAZUNORI 是谁？"

"他是竹内家的儿子，是个中学生。KAZUNORI 是个很好的孩子。"

KAZUNORI 似乎写作"一记"。这个少年是冈野松美的亲戚。他记得曾听松美说起过浅见的"英雄传奇"，因此想起要请他来帮助班主任老师逃脱困境。这位少年决心践行"见义勇为"

精神，因此，浅见也不可能等闲视之。

“我不能保证能否对他有所帮助。”浅见这样说着。

然而，松美却充满信心地说：“不，浅见先生一定能够成功！”

名侦探登场

1

高崎位于前往伊香保的途中。这里是十八号国道与十七号国道，以及上越新干线与长野新干线的分界，自古以来就是交通要塞。群马县的县政府所在地就设在毗邻的前桥市。一位不熟悉地理位置的浅见的朋友，竟然认为那里就是高崎。

七月二十日，浅见驾着 Soarer 奔驰在上州路上。原以为晴空万里，却是一阵酷暑迎面而来。埼玉县北部至群马县南部一带地区，在全国都以夏季高温著称。

在高崎出口下关越机动车道，浅见来到了事先约定的一家提供中餐的家庭式餐馆——“巴米扬”。在这里谈论有关杀人事件似乎并非适宜。时逢正午，冈野松美提出的会面地点就在这里。

由于是暑假的第一个星期日，店内客人熙熙攘攘。松美早已来到，提前占据了一个席位。见浅见进来，松美挥着手大声招呼：

“这边，这边。”那声音使浅见难以招架。少年竹内一记则稍晚一些到来。

“我这里首先要说明一个问题。”冈野松美压低了嗓音，说道，“前些日子说到的那张可疑照片，没有告诉一记的是，那是通过议员先生的介绍，私下从一位熟人警察那里听到的。因此，浅见先生必须装作不知道。”

“噢，明白了。”浅见不得要领，但还是表示了同意。

话刚说完，少年竹内便出现在面前。通红的脸庞，健壮的体格，一眼看去便知他在从事某项体育运动。自我介绍后，浅见问起他从事些什么运动。一记立刻回答：“参加了学校田径队。”接着又说，“实际上，请浅见先生帮忙的，正是有关我的班主任兼田径队顾问梅原老师。”

“噢，先不谈这些，大家看看吃点什么?”冈野松美提议。于是，三人分别向前来订餐的女招待点了饭菜。像这种家庭式餐馆，对于没有家眷的浅见来说极少光顾。翻开菜单，浅见发现，价格如此经济实惠。这样看来，即使全部由他支付也不必担心。浅见暗自思忖着。

“最近梅原老师情绪非常低落。”吃了一些春卷和烧麦等点心之后，他又要了一碗炒饭、一碗拉面。竹内一边填饱肚子，一边开口说道。

英语教师梅原彩既是竹内所在班的班主任，又是竹内所属田径队的顾问。为此，小一记必须显示出男子汉的气概。竹内就读的中学，自从来了两名警察以后便开始发生“异变”。“梅原老师说，什么事情也没有发生。但我认为，一定出现了严重的问题。”

她上课一如既往，但在参加课外活动时，便让人感到她心事重重。“照此下去，我担心梅原老师会辞职离开学校。”

“噢。尽管不知道什么原因，但我想，老师是不会轻易辞职的吧？”浅见按照常识，表示出疑问。

“这个谁也不能保证。我很担心她。上小学时，担任班主任的女老师也是在出现这种事情后突然辞职了。我非常喜欢那位老师，她离开后我感到很伤心。我不希望再次遇到这种事情。”

“原来如此。可是，你并不知道警察为什么来到学校。当然，也并不知道梅原老师为何烦恼。在这种情况之下，我们无法知道应当采取什么对策。”

“正因为如此，我希望浅见先生能够直接向梅原老师询问一下情况。因为我不可能自己去问。我去问，老师也不会回答。”

“但是，我与梅原老师素不相识。如果我出面，梅原老师会非常警惕，说不定，我们会被梅原老师赶出来。”

“那不必担心。我可以带浅见先生去，就说是我认识的名侦探。”

“哈哈，哪里有什么名侦探？充其量不过一个自由撰稿人。”

“我知道浅见先生这样说，是为了掩人耳目。”

“你这样说，会被人误解的。”

“但这是事实。听冈野小姐说，浅见先生是名侦探，小说里也是这样写的。”

“是的，浅见先生。”冈野松美也在一旁敲边鼓。

“伊香保事件当中，浅见先生作为侦探，不是比警察还出色吗？拜托浅见先生，请一定满足一记的愿望！”

“我明白了，但是有一个条件。”

“条件！是不是侦探费用？”竹内不安地问道。

“哈哈，所以我说我不是侦探。这不是报酬问题。正如我刚才所说的，条件只有一个，那就是梅原老师必须同意与我见面，并且答应与我交谈。如果这一点办不到，一切都无从谈起。”

“这个全部包在我身上。”

“我看可以，我相信你。此外，还有一个条件，你做完这事后，整个事件就和你没有任何关系了。如果你不答应我这个条件，我不会帮助你。明白了吗?”

“是的，一言为定。”竹内像一个战士似的举起了右手。

双方达成协议。松美如释重负，显得轻松愉快。

“那么，我现在就给梅原老师打电话。”竹内离开座位，用手机与梅原彩取得了联系。“梅原老师今天整天都在家。我说一会儿要去拜访，梅原老师开始有些犹豫，但立刻又表示了欢迎。”

“你告诉梅原老师，我也一起去了吗?”

“不，还没有说。”

“是这样? 如果告诉老师说有个陌生人一起去，或许会被拒绝吗?”

“并不是因为这个原因。”

“哈哈，噢，没有关系。总而言之，我是不速之客。萍水相逢，我要准备好吃闭门羹的。”

“梅原老师一定会明白，一切都是为了她。”

“但愿如此!”

浅见支付了巴米扬的餐费。抢在冈野松美之前，浅见将账单拿到了手。“实在对不起!”松美感到惶恐不安，不住地道着歉。

“请问，梅原老师的家就在附近吗?”

“不，在涩川。”

“噢，是在涩川吗?”本以为梅原老师的家就在高崎市内，却与想象完全不同。

竹内坐在助手席上。送走松美，浅见在导航仪上设定梅原家地址，便开车出发。到梅原家的距离不足以上高速，浅见选择了普通道路。中途路过竹内走读的学校——春日中学门前。这是一所位于住宅区内的典型公立中学。操场上，同学们正在踢足球。

“田径队今天休息吗?”

“今天到十点钟以前，由田径队使用操场。其后由足球队和棒球队使用。”

“那么，你已经出过大汗了，对吗?”

“是的。回到家里淋浴以后才来见浅见先生的。”

“你的父母呢?”

“父母今天都在家。马上就要进入三伏了，父母说出去买些鳗鱼饭，我就趁机逃了出来。否则，父母会没完没了地问要去什么地方。”

“你是独生子吗?”

“是的。你怎么知道?”

“看父母对你那关心备至的样子就会知道。像我这样，仿佛断了线的风筝，任由你到处飘荡，没人担心。”

“我很羡慕你自由自在的样子。”

“真的吗？可在我看来，像你这样能够得到无微不至的关照，该有多么幸福!”

“你说的不对。那就像一副沉重的担子，被赋予的期望值越高，感到责任越重大。为了不让父母失望，我必须努力学习，取得好成绩。平常要尽力表现自己，以获得老师的赞赏。久而久之，就会感觉很辛苦。”

“真了不起。如果同学们都像你这样考虑问题，家长和学校就不必为了你们日夜操劳了。”

“并不像你说的那样。有时，我甚至自己都觉得这样做很愚昧。”

“很好，很好！能够客观地分析自己，非常好。希望你今后能够继续坚持下去。”

“是的，我会尽量努力去做。”

“另一方面，”浅见有一件事情要与竹内确认，“家长当中是否有人到学校来抱怨？当然，我以为竹内的父母不会这样做。”

“噢，浅见先生说的，是不是所谓的怪兽家长?”竹内对此非常了解。

“噢，这种事情在学校也经常听到吗?”

“不。在学校没有听到过。新闻和报纸经常报道。我家父母也谈起过这些事。”

“竹内君的父母怎样说?”

“他们说最好不要这样做。”

“噢，竹内的父母非常通情达理。竹内父亲是做什么工作的?”

“父亲经营一家印章行。”

“印章行?是个少见的行业呀!”

“那是个正规的公司组织。祖父是第二代，父亲是第三代，在高崎和藤冈分别设有两个店铺。祖父负责藤冈的店铺，父亲负责高崎的店铺，母亲负责办公室业务。因此，我家父母都在外工作。”

“这么说，你就是第四代啦。”

“这个现在还不知道。整天坐在工作台前埋头干活，有时还要访客户拿订单，并不是什么令人羡慕的工作。父亲也说要我选择自己喜欢的道路。”

“嗯，父亲很有远见。可是，已经传了三代的行业，如果将其断送，不觉得很可惜吗?”

“店铺可以交给家人以外的人继承。”

“原来如此……那么，你将来希望做什么?”

“我希望做与联合国或外交部有关的工作。所以，我非常珍视梅原老师的英语课。当然别的科目也很重要，但首先要学好英语。但是说归说，我觉得联合国或外交部对于我来说，有些高不可攀。”

“那不一定。一个人必须有远大的志向。我在你这个年纪时就没有什么理想。糊里糊涂地上了大学，又糊里糊涂地从事了这份工作。”

“浅见先生很厉害，能够成为日本第一的名侦探!”

“哈哈，我说过，我不是什么侦探。我只不过是一个微不足道的自由撰稿人。人们称我是等闲之辈。”

“我不相信！像浅见先生这样帅气的人，算是百里挑一呀!”

“你觉得很帅气吗？既不以写作立身，又没有经营一家侦探公司，所有事情都是半途而废，至今还不能成家立业。如果世上所有人都像我这样，岂非天下大乱？正是因为有些人脚踏实地地工作，才使得我这类游手好闲的人得以苟且偷生。说实话，我真是感到内心惭愧。”

“嗯，真的吗？如果真是那样，那么浅见先生一定也有烦恼啦。我一直以为只有自己才有烦恼。”

“那当然啦！只有感到烦恼，人类才能有所进步。没有烦恼的人，自然也不可信。”

“是的。今天我懂得了许多道理。我想，也应当告诉梅原老师这些道理。有烦恼才会有进步，才能得到信任。”

“哈哈，这种事情，老师自然也会懂的。”浅见笑着说道。然而，如果梅原老师的烦恼与警察有关，或许要比想象的更加严重。

2

涩川市差不多位于群马县中心地区。而群马县本身又位于日本的中心。因此可以说，涩川市处在日本的正中央。这里是穿过上越边界进入关东地区的必经之路，曾经是上杉谦信留下历史足迹的地方。

涩川市西面为榛名山系。沿山脚下那平缓的坡，形成一片广阔的平原，一直通向利根川，使得整个城市向东呈坡形延伸。

从 JR 涩川火车站向西，沿着一条宽广的道路前行约一公里，便来到一片住宅区。梅原家就住在这里。周围散落着市政大厅以及学校、商店。

不知是因为街道绿树成阴，还是因为吹过利根川的微风，城市的空气比起高崎凉爽了许多。

梅原家是一座极其普通的二层小楼。院落里一棵硕大的柿子树枝繁叶茂。且不论甜柿子还是涩柿子，等到秋日硕果累累，必将是田园牧歌一般风景这边独好。

梅原家门前的道路并不宽敞，往来车辆也寥寥无几。这里短时间停车，并不会造成违章而招致警察到来的麻烦。浅见和竹内下了车，竹内战战兢兢地按下了门铃。“请问哪一位!”随着里面一声应答，竹内通报了姓名。不久门被打开了，一位年轻女子出现在面前。

竹内满脸稚气地介绍道：“这位是梅原老师。这位是浅见光彦先生。”

果然不出所料，对于浅见的到来，梅原彩异常反感。她让浅见一人在门外等候，只把竹内请进屋，小声地说道：“你这样让我很为难。”门外的浅见也能听到梅原的不满。竹内努力解释，却始终得不到梅原同意。

这时，梅原彩的父亲似乎察觉到了门口的动静，从屋里走了出来。他一眼看见了站在门外等候的浅见，浅见微笑着深深鞠了一躬。

父亲和女儿逮住竹内，一问一答地在争论着什么。最初，父亲对这位不速之客的到来面带难色，无意中听到“他就是参与解决伊香保杀人事件的那个人”时，再次将目光转向了浅见。似乎竹内的解释产生了效果，紧接着，浅见被邀请到了屋里。

“原来如此，你就是那位浅见先生吗?”父亲不胜感慨，不时端详着浅见的面孔。

“噢，我听说过你的事情。你迅速解决事件，帮助我们市的工作人员解决了很大的难题。”

伊香保在“平成大合并”时被合并到涩川市。梅原彩的父亲雄一朗在市工商产业科任科长，主要负责与旅游相关的事务。对于涩川市来说，伊香保是一棵摇钱树。那些破坏伊香保形象的案件，必须得到彻底解决。

不一会儿，彩的母亲也走了出来。听到丈夫介绍了原委之后，她便自我介绍道：“我叫千鹤子。”

“快请进，请进屋里说话。”雄一朗把女儿抛在一边，为客人取出了拖鞋。女儿见父亲如此热情，开始感觉放心，也就不再执意违拗。

浅见被让进一间不很宽敞的客厅内。坐稳后，梅原父女再次对浅见的到来表示欢迎。浅见则简短地介绍了情况，说明了来意。

“或许竹内冒冒失失，说得有些言过其实，我本人却没有打算过分喧哗。”梅原彩心情沉重地说道。

“噢，并不是那样。竹内君对彩的事情非常担心，难道不是很幸运的事情吗？通常情况下，年轻的女子被警察找上门来，做父母的不可能不闻不问。”父亲雄一朗深感不安地说道。母亲千鹤子也愁眉不展地点了点头。

“可是，我和那个事件完全没有关系。不论警察怎么说，我只能不予理睬，装作没听见。”彩说得很坚决。

“那是不可以的。这种事情，你不说人家也会有所感觉。人们会进行各种各样的猜测。竹内君不是察觉到警察在调查吗？即使没有任何依据，那种莫须有的流言蜚语也会迅速传开来的。那样的话，不仅会给彩的学校带来麻烦，而且对我工作的市政府，也会造成不良影响。”

“所以说，警察想来就来，我们根本无法控制。”

“正因为如此，最好的办法只能从根本上解决问题。如果能够得到浅见先生帮助……”

“啊，请稍等！”听父女俩这么一说，浅见赶忙插嘴。“我甚至还不知道警察已经来过学校或您家里？究竟是什么样的事，我还什么都不了解。因此，并不敢保证事件一定能够得到解决。这一点，我必须事先说清楚。”

“那是当然……”雄一朗似乎再次感觉到了事件的复杂。“总之，还是应当由彩亲自向浅见先生讲明经过。浅见先生，给您添麻烦了。请您一定帮忙！”雄一朗恭敬地鞠了一个躬，然后说，“那么，我们最好不在旁边打扰。”便督促妻子起身离开。

“竹内君最好也回避一下。我们一起到隔壁房间去。”竹内望着浅见，似乎在向浅见确认，我应当怎么办？浅见点了点头。

三个人离开后，狭小的房间里空气立刻变得紧张起来。浅见似乎并不擅长在这种场合与妙龄女子单独交谈。但是无疑，此时绝不容许他沉湎于甜蜜的梦幻之中。“你好！”浅见重新坐稳后，开始进入正题。“首先，是否请梅原小姐介绍一下，警察是因为什么来到学校的？”

“嗯，事情还要从大约一年半以前说起。否则，很难说得清楚。”梅原彩将视线投向远方，一边思索着，一边说道。

事情最初起源于彩在沼田市的Q中学就任临时教员一职。在那所学校，梅原彩代替因病暂时停职的中年男教师，担任临时教员。不到半年，合同就期满了。据说那位男教师又重新回到了教师岗位。以后的事情，彩不得而知。然而，不久前警察来到学校，说男教师已经“自杀”身亡。

“是自杀吗？”浅见追问道。

“问题就在这里。报纸等媒体报道是‘自杀’，警察仍然怀疑是他杀，并且似乎正在进行秘密调查。”

“他们的依据是什么？”

“我也不知道。听说就死在我工作过的学校教室里，而且就倒在黑板前面。有关详细情况，你最好去问警察。据说，警察对各种可能性均要做一番详细调查。”

“的确，警察会这样做。但是，他们因为什么理由，就找到梅原小姐这里来了呢？”

“这里面很复杂。死去的泽先生——那位老师，手里有一张照片。照片上与泽先生并排站着的是我。”

“原来如此……”浅见故意装作第一次听到这一信息。

那个姓泽的人退休后带着照相机，去工作过的学校拍摄了许多照片。其中就包括彩工作过的春日中学，因为春日中学是泽先生最初工作的学校。为此，警察推测，这里面似乎蕴含着重大意义。然而，彩不记得自己拍摄过这张照片。经过警察进一步调查发现，那竟是一张合成照片。

“那位泽先生，是不是有这种嗜好，就是说，偷拍或擅自合成照片的恶习？”

“这个我也不知道，说不定警察知道。详细情况他们不会告诉我，我也不想知道。”

“可是，在梅原小姐完全不知情的情况下，照片被合成了，因此，你也是受害者呀！”

“是的。警察却把我当成了怀疑对象，认为我有可能是加害者。这让我感到十分震惊。”彩公然表示愤慨，却又显得无能为力。

“你是加害者？”浅见也表示惊讶。

“是的。我被怀疑的理由是，沼田市Q中学的泽先生之所以离职，是因为我。因此，他对我怀有怨恨，而我则有可能对他的怨恨实施报复。请问，岂有此理！”梅原彩似乎对警察的恶劣态度忍无可忍了。

“我认为，警察并不像你想象的那样怀疑一切。”浅见笑了笑，尽力安抚彩。“通常状况下，警察有警察的做法。”

“浅见先生不是当事人，所以显得非常冷静。但是，请站在我的立场上想一想！警察突然来到学校，在校长和教务主任面前对我提出质问，似乎泽先生的死应当由我承担责任。”

“我明白。我也多次经历过这种事情。严重的时候，曾被关进拘留所。”

“啊，是被警察逮捕吗？究竟为了什么？”

“哈哈，当然没有任何理由，完全因为误会或是警察的胡乱猜测。而我则成为嫌疑人，会在没有逮捕证的情况下作为所谓现行犯被逮捕，以妨碍公务为由，或者其他什么罪名。”

“嗯，有这种事情？这么说，我还算幸运的啦！”

“是的。警察并非当真认定你是嫌疑人。尽管如此，也会使人感到不高兴。这种情况持续下去的话，终将使人难以忍受。”

“是的，就是这样。但是，我们无能为力。据说，要证明自己无辜非常困难。对此，我深有体会。”

“你说的很对。”

“浅见先生是如何证明自己清白的呢？”

“你是问我吗……”浅见不知如何回答是好。多数情况下，警察得知哥哥阳一郎是刑侦局长后，就会将他无罪释放。对此，浅见却不能如实相告。“肯定有能证明自己清白的办法，但必须付出很大努力。”

“真的吗？如果有办法，请一定告诉我应当怎么办？”

“只要找到真正的嫌疑人，就能够证明自己的清白了。”

“这种事情……这种事情还用说吗？如果我们能够抓住嫌疑人，还要警察做什么？”

“不，我们只需找到他。调查证据，对嫌疑人实行逮捕是警察的事情。外行能够做的，只是协助确定嫌疑人的所在。”

“即使如此，我觉得也很困难。我们怎么能够做到呢？”彩有些灰心丧气，扭头望着浅见。

“当然有很多困难。如果不努力，就会一无所获。如果放弃希望，任凭警察摆布，那就只有不愉快。其实，与警察打交道，也会感到许多乐趣。”

“什么乐趣？首先说……第一，究竟应当如何寻找嫌疑人。我对此完全没有头绪。或许，浅见先生有高见？”

“不，我并没有什么高见。”浅见淡淡回答道。彩越发显出对浅见的不信任。

“目前，我手中掌握的有关事件真相，只是从梅原小姐那里得到的一点点信息。即使如此，我认为其中有一些耐人寻味的东西，例如有关泽先生的行动。他带着照相机到工作过的学校去拍照，有可能偷拍梅原小姐的照片。这些都非常有意思。”

“你觉得很有意思吗？我可是感觉令人作呕。”

“是的。的确，从被偷拍者的立场看，不但令人作呕，而且令人愤怒。就是说，泽先生是被憎恨的对象。由此不难理解，警察为什么会对此感兴趣，并且开始接近梅原小姐。”

“卑鄙！浅见先生，你为什么要极力袒护警察呢？”

“哈哈，我不是在袒护警察……可是，应当理解警察注意这一事情的原因。要知道，除此以外，警察并不掌握其他任何线索。然而，警察所注意的并不仅限于梅原小姐。在泽先生四处奔波拍摄的照片当中，除梅原小姐以外，还有许多。与梅原小姐的情况相同，警察会对他们逐一调查，努力从中找出线索来。”

“这么说，还有一些人和我一样，也被警察拜访了吗？”

“或许……就是那样。”浅见说着，心里却感到一丝不安。如果在此之外还存在嫌疑人，警察不可能连续两次盯住彩。他们绝非整天无所事事。或许，作为案件线索的照片也非常有限。

“总而言之，如果不对详细情况做更多了解，就无法采取对策。今后有必要做一些具体的调查。无论怎样，梅原小姐没有必要对这件事情过分紧张，以至自寻烦恼。我也嘱咐竹内君不要担心。他是当今少见的依然保持纯真本色的少年。”

“你说的很对。竹内君对我如此牵挂不下，我非常感激。无论怎样，学生们还是非常可爱的。”

彩的情绪总算开始平稳下来。尽管如此，仍不能保证浅见的“调查”能得以顺利进行。因为，能否得到警察认可，将是他要面临的最大难关。

3

离开梅原家，将竹内送回高崎，浅见上了关越机动车道。他将横穿涩川，直往北面的沼田市。沼田位于利根川和片品川汇合处北侧的高原地带。翻开地图，沼田市仿佛一只蝴蝶在展翅飞翔。

从沼田沿关越机动车道或十七号国道向西北方向，可到达新潟。沼田市北面有月夜野、水上等著名温泉胜地。沿一二〇号国道向东，穿过片品，连接日光方向。与高崎及涩川一样，这里亦是交通要塞。发源于北面谷川岳山脉的数条河流都要流经此地。受其影响，气温比涩川低许多。

下高速公路向西，浅见驱车往沼田市中心方向行驶。不久，左边便是沼田警察局。那是一座五层建筑的堂堂正正的警察大楼。浅见把车停放在宽阔的停车场内，向大门走去。

浅见对于去警察局习以为常。尽管如此，每次进入警察局大门的那一瞬间，他无论如何也不能摆脱紧张的情绪。

浅见向负责接待的女职员递上名片。此次他使用了“旅行与历史编辑部记者”身份的名片。这是一本与刑事案件毫不相干的杂志。然而，对方似乎对此并不了解。记者的身份仿佛多少引起了对方的注意。

“有关中学教师死亡的事件，想向警察了解一些情况。”听浅见这样一说，那位女子并未感到惊讶，立刻挂了内线电话。不一会儿，那女子放下电话，平淡地说道：“现在没空接受采访。”

“现在没空，那什么时候可以？”

“定期的记者招待会刚刚结束。下一次答记者问应在七点或八点以后。”

浅见无法忍受对方的慢条斯理。“井波组长是否在？”浅见提起了去梅原彩家调查的刑警。

“你找井波吗？”女子面无表情地拿起电话机。她用左手捂住嘴，小声说了些什么。对方似乎表示理解。“井波马上就来，请你先在这边等一下。”

浅见坐在对方指示的板凳上。不大一会儿工夫，走过来一位身穿翻领短袖衬衣的男子。看上去年龄略长于浅见，身高与浅见不相上下，却显得比浅见更加魁梧，俨然一副刑警风度。那男子向负责接待的女子确认来客后，看了一眼浅见，走了过来。“我是井波。你找我有事吗？”对于素不相识的来客，对方显得有些警惕。

浅见再次递上名片，同时做了自我介绍。井波并不知道《旅行与历史》杂志。“噢，是杂志社的记者吗？”那语气明显带有轻蔑。令人担心的是，对方或许认为，报社记者还有情可原，对于一家闻所未闻的杂志社记者，恐怕警察根本无心理睬。“那么，你有什么事情？”

“关于泽吉博先生的事件，我想了解一些情况。”

“噢，关于那个事件，刚才科长在定期的记者会上已有过说明。有关内容可以向报社的人士咨询。”说着，井波便要转身离开。

浅见赶忙追上去说道：“我是作为梅原彩小姐的代理来到这里的。”

“梅原小姐……”井波回过头来，皱了一下眉头。

“你……噢，就是浅见先生吗？你和梅原小姐是什么关系？”

“我们是朋友。”

“嗯？那么，是什么代理？”

“梅原小姐被警察视为与此次事件有关，因此感到了压力。这样下去，很可能患精神分裂症。我认为，有必要调查清楚究竟发生了什么事情，并且根据这一结果采取措施。为此，我特地前来打扰。”

“采取措施？那么你……”井波既感到困惑，又感到有些不快。他或许认为，一定是一个爱挑剔的市民来向警察故意挑衅了。“你打算就什么问题采取怎样的措施？警察只是履行正常的调查手续，并没有发表任何不当言论。”

“我明白。作为警察，你们可能履行了自己的正当义务。但是，那些善良的市民却不这样认为。况且，警察来学校进行调查，不用说校长和教务主任，甚至其他教师和学生都会用怀疑的眼光看待梅原小姐。现实情况是，梅原小姐已深陷这一困境。这样下去，事态发展会愈发严重。必须立即做出妥善的决定，还梅原小姐以清白，消除周围人们的误解。为此，应当采取怎样的措施？目前警察的调查……”

“请你稍微等一下……”井波显得有些紧张，打断了浅见的话。接待室人员进出频繁，在这里大发议论让人无法接受。眼下经过这里的人们，不论警员还是一般市民都现出惊讶的目光。“这里人多眼杂，请最好不要谈论那些棘手的问题。”

“的确是这样。那么，最好找一个适当的地方。”

“适当的地方？像你这样突然闯入，给我们增添了许多麻烦……好吧，我明白了。请跟我一起去审讯室。”很显然，井波认为去铁窗背后的审讯室，对方一定会感到恐惧。

“噢，随便什么地方都可以。那么，我们现在就去审讯室吧！”浅见一边催促井波，一边准备去审讯室。

无奈之下，井波嘟囔道：“真拿你没办法！”他带着浅见，有气无力地朝审讯室走去。

进了审讯室，井波就像回到自己的领地，恢复了自信，再次摆出刑警的强硬面孔。他仰面朝天坐在一把折叠椅上，用蔑视的目光注视着来客。“那么，请再次回答我，你到底想说什么？”

“我的问题是，梅原小姐因烦恼而受到精神上的折磨。我们如何才能帮助她尽快解除这一痛苦？”

“你说我们应当怎么办？”

“我认为，最好的方法就是求得警察的帮助。”

“噢！警察不是在努力吗？你希望警察怎么样？”

“当然，我希望警察帮助调查事件，捉拿嫌疑人。”

“哈哈，这种事情不用你说，警察也会努力去做的。只是，如果能够像你说的那么简单，就不需要付出任何辛苦了。总之，此次事件被认定为杀人事件，还只是刚刚做出的判断。在此之前，是作为自杀和他杀两种可能进行调查的。今后要在沼田局设立调查组，正式展开调查工作。”

“噢，是这样？警察可真沉得住气。”

“可警察并没有怠慢。警察的原则是，尽可能考虑到各种因素，并在此基础上进行调查。”井波显得有些不愉快。“正是因为如此，今天我们就谈到这里。请你赶快离开！”

“请稍等一会儿。”井波正要站起，却被浅见双手按住。“据说，被杀害的泽先生生前四处奔波，拍摄了许多照片。”

“噢，是的。你是听梅原小姐说的吧？”

“嗯。与梅原小姐的合影竟是人工合成的。据说，警察最初并没有察觉到这一点。”

“的确有这么一回事。但这种事情当事人最清楚，如果是不知情的人，由于合成技术高超，根本看不出是合成照片。这并不能说警察视而不见。”作为警察当中的一分子，井波必须对此做出明确说明。

“明白，明白。就算是我，也有可能不会发现。另一方面，泽先生到他工作过的学校拍下了许多照片，请问警察是否看到了其他照片？”

“嗯？噢，这个嘛，我都看过了。”井波不由得表情有些紧张。

“那么，总共有多少照片？”

“总共嘛，大约一百多张。”

“嗯？井波组长不知道准确数字吗？”

“噢，我并不是不知道，只是记不得到底有多少张照片。”

“梅原小姐被拍下的……也就是被合成的那张照片，前后都拍摄了哪些内容？这个井波先生了解吗？”

“这个嘛……”

“嗯，这个难道不知道吗？”浅见感到惊讶，但立刻又有所察觉。“或许，其中并没有梅原小姐的照片。”浅见的话切中要害。

井波露出极不愉快的神色，眼睛紧盯着这位不速之客。“目前正处于调查阶段。有些事情不便对你说。我还有许多工作，今天就谈到这里吧！”这次，井波决心不再退让，毅然决然地站起身来，准备离开。

浅见慌忙紧随在井波身后。有关照片的事情，如果不借此机会问个清楚，则很难了解到真相。

离开审讯室，去到二楼刑侦科的楼梯上，浅见叫住井波：“井波组长，请稍等一会儿。”然而，井波头也不回地往前走。

这时，从二楼下来的一名男子向浅见打着招呼：“啊，这不是浅见先生吗？”

“噢，森山警官！”浅见大吃一惊。这是侦破“伊香保杀人事件”时群马县警察局搜查一科的森山警官。

“怎么会在这里遇到你？有事情吗？”森山表情复杂。在解决伊香保事件中，浅见显示出的卓越手法让森山感到敬佩。然而，森山对这位警察厅刑侦局长的弟弟并无好感。“你不会是来插手这个事件吧？”

“嗯，这么说，是不是森山先生已被委派担任调查组长了？”

“是的。今天成立调查组了。就在刚才，我正式上任了。”

“那么，来得早不如来得巧。刚才从井波先生那里了解到一些情况。希望森山先生能够劝说井波先生加强交流。”

“你是说哪位井波？噢，就是他呀。”森山看了看站在台阶上表情难堪的井波。

“井波君，你看如何，可以谈一谈吗？”言外之意，森山似乎在说，“用不着跟他浪费时间。”

然而，井波却急忙走了过来。“噢，这种事情嘛……嗯？森山认识浅见先生吗？”

“是的，我们当然认识。”森山趴在井波耳边小声说了些什么。

“啊，是真的吗……噢，实在对不起！刚才有些失礼了。”井波对浅见行了个礼。“这样的话，我们还可以再谈一谈。”

“那太感谢了！我们立刻就开始吧！”

浅见很高兴，正要返回审讯室。森山叫住了井波：“喂，请稍等一会儿。”

“你们打算谈什么？”

“我要谈一谈有关事件的概要。”

“事件的概要？那么，我也很想听一听。我也一起参加吧！”刚刚上任的森山，有些情况还不熟悉。如果任凭浅见独来独往，恐怕必有后患。

这次他们没有去审讯室，而是来到一间小小接待室。井波热情地端上了一杯速溶咖啡。“那么，浅见先生想要问些什么问题?”森山开口说道。

浅见就谈到的案件经过简单做了说明。森山对事件的基本情况已有所了解，然而有关照片的情况，却未接到报告。

“嗯，有这种事情吗?”

当听说梅原彩因为一张与遇害者泽吉博的合成照片成为“受害者”时，森山表示出了极大的兴趣。“我想知道，泽先生前后都拍摄了些什么照片。”

“的确如此。但不知道能否找得到那些照片。”

“噢，这个嘛……”井波表情为难地看了一眼浅见，然后说道，“我们对泽先生的住宅进行了搜查，并没有发现类似照片。泽先生使用的是数码相机。在他家里，找到了一些洗印出来的照片。此外，有些照片存放在计算机里，有些则存在储存卡当中。但是，我们并没有发现那张照片。”

“你说的那张照片，是不是指泽先生与梅原小姐的合影？请问，这张照片最初是在什么地方发现的？此外，是否查看了指纹。”浅见问道。

“在泽先生的上衣口袋里，仅仅发现了这张照片。上面只有泽先生的指纹。”

“原来如此……另外，泽先生是如何来到Q中学的?”

“在Q中学校门外的道路上，发现了泽先生的私人汽车。”

“如此看来，是否可以认为，泽先生深夜驾车来到Q中学，非法进入校舍，在教室黑板前，饮鸩致死。”浅见将此前混沌不清的事件经过，第一次理出了个头绪。

“是呀，大致就是这样。就是说，作为杀人事件，其中存在着许多不确定因素。当初的判断是，很可能是自杀。”

“有没有可能毒死后将尸体搬运到现场。”

“不能完全否认这种可能性。但是，现场在三楼。如果为了隐蔽犯罪事实，或许有这种可能。否则，嫌疑人没有理由刻意这样做。”

“是的。按照常识，不可能出现这种情况。”

“这么说，浅见先生是否认为，嫌疑人是个非正常思维的人？”森山对浅见的判断进行确认。正因为对浅见的能力有所了解，所以对有可能被浅见先发制人存有戒心。

“不，不。目前还不能判断。我只是感觉或许存在这种可能。总之，无论嫌疑人是怎样的人物，在这种不合常理的地方，利用事先准备的毒药及罐装咖啡从事犯罪活动，至少可以认为，他不是一个思维正常的人。”回答森山的问题后，浅见继续说道，“然而，将泽先生之死断定为他杀，是基于怎样的判断？”

“噢，其中有几个原因。第一是泽先生没有留下遗书。第二是不存在获取毒药的渠道。此外，就是泽先生前一天与妻子的谈话内容。”

“噢，泽先生与妻子谈了些什么？”

“他说要出去旅游。”

“啊……”浅见急于要知道下文，森山也颇有兴趣地望着井波。

“泽先生说，最近打算去海外旅游。他从未去过海外。从这一点来看，泽先生并没有想要自杀的迹象。”

“嗯？去海外旅游？果然不错，不像是要自杀的人说的话。能不能和他夫人直接谈一谈？”

“噢，你打算会见泽先生的夫人吗？”井波颇为担心地问道。

“是的，估计其他媒体也会前去采访。”

“问题就在这里。发生了这类事件，各家媒体都津津乐道地加以报道，从而把事情搞得沸沸扬扬。”

“你所说的这类事件，是不是指与学校有关的刑事案件？”

“是的。那位泽先生，在年轻教师面前竞争失败，于是对教师职业感到厌倦，以致陷入精神失常的状态，最终不得不离职退休。正因为如此，才被断定为自杀。”

所谓年轻教师，或许就是梅原彩。这种事情被彩知道了，又会让她感到忧虑。

“那位一向萎靡不振的泽先生，却又突然想起来要去海外旅游。我很想知道，其中是怎样的一种心理变化?”浅见看了看手表。时间接近下午五时。“估计媒体即将散去，我决定现在去拜访泽先生的夫人。请问是否可以?”

听浅见这样一说，井波为难地看了看森山，以征求上司意见。

“这种事情，浅见先生既然已经决定，我们没有权力阻挠。只是希望浅见先生尽量不要过于刺激对方。”森山故意一本正经地说道。

“当然，我不会做出过激的事情。如果你们担心，井波先生，或者森山可以和我一同去。”

“啊，你是说我吗？我看也可以。”

“不，您没有必要特地出面。我可以跟浅见一起去。”井波愤愤不平地说道，也不管他是什么刑侦局长的弟弟。总之，井波认为没有道理由上司陪同。

“是呀。那就拜托井波君啦！你带着浅见先生去，回来不要忘记汇报!”

事情完全按照浅见的想象发展。本来并没有打算请森山一起去，如果井波同行，则不会被对方拒绝。

他们决定乘浅见的 Soarer 前去遇害者家中拜访。泽家在町村合并前，是位于沼田市正东方向的“白泽村”。去泽家之前，浅见征得同意，顺便到了案发现场的 Q 中学。为此，浅见驱车向着与目的地相反的正西方向行驶。

Q 中学位于沼田市以西利根川河畔风光明媚的高原地区。这里是绝无仅有的环境宜人的好地方。然而，就是在这所学校的教室里，发生了杀人事件。这不能不让人感到悲哀。操场上，正在举行一场棒球比赛。如果同学们得知这一悲剧的发生，怎能承受这一沉重的打击。浅见不由得联想起来了。

“嫌疑人选择这个地方作为犯罪现场，理由何在?”浅见将车停放在学校停车场，眺望着学校建筑及周围风景，开口说道。

“这个，目前还不得而知。如果按照常识推断，或许是为了伪造自杀的假象。事实上，最初在被确定为自杀时，认为那是对他最后一个工作单位的惩罚。”

“可以去看一看现场吗?”

“是的……噢，不。最好不要去。如果得知警察带着一个自由撰稿人前来查看现场，对事件解决会非常不利。要看，得浅见先生一个人了。我们必须晚饭前到达泽先生的家。”

Soarer 来了个大掉头，横穿沼田市区，向白泽町方向驶去。这一带一派田园风光。根据井波的解释，沼田市人口约五万四千。白泽町仅占十分之一，人口不足三千八百，是典型的人口稀少地区。为此，村镇合并便成为必然趋势。

途中，要经过“旅途驿站白泽”。这里有白泽高原被称为“望乡之汤”的温泉设施，附近有老神温泉、南乡温泉等温泉旅馆，也有远近闻名的“吹割瀑布”。

“如果没有这些烦恼，专程来此旅游该有多么爽快!”当地出身的井波，颇有感触地说道。

名誉与事实

1

泽家位于旧白泽村中心附近。这是一座陈旧的二层建筑。房屋沿公路略微凹进，前面停放着一辆轿车。或许，这就是泽吉博的爱车。

浅见将车停放在道边。似乎是违章停车，但有警察在，不必担心。

大门旁边的门铃按钮显得格外破旧。井波试着按下门铃。果然，听到的不是悦耳铃声，而是从里面传来一阵蜂鸣声。不一会儿，屋里有人出来开门了。

门被打开，一位近乎半老的中年妇女走了出来。她似乎与井波有过一面之交。通常，警察的到访并不受欢迎，对方见到井波却像见到了救世主。

“对不起，又来给您添麻烦了。可以打扰一下吗？”井波直截了当地说道。

“这位是浅见先生，杂志社的记者。浅见先生想向夫人了解一些有关泽先生的事情，所以我就把他带来了。”

泽夫人点着头，然而，似乎对“杂志社”颇有抵触，显得有些犹豫。

“对不起，家里出了事情，我们却前来打扰，实在是抱歉！”浅见郑重地深深鞠了一躬。“实际上，杂志目前正在就教育问题展开讨论。就在这时，我们得知了泽先生的事件。为此，想听取一下夫人的意见，今天特地前来打扰。”

“即使这样，我可是没有什么可以提供的……”夫人越发感到为难，却又不能站在门口讲话，于是取出拖鞋，嘴里说着：“那么，就先请进来吧！”

屋里开着空调，空气凉爽，人从外面进来，显得心旷神怡。

也许是雨水渗透的痕迹，墙壁上留下一道道斑痕。整个房间显得极为陈旧。微弱的焚香气味，加上足以显示房屋历史的潮湿气息刺激着鼻子。

房间内部似乎是由纯日式结构改造而成的洋式风格。正对入口处隔断拉门的内侧，原本是八张榻榻米大小的房间，现在则铺上地毯，摆放着廉价的待客沙发。加之放置的电视机及茶具，看来这里便是主人日常的起居空间了。

浅见在佛龛前双手合十，以示对死者的哀悼。

待二位客人在沙发上坐稳，夫人端上了茶水。井波和浅见急忙客气地说着：“对不起，不必麻烦。”主人却微微一笑，一言不发地将茶水放在了客人面前。

“我叫三重子。”泽夫人在对面的椅子上坐下，做着自我介绍。“请问，你们希望了解些什么。”

“事实上，我们认为，目前的教育现状显得有些扭曲。这便是我们杂志社的基本见解。”浅见小心翼翼地开口说道。

“曾几何时，学校的教师对于学生来说可算是绝对权威。现如今，这一权威和尊严却被彻底抛弃。在这一潮流当中，围绕校园出现了许许多多的纠纷。发生在泽先生身上的这一不幸事件，与这一潮流不无关系。实际上，这一事件反映了教育领域存在的复杂矛盾。这就是我们的意见。”无疑，这只不过是浅见编造出来的借口。《旅行与历史》杂志是否对教育问题产生兴趣，并非取决于浅见的一己之见。

“噢……原来是这样？”三重子以求助的目光注视着井波。

“噢，不！老实说，警察目前还不掌握有关事实。浅见先生只是在谈他个人的意见。为此，我建议最好能够直接听听泽夫人的意见。”井波边抹着额头上的汗珠，边说道。

“对不起，请问泽先生和泽夫人最初相识，大约是在什么时候？”浅见问道。

“你问这个吗？那是三十多年以前的事情了。”三重子迟疑地回答道。

“这么说，是在泽先生二十几岁的时候啦。泽夫人也是一样吗？”

“是的。那时丈夫二十四岁，和我只差一岁。”

“你们两个人都是学校的老师吗？”

“是的。在高崎市内的一所中学，丈夫担任英语教师，我担任国语教师。”

“啊，高崎市！这么说，是春日中学啦？”

“是的。你怎么会知道？”

“噢，我听说泽先生任教的第一所学校，就是春日中学。这么说，泽夫人也在春日中学任教啦？”

“是的。我们在春日中学一起呆过四年。那以后，丈夫转到别的学校。借此机会，我们就结了婚。”三重子皱着眉头，难为情地嫣然一笑。

三十年前的事情，瞬息之间掠过她的脑海。浅见的脑子里似乎也重现起那时的情形。那是比梅原彩还年轻、天真烂漫的女教师形象。现在的泽三重子，看上去似乎只是一位普通的“老妈妈”。然而，在她的言谈话语当中，处处可以感受到良好的教养。这无疑也是教师的经历给她的恩赐。

“当时的学校，是否和现在完全不同？”

“这个嘛……仅是学生人数就与现在截然不同。”

“教师的形象是不是也不一样？”

“是的。教师的形象不一样。而学生家长，以及整个社会对待学校和教师的态度也是完全不一样了。”

“就是说，学校和老师具有神圣不可侵犯的权威，对不对？”

“这个不敢当。但是可以肯定，大家对待教师，比起现在，必定尊敬有加。”

“现在居然出现了班级崩溃之类的现象。学生对待教师的敬畏之心已经荡然无存。泽先生不正是为此感到叹惜吗？”

“我的丈夫不但为学生叹惜，同样为家长叹惜。当然，不是说所有家长都这样。但其中有些家长实在过分。他们百般挑剔，故意刁难。如果你对他们过于介意，精神就难免崩溃。”

“那么，泽先生申请病假休息，就是因为这个原因吗？”

“是的，这只是原因之一，也有其他原因……”

“其他原因？”浅见紧紧追问道，但三重子表情冷淡地摇了摇头。“这个我不能说。”

“嗯？是因为什么特别的原因，所以不能讲出来吗？”

“噢，是的……”

浅见感到困惑，看了一眼井波。井波始终一言不发。可是看到三重子的样子，突然开始兴奋起来。“夫人，如果有什么为难的事情，请一定讲出来。噢，如果有浅见先生在不便说出，就请浅见先生暂时回避一下。总而言之，有关事件的信息，必须全部向警察讲清楚。”井波以强硬的语气说道。

“不，并不是因为有浅见先生在。有些事情对警察也不能说。”

“究竟是什么事情？或许这些信息对事件的调查有所参考，请你一定讲出来！”

“……”三重子摇了摇头，一言不发。

“那么，或许是，”浅见说道，“涉及名誉的问题？”

“啊！”三重子显得很惊讶。

井波也感到意外，嘴上说道：“啊，有这种事情吗？”眼睛却死死盯住三重子。

“或许，就是因为这个原因。”三重子无奈地点了点头。除此之外，决意不再吐露半点真情，态度坚决。

“有关泽先生的名誉，会是什么样的事情呢？或许，泽先生遭到了诽谤？”

“不。”

“那么，是不是泽先生做出了什么不光彩的事情？”

不愧是警察，说出话来毫不掩饰。对此，三重子只是摇了摇头。她的眼睛凝视着远方，似乎在向客人表示，她已经将心扉紧紧锁住。

窘迫的情绪，紧张的气氛，使得房间越发寒气逼人。

“另一方面，”浅见说道，“据说，事件发生前一天，泽先生提出要去海外旅游？”

“是的。从来没有出去过，所以决定全家一起去。总之，是希望出去散散心。”

“全家一起去？这么说，除了你们夫妻以外……”

“我还有一个女儿。”

“啊，女儿已经出嫁在外吗？”

“不，女儿还没有结婚，现在东京工作。”

“女儿今年二十六岁。”井波在旁边补充道。

“目前，在东京的一家公司工作。事件发生后回来过一段时间。现在是不是又回了东京?"

"是的。女儿已经回去。她有自己的生活。"

"女儿在东京做什么工作?"浅见问道。

"噢,具体情况我也不清楚,好像是出版什么图书的。"

"我问过她本人。"井波再一次解释道,"据说是在一个叫作清优社的出版社做签约职员。噢,记得她的名字叫日奈子,是个办事认真的姑娘。"

从井波那悔之不及的语气当中可以知道,或许在案件调查时,曾经遭到对方的冷眼相待。

三重子的脸上显示出疲倦的神色。见此情景,浅见站起身来,一面催促着井波离开,一面很有礼貌地向泽夫人告辞。

离开泽先生家,太阳已经落山,小村庄被一片晚霞笼罩。

"究竟是怎样的名誉问题?"

与三重子谈话后,井波的脑子完全被这一信息充斥了。上了车,井波开口便说道:"泽夫人始终不愿意说出来,一定是件非常不光彩的事情。如果对方是嫌疑人,就算逼迫也要让她说出口。噢,不开玩笑,我看可以传唤她到警察局进行审问。"

"哈哈,那可不行!"浅见笑着。

"用不着强迫,早晚她会说出来的。"

"有那么便宜的事情吗?"

"或许会有。话说回来,我打算见一见那位叫日奈子的姑娘。"

"你要见她!有什么必要吗?"

"要说必要嘛,的确没有什么具体目的。但是,召集所有当事人谈话,不也是警察调查的常规做法吗?"

"你说的有道理。但是,找她谈话不会有任何结果。父亲遇害时,她还在东京。"

"这些已经调查清楚了吗?"

“是的，已经得到了证实。”

“嗯……这么说，他女儿也成了调查对象吗?”

“噢，不是这样。这也是案件调查的常规做法呀。”

“原来如此。到底是警察，做事万无一失。”浅见坦诚地表示敬佩。

“那么，事发当天，她的女儿在做什么?”

“那天晚上，她和朋友去听音乐会，回来的路上在啤酒城喝到很晚。不知道父亲被杀害，还显得那么逍遥。”

“这么说，不是很可怜吗？她还什么都不知道。”

“哈哈，你说的很对。只是，她自己似乎也这样想。总之，那是一位好强的女子。浅见先生见到以后就会明白。可是，你真的想要见她吗？我并不这样建议。”

“听井波先生这么一说，我也慢慢失去了信心。但是，总不能回避事实吧。”

“好吧，随你便！但是有一点，不能打着警察的旗号！一切都是浅见先生自己的决定。”

“我明白了。”

“请问，今天你是否打算回东京?”

“不，今天打算住下，只是饭店还没有确定。在沼田住一宿，明天计划去 Q 中学，向那里的老师了解一些情况。”

“那么，我向你推荐一家饭店。饭店的名字叫 Bella Vita 宝丽饭店。告诉你，那是这里乡下少见的饭店，档次很高，价格却很便宜。”

“太好了！就住在那里了。”井波用手机给宝丽饭店打了电话。

“那个 Bella Vita 是什么意思?”

“这个嘛，我也不知道。根据饭店宣传册介绍，那是南欧风格的饭店，估计可能是什么地名吧。”

井波也解释不清楚。但饭店的确是这一带乡下罕见的、充满贵族风情的南欧式建筑。饭店地处沼田市中心，造型设计以及典雅的淡黄色外观在周围环境的衬托下，显得格外醒目。

“一定不便宜吧！”浅见暗自担心手头资金不够。

“不，不会很贵。我家亲戚来旅游，就住在这里。所以，我很了解。”

浅见把车停放在车场，井波也跟着来到饭店前台。井波嘱咐：“这是重要客人，请饭店多多关照。”

前台服务员恭敬地回答：“明白了。”

起初，浅见对这位粗俗的刑警印象不佳。然而，现在逐渐开始对他感到亲近了。

办理好住房手续，浅见开车把井波送回沼田警察局。夜幕降临，沼田的街道像是撤了火的炉灶，骤然变得冷清了。“有什么要问的，请不必客气，直接跟我说。”临别时，井波这样说道。

回到饭店，浅见冲了个澡。本打算出去用晚餐，但由于人地生疏，只好来到饭店餐厅。这是一家门面别致的意大利餐馆。翻开菜单，浅见意外地发现菜价很便宜。浅见决定奢侈一回，点了一份晚餐套餐。

尽管不十分出色，却是以东京难以想象的价格享受了一顿美味佳肴。从冷餐拼盘到鱼类肉类，应有尽有。

用餐客人除浅见以外，只有一对年轻的情侣。用餐中间，在离浅见不远、事先预定好的大餐桌上，三三两两地聚集起了一些绅士风度的男子。看样子，像是会议之后的晚餐会。

他们年龄大约在五十岁到七十岁，一共九位客人。像是事先约定好了，所有人都身着短袖衬衫，系着领带。他们互相在对方的名字后面以“先生”相称。这引起了浅见的兴趣，暗中注视着对方的言谈举止。

他们时而高谈阔论，时而低声细语，还不时地咬耳朵。听起来，话题多与教育有关，如哪间学校发生了什么事情，等等。

浅见感到，九人当中似乎存在着上下等级。相对年轻的，并非身份低贱。明显地，一位年长的男人谦恭地为人倒着啤酒。他始终给人以低声下气的感觉，让人感到内心的失落。

坐在中央的七十岁上下的绅士，看上去似乎是这些人中间领头的，人称“名越先生”，被招呼的次数最多，他应答的态度也显得尤其傲慢。尽管面带笑容，但不时地显露出锐利的目光，表现出对周围奉承者的鄙视。

那位“名越”先生则称呼左右为“某某君”或者“某某先生”，根据对象不同而变换称呼，或许其中存在着某种默契。然而，不是经常听到有人说：“请不要诡称‘先生’戏弄人。”即使被称作“先生”，也绝非意味着尊敬。这一点，只要看那些“先生”们毕恭毕敬的态度，便可略知一二。

浅见静观默察，面对这一情景不禁思绪万千。这使浅见感到了极大的乐趣。人类社会千姿百态，这里上演的仅仅是它的一个缩影。

用餐结束，浅见又喝了一杯咖啡，便准备起身离开。经过那些绅士们的餐桌旁，浅见无意中看了一眼对方。对方似乎有所发觉，“名越”先生也迅速打量了一下浅见。因为喝了啤酒，“名越”先生显得有些醉眼蒙眬，浅见不由得鞠了一个躬。

一瞬之间，“名越”先生微微点了下头，脑子里似乎在想，他是谁？然而，无论他如何想象，终将无济于事。

在收银台结账时，浅见向女收银员打听起那一伙人的情况。

“他们是县教育界的一些人士。”

“那位名越先生是什么人？”

“他叫名越敏秋，是县议会议员。”似乎因这类客人前来光顾而感到光荣，女收银员自豪地回答道。

“那么，其他那些也是议会的人啦?”

“噢，这个我不清楚，但我觉得不是。我认识其中一个人，他是一间学校的校长。”

“啊，是这样!”

看起来，尽是些校长和教务主任，或许其中也有教育委员会的人。从言谈举止，便可对聚餐的性质猜出三分。

2

Q 中学开始放暑假了，操场上棒球队员一边呼喊，一边追赶着被击中的棒球。

老师即使在暑假，也不得清闲。教员室像往常一样，教员们在各自办公桌前工作。见陌生人走进来，坐在前排的女教师站了起来，问道：“请问，你找谁?”

浅见拿出《旅行与历史》杂志社的名片。“我来这里，想就前些日子去世的泽先生了解一些情况。”

“噢……”女教师似乎在说，又来了，禁不住看了一眼旁边的同事。那是一位老教师。看来，事件发生后，曾有大量记者蜂拥而至。“媒体已经来过不少，该说的都说过了。”似乎对媒体的采访已经感到厌烦，男教师也不站起来，态度冷淡地说道。

“我想就有关泽先生的名誉问题了解一些情况。”

“名誉……”

猛然听到这意想不到的字眼，对方显得有些惊诧。一旁张望的其他教师不约而同地将目光转向了浅见。

“可以认为，泽先生的事件与泽先生本人的名誉有着某种联系。对此，请问哪位老师曾经发现过一些线索?”浅见望着大家，郑重地说道。

见此情形，多数教师赶忙避开浅见的视线。只有一位年长的男教师始终目不转睛地望着浅见。

“噢，对不起……”浅见穿过挤满办公桌的狭窄空间，向那位教师走来。“这位老师，您是否对这件事情有所了解？”

“不，说不上了解。”当着浅见的面，那位教师显得有些犹豫，一脸苦笑地摇着头。

“到目前为止，警察和新闻媒体来过多次，听到‘名誉’这个字眼还是第一次。我觉得，或许可以从这个方面分析。”

“这是我的名片。”浅见再次递上名片。

“啊，是《旅行与历史》杂志！我时常阅读，其中有些专题报道很有意思。关于本能寺事变的真相，刊登有最新见解的专辑很吸引人。”

“非常感谢！那个专辑是我负责编写的。”

“嗯，真的吗？那是浅见先生编写的吗……可是，《旅行与历史》杂志社的记者，也参与杀人事件的采访报道吗？”

“不，这与工作没有关系。我是受泽先生的一位朋友委托。”

“原来如此……噢，对不起，我叫松浦。”松浦从办公桌抽屉里取出一张名片：群马县沼田市立Q中学松浦芳春。“这里不方便，我们换个地方吧！”他率先离开了教员室。

走在楼道里，浅见小心翼翼地说道：“能不能允许我看一眼泽先生遇难的教室？”

“噢……”松浦最初有些犹豫，但立刻又说道：“可以吧！”两人调转方向，向楼梯走去。暑假期间，各种课外活动正在举行，不时传来操场上的呐喊声以及吹奏乐器的练习声。

教室在三楼。打开门后，正面窗外那上越地区翠绿的群山，像一幅巨大的壁画展现在眼前。浅见小心翼翼地走到了讲台前。

背朝黑板，浅见在排列得井然有序的课桌前站稳。此时，一种神奇的感觉涌上心头。或许是被教师的心灵，抑或是被泽吉博的亡灵所震撼，浅见似乎感到无尚荣光。仿佛对那些以此为战场，肩负着历史使命的教师精神有所感悟。

“浅见先生，我们走吧!”松浦催促着。浅见猛地从教室的咒语中解脱出来。他感到遗憾，松浦却匆忙离开了教室。

回到一楼，进了保健室旁边的房间。门上挂着“会谈室”的牌子。

“这里是学生向老师咨询的地方。最近以来，利用率大增。”松浦说着，坐在了一张小课桌旁。“负责为学生提供咨询的，本来是一位女教师。但有些学生偏偏指名道姓，要找我咨询。为此，我又被学生称为‘老隐士’。说白了，就是万金油。”说着，松浦笑了起来。

浅见也跟着笑了笑。松浦作为教师，似乎显得年龄很大了，但总不会是“老隐士”。“你和泽先生关系很亲密吗?”浅见问道。

“是的，在老师们中间，我们算是关系密切的，年龄也相近。而且，或许更重要的是，泽先生教英语，我教社会课，我们之间不存在竞争。”

这时，浅见的脑子里想起了梅原彩。一种说法是，她那熟练的英语，把旧式的泽先生赶下了讲台。或许在教师的世界里，同样存在着商业社会中的竞争。

“可是，浅见先生刚才提到的名誉问题，具体地说，是指哪些方面?”

“实际上，我也是听泽先生夫人说的。她说，这是造成泽先生休假的原因之一。但是有些事情，对外人她又显得难以启齿。”

“嗯?这个问题不是大家都知道吗?就是说，丧失了作为教师的信心，以至造成精神失常……我可是这样听说的。刚才浅见先生说的名誉问题，不也是一样吗?”

“的确是那样。可是，如果只是这些问题，那已经是众所周知的事情，夫人则没有必要执意缄口不言。”

“原来如此。是泽夫人不便说出的事情？而且，是有关泽先生名誉的问题……那会是什么事情呢？”松浦思索着。

“请问，对于泽先生或者松浦先生这样有经验的教师来说，所谓丧失名誉的事情，可以考虑包括哪些内容？”

“这个嘛，如果作为教师的资质受到怀疑，且长时期得不到恢复，就会丧失信心，以至名誉扫地。幸好，像我这样研究历史的人，即使社会发生变化也还能够适应。但是，研究英语的人可就没有那么轻松。最近，学生的英语能力有了大大的提高。对于在旧时代学习英语的人来说，特别是在会话方面明显地表现出营养不良，这是非常严重的。不过，从很早以前大家就都知道了。为此，学校方面也想方设法聘请外国人担任 ALT，以弥补发音方面的不足。所以说，不光彩并不是现在的事情。”

“原来如此……这么说，所谓名誉问题，就要考虑这之外的因素啦，例如，寡廉鲜耻的行为，等等。”

“啊，你是说泽先生有寡廉鲜耻的行为吗？那样对泽先生太不尊重了。”松浦像是自身遭到了攻击，明显地表现出了不快。“泽先生是一位非常诚实的教师。泽夫人也一直担任教师工作。女儿曾经立志要从事教师工作。全家人都热衷于教育事业。对待这样一位老教师，说他有寡廉鲜耻的行为，即使假设也绝不允许。”

“是的，这个我明白。噢，或许这已经成为常识，或者说泽先生已被大家认可。因此，没有人假定或假设这种事情存在。然而，这一概念同样适用于泽先生被杀害这一事实。任何人都承认，像泽先生那样出色的人物，不可能被人仇恨以至被杀害。尽管如此，泽先生被杀害却是事实。为了澄清事实真相，必须首先铲除那些所谓常识以及固有观念，从全新角度重新思考问题。”

“尽管如此，无论如何，说泽先生有寡廉鲜耻的行为，也是非常不礼貌的。这是对死者的亵渎。”方才的友好气氛已经荡然无存。松浦像是遇到了对头冤家，表情也变得严厉起来。

“那么，请问松浦！”浅见极力保持着冷静，接着说道，“不可能被人嫉恨、且不可能被人杀害的泽先生，为什么最终会被人杀害？对此，松浦又将如何解释？”浅见故意将“先生”尊称取消，希望以此解除武装在松浦身上的“权威”盔甲。

“这种事情……这种事情我怎么会知道？如果外行人都明白，那么就不需要警察了。”

“如果这样简单地推卸责任，不去正视现实，明显的事实真相也有可能被掩盖。我只能认为，每天工作在泽先生身边、与泽先生朝夕相处的松浦，也没有真正理解泽先生内心的烦恼。”

浅见痛苦地皱了皱眉头，注视着松浦的表情。松浦极力躲避着浅见的视线。从松浦的表情可以看出，他在为自己与这位突然闯来的人交往过深而追悔莫及。

3

浅见离开 Q 中学后，驱车向伊香保驶去。安排《旅行与历史》杂志主办的侦探旅游，便是此次出差的本来目的。说起藤田总编辑用人刻薄，便让人感到愤怒。然而，浅见利用这一机会染指事件侦探，对于藤田的苛刻也就无可厚非了。

从沼田沿十七号国道返回涩川，取道向西，沿侧前方横穿榛名山麓，直奔伊香保。这一带是恬静的高原地带。透过丛林缝隙，不时地可以眺望到赤城山以及关东平原。

旅游团预计住宿在伊之一旅馆。这个名字听起来，似乎给人以伊香保第一的感觉。实际上，这只是一个中档旅馆。有关住宿，已经通过旅行社交涉完毕。接下来要做的，便是拍摄一些温泉街道的风景以及旅馆外貌和晚餐照片，并设计出引人注目的宣传资料。至此，伊香保旅游团的采访工作差不多就可以结束了。

问题是旅游团需要进行哪些活动。浅见计划，乘缆车攀登展望台。那是浅见遭遇事件时的“案发现场”；参观竹久梦二纪念馆；在伊香保有名的石板道上散步。这些，都是不可缺少的项目。其间，如何设计贯穿侦探游戏的要素，则着实需要动一番脑筋的。

浅见把车停放在旅馆，准备到温泉街道进行实地考察。伊香保地处高崎一带标高以上，即使在盛夏季节，气温也不会太高。沿石极道顺流而下的泉水声清澈悦耳。

途中，浅见走进一家旅行社索取导游资料，却遇见了梅原雄一朗。这使浅见感到意外，梅原更是张皇失措，像是遇上阎罗王来讨债。“浅见先生，为何到此？”

梅原似乎以为浅见的出现一定与案件有关。“噢，我是来——”浅见只得将侦探旅游的计划方案进行了说明。

“噢，原来如此！那么，我代表伊香保以及涩川市对此表示热烈欢迎。恰好，为了举办秋季旅游活动，我也来和旅游协会进行磋商。浅见先生如果有什么需要，请不要客气，尽管说。”说完，梅原突然放低声音，一边说着“关于那件事情”，一边把浅见叫到了外面。“听女儿说，浅见先生答应帮助调查解决。”

“是的，我是这样打算的。”

“那么，彩说的是真的啦！可是，看来很难解决吧！是不是已经找到了一些线索？”

“不。到目前为止，还没有找到可靠线索。可是说起线索，您的女儿彩小姐，或许就是最大的线索。”

“嗯，你是说彩？”梅原的心“扑通”一跳，急忙睁大眼睛看了看周围。沿着他的视线望去，是一家咖啡馆。“我们去那家店里坐坐吧！”

梅原拽着浅见的手臂，进了咖啡馆。店内空调开放，冷气吹在身上凉飕飕的，有些让人发抖。梅原要了一杯冰咖啡，浅见则要了一杯热牛奶。这让女店员感到莫名其妙。

“浅见先生说彩是最大的线索，这让我感到不安。彩说她什么都不知道呀！”梅原向前探着身子，说道。

“噢，是的。可是，即使她不知道，事实上，事件却朝着她在步步紧逼。”

“你不要开玩笑。这是什么意思？不是说那张莫名其妙的照片，是受害人泽先生故意合成的吗？正是因为照片，警察才怀疑彩与事件有关。这简直让人不能忍受！”

“你这么说，我也没有办法。”浅见苦笑着。然而，浅见并非不理解梅原的心情。老实说，彩完全是无辜受了牵连。“关于那张照片，”浅见平心静气地说道，“警察在泽先生的衣服口袋里发现了那张照片。假设泽先生合成了它，在可以保存几百张照片的储存卡当中，彩和泽先生的照片不可能只有那一张。”

“噢，的确是。”梅原点着头。

“拍摄那张照片前后，他应当还拍摄了许多照片。然而，警察调查后，在泽先生家中并没有发现那个储存卡和洗印出的照片。这是为什么呢？这一问题如能得以澄清，可以得到许多线索。”

“就是说，在那个去向不明的储存卡当中，还保留着彩的许多照片，是这样吗？这听起来让人毛骨悚然。”

“不，并不知道是否还有彩的其他照片。另一方面，储存卡也不一定只有一个。假设有数个储存卡，其中可能保存着巨量照片。为此，我很想知道，除此以外，还发现了什么照片。”

“原来如此。或许其中有彩的照片，也有其他人的照片。”

“是的。或许正像你所说的那样。然而，另一方面应当考虑的是，我们并不知道那张照片是否是用泽先生的照相机拍摄的。”

“啊？如果不是泽先生的照相机，那么是谁拍摄的呢？”

“这个我也不知道。”浅见禁不住笑出了声。可看到对方认真的表情，赶忙又补充道，“不知什么原因，警察却认为那张照片是泽先生的照相机拍摄的，而且是泽先生合成的。我认为很有可能不是这样。或许可以考虑，是其他人拍摄了泽先生，后将它与彩小姐的照片合成了。”

“噢，是这样吗？”

“是的。彩小姐的脸朝向一边，说明她并没有注意到照相机镜头。或许只是被偷拍。而泽先生的视线则与照相机保持一致，看上去似乎使用了自拍功能。或许，可以考虑是另一个人按下了快门。”

“原来如此，还有一个人存在！”

“尽管不知道那人是谁，无疑他一定是泽先生的挚友。很明显，从泽先生的表情来看，泽先生对照相机有所意识。因此，至少可以说，那个人有机会面对泽先生进行拍摄。”

“是呀。这么说，无疑那个人就是嫌疑人了？”梅原急于想要得出结论。

“也许就像你说的那样。此外，还有一个可疑情况，那张照片为什么会放在泽先生的衣服口袋里？”

“是呀，你说的对！”

“也许是泽先生自己放进口袋里了。如果是别人放进去的，事情就会变得更加复杂。总之，如果既不是泽先生拍摄，也不是泽先生合成的，那么，就一定是其他什么人制作了照片，然后交给泽先生。或者，这个人亲自将照片放进了泽先生的衣服口袋。”

“那到底是怎么一回事？”

“这个谁也不知道。照片上发现了泽先生的指纹，可以考虑是泽先生自己放进去的。如果是其他人放进去的，无疑，这个人很有可能就是嫌疑人。要想不留指纹，非常容易。”

“那么，他这样做的目的是什么呢？”

“这个嘛……”浅见只得摇摇头，“合成了彩的照片，又将其放入被害人口袋……或许其中有什么奥妙。”

梅原焦虑地皱了皱眉头。即将谈婚论嫁的宝贝女儿受到伤害，哪个父亲不忧心忡忡。“浅见先生!”梅原紧紧拉住浅见的手说道，“浅见先生，拜托了！我知道浅见先生很忙，但你一定要帮助彩。今后，不知道还会发生什么事情。”

“噢，我知道您很担忧，我也愿意帮忙。但是，彩小姐却不希望别人介入。昨天在和她的谈话当中，我有了这种感觉。如果我继续冒冒失失地插手，恐怕会给彩小姐带来麻烦。”

“的确，她是个性格倔强的孩子。警察来的时候，她还显得有些冲动，或许在浅见先生面前也讲了一些有失礼节的话。然而她的内心，无疑是恐惧的。被害人手里拿着一张与她的合影照片——这种事情无论谁，都会难以接受。这件事或许还不能就此了结，我觉得在彩身边，有可能还会发生更大的事情。”说着，梅原越发感到惶恐不安，似乎一切正在成为现实，表情也变得越发紧张。

不安的暑假

1

即使在暑假期间，春日中学的老师们仍然正常出勤，只是没有课程。这一点，与大家通常以为的多少有所不同。梅原彩在中学或高中时也曾认为，所有学校老师寒暑假期间每天都在休息。

教师工作，主体在授课。然而，除此以外的杂务也占据了相当大的一部分。特别是春日中学，开始放暑假的前五天里，学生和家长以及老师们马不停蹄地进行着三方会谈。这种事情，彩在担任临时教员时完全没有经历过。

最近的趋势是，家长的抱怨以及家长们提出的问题在不断曾加。对于有关学生的学习成绩、学习情况以及升学去向等问题的答复，教师责无旁贷。然而，其中也不乏这样的问题：“我家孩子，早上就是不起床。我说要迟到了，他却不在乎。老师能不能想办法帮助解决?”

按照计划，随着文部省修改教学指导大纲，学校要求老师尽可能在暑假期间充分掌握其内容。在全部九个教学科目当中，英语的授课时间占得最多，所有年级均为每周授课四个课时（国语等科目则为三个课时）。英语教学，将从平成二十四年起扩大词汇量，增加教科书页数。过渡期间，依旧使用目前薄本的教科书，并力求通过充实教学内容提高教学质量。为此，必须探索如何组织教学。

此外，随着小学英语教育的正式导入，中学在多大程度上可以削减入门课程，也成为教师的研究课题。

这一突如其来的变化，使得教育一线的教师感到措手不及。彩作为今年刚刚参加工作的年轻教师，在适应这一形式之前还可以囫囵吞枣。然而，作为指导老师，则开始出现动摇。甚至经验丰富的主任教师高畑玉子，也难以掩饰内心的困惑。“这样，就不得不重新考虑教学方法了。”高畑说道。学校最后决定，暑假期间四名英语教师组织小组学习，并按照新的指导大纲重新确定教学方法。

尽管出勤时间相同，但早上走进没有教学任务的校园时那份心情，却与往日不同，显得没有那么紧张。

操场上，晨练的棒球队员高呼口号，挥舞着球棒。下午彩担任顾问的田径队即将开始训练。她还要去照顾那些学生。由此可见，教师的工作整天到晚，忙个不停。

彩将车停放在停车场，徒步走向校舍。她无意中抬头望去，视线投向的前方有一物体在晃动。那是对面屋子白色百叶窗轻轻关闭的一刹那。彩并没有看到里面的主人，却能感到，似乎有人正从里面向下张望。

尽管如此，彩并没有过分惊讶。然而，那家门口不悬挂姓氏牌，且从未见过里面的主人。这让彩感到有些蹊跷。到 Q 中学赴任近四月之久，彩几乎每天都注视着对面屋子里的情况，从来没有遇见过里面的主人。这未免有些奇怪。

里面住的究竟是什么人？许久以来，彩的心里一直带着这一疑问。然而此时，那百叶窗的晃动，仿佛就发生在彩举头相望的那一瞬间。似乎主人对彩的行动有所察觉，立刻关闭了百叶窗。

或许，我经常被他这样窥视！彩这样想着，不由得感到浑身被无形的目光所笼罩。走进教员室，和大家打过招呼后，彩仍感到心有余悸。

她一边给高畑端上一杯茶水，一边若无其事地问道："我一直在想，学校对面的屋子里面到底住着什么人?"

"噢，你是说那间屋子吗？我也不知道。我觉得好像没有人住。不是没有挂姓氏牌吗?"

"啊，可是，经常可以看到窗户被打开。就是人形屋顶下面的那个漂亮的白色百叶窗。"

"嗯，真的吗？我怎么从来也没有察觉到。"高畑自任职以来，已经五年过去了，却对此毫无察觉。这或许是由于她不拘小节的性格，抑或是她根本就不曾介意。彩思索着。

"听说，那间屋子是什么人的别墅。"坐在里面的古贺浩美大声说道。

"这个小镇也会有别墅？真是奇怪！"高畑觉得不可思议。

"或许不是别墅，只是第二住宅。"古贺更正道。

"第二住宅，是给姨太太准备的吗？真倒霉！学校门前居然住着姨太太。"

"第二住宅不一定就住着姨太太。又不曾见过那样的女人出入。说不定是有钱人家的第二套房子。"

"如此说来，"坐在一旁始终一言不发的国语教师佐久间义雄也加入到会话之中，"我曾经见过一个男人从里面走出来。"

"嗯！那么，他无疑就是这里的老板啦。"古贺简单地作着判断。

“不，看起来不像是老板。年龄看上去没有那么大，是个身材纤细的男人，感觉就像从前的文学青年。噢，从前不是有一个叫堀辰雄的疗养结核病的人吗？”

“这话足以让人怀旧。”高畑打着岔。

“并不是那样。他穿着名牌衬衫，比我小五六岁。”

“听佐久间老师这么说，年龄似乎在三十三四岁左右。是单身吗？”

这时，彩猛然想到了那个男人。那个在超市推着购物车的男人。“纤细的身材”恰恰与他相符，想起来倒也的确像个文学青年。而且，他招呼说“好久不见”，现在看来，似乎也能理解。她不曾见过对方，对方或许在百叶窗里“经常”眺望着她。

太可怕了！彩想着。与此同时，彩再次感到浑身被那男子的目光所笼罩，血液仿佛一下子涌上了头顶。彩赶忙喝了一口茶。

“如果他是单身，那么，在我们春日中学的年轻教师当中，梅原小姐可能最危险。”古贺看了看彩，滑稽地说道。

彩则故意装出生气的样子，瞪了一眼古贺。“请不要说得那么奇怪。万一传开了，让我如何做人。即使没有那些风言风语，也都发愁嫁不出去呢。”彩半开玩笑、半认真地说道。

“哈哈，如果真是那样，还不如主动出击！人家就在对面，而且又是个文学青年式的帅哥。你说是不是，佐久间老师！”

“噢，我可没说他是帅哥。”佐久间挥着手，极力否认着。

“是否帅哥，完全属于个人兴趣爱好的范畴。如果让我评价，我只能给他打三分。至少比起我来，要略逊一筹。”

“哈哈，一定是非常丑陋的喽！”古贺直言不讳地说着，惹得哄堂大笑。佐久间其貌不扬，比起帅哥来相去甚远。

午后，彩来到田径队训练场地。这时，竹内一记走了过来。“老师，前几天给您添麻烦了！”

那一派大人口气，让彩感到为难。为了不使周围人有所察觉，彩尽可能若无其事地说道：“噢，谢谢！”

“老师，那以后浅见先生有联系吗？”

“不。浅见先生，他不是送你回去了吗？以后我再没遇见他。时间还不长，目前没有任何进展。”

“是的呀！”

竹内点着头刚要离开，却被彩叫住了。“稍等一下！请问，你认识A班的桥本君吗？”

“啊，他叫逸人。我们住在附近，从小学的时候就是好朋友了。”

“桥本君暑假期间会到学校来吗？”

“会的。我刚才还见到过他，好像漫研有活动。”

“漫研”是漫画研究会的简称。学校未批准他们开展俱乐部活动，同意他们以同学会的形式集会，支持他们出版会报，并在物质上给予扶持。

2

漫研的活动在一间空置的教室里举行。由于学生数量锐减，春日中学竟有三间教室空了下来。漫研的参加者有三名男生和五名女生。尽管未能构成课外俱乐部的规模，大家却非常认真，步调一致。

走廊里传来欢笑的声音。彩从敞开的教室大门向里望去，看见地上铺着一大张纸，大家从四周头对头围拢在一起，像是在进行什么创作。“啊，老师，不可以看！”桥本最先察觉，喊出声来。

“对不起！”彩赶忙把身子缩了回去。

紧接着，桥本跑了出来。“很抱歉，不能看。我们正在计划暑假期间完成漫画源氏物语画卷。我们商定，制作过程，包括老师在内，不允许任何人看。”

“噢，源氏物语画卷，很富有挑战性嘛！”

“这是我的提议，大家都很感兴趣。我们才刚刚开始不久。在最初的设计阶段是否能够成功，大家都感到担心。”桥本是二年级学生，却创办了漫画研究会。凭借实力，他已经成为小组的核心人物。

像是被从教室撵出似的，彩走到楼道附近，说道：“我想问桥本君一件事。就是前些日子在百合超市见到的那个男人，你知道他叫什么名字吗？”

“嗯，我当然知道。他叫 YUKI。”

“YUKI？怎么写？”

“结婚的结。”

“嗯，好奇怪的名字呀！他住在什么地方？”

“老师，你真的不知道吗？他不是就住在学校对面吗？”

“啊，真……”彩想说“真的是他”，慌忙中改口道，“真倒霉……居然是远在天边，近在眼前。我怎么一点儿也不知道！可是，除了那天，我从来没有见过他。”

“骗人……看上去，你们不是非常亲近吗？”桥本带着责备的口气说道。

“没有的事！那天只是不知不觉地走到了一起。第一次见面，他先打招呼。我还以为是哪位学生的家长，不能假装没看见。”

“真的吗？可是，我看你们显得很亲热，感觉很危险，想借此对老师发出忠告。”

“原来是这样。那么，我必须说感谢啦！可是，他会是那么危险的人物吗？”彩并不知道“危险”的真正含义，因此问道。

“是很危险。有一次偶然听父母说，他是个玩弄女性的好色之徒。”

“哈哈，真是令人作呕！这种话，难道不是道听途说吗？”

“绝不是道听途说，是我亲眼见到的。”桥本一本正经地撅着嘴说道。

“是你亲眼见到的！你到底见到了什么？”

“我看见他尾随一个女人。那个女人非常生气，拼命逃脱。可他强行抓住对方的手臂，满脸奸笑地企图勾引对方。”

“真的吗？太讨厌了！他勾引对方，都说了些什么？”

“这个我倒是没有听见。还不是说些漂亮的话来欺骗人吗？结果，那个女人还是被他骗了，上了他的车。”

“啊！是不是遭到他的绑架了？”

“噢，是不是被他绑架，我也不知道。”

桥本的话模棱两可。无论是那女人“拼命逃脱”，抑或被“欺骗”与否，都是桥本的主观判断。是“满脸奸笑”还是“面带微笑”，根据理解不同，可以有不同解释。或许，那只是情侣之间常有的磕磕绊绊。彩这样想着，不由得发觉自己在替那个男人辩护，内心感到不安。

彩很想知道，那个女子究竟结果如何？但考虑到这种话题对于桥本来说过于刺激，就不想继续追问。

“是呀。总之，老师也要提高警惕。下次遇上，千万不要理睬他！”

“是的。那样才好。”

桥本像个年长的老人，郑重其事地说完，就回到了漫研的同学中去了。

彩思考着那个叫结的男人。无意中，脑子里浮现出了昨天见到的浅见光彦的身影。彩并不知道他们的年龄，感觉浅见似乎比结年轻。那和蔼可亲的风度似乎也有些相像之处。但在“好色之徒”这一点上，是否也有共通之处？彩胡乱猜想着。

这让人感到有些莫名其妙。此前，彩对这些并不感兴趣。然而，在听到桥本说“要提高警惕”、很“危险”之后，反而对于那个叫结的男人放心不下了。

他到底是做什么的？根据目前为止的信息判断，他或许是个不出名的小说家，抑或无所事事的纨绔子弟。给人印象是，他是一位独居在大资本家“第二住宅”里游手好闲的花花公子。

管他是做什么的呢！

泽先生事件以来，彩不但对警察，而且对校长和教务主任，甚至对整个世道都表现得疑神疑鬼。毋庸置疑，这种情况绝非正常。彩抖擞精神，抛开邪念，重新回到操场上。

在炎热的夏天进行田径训练，必须十分注意避免高温中暑。一个星期两次，企业田径俱乐部的教练来学校进行指导。由于并不具备专业知识，她所能够发挥的作用与其说是技巧方面的指导，倒不如在健康管理方面对学生多多加以关照。与此同时，她又必须提高警惕，随时注意防止训练过度。

这一方面，队长大木贵非常认真，绝不让队员们超出负荷。有些学校无限度地刺激学生，超极限地消耗运动员的体力，但春日中学的体育部却从不那样。学生的本分理当是学习。这是春日中学的传统。PTA 的一些人倾向于鼓励斯巴达式的训练方法，教练却提出了适当强化主义原则。大木贵忠实地遵守着他的这一指示。

即使如此，仍有不少家长责备这一方针过于宽松。实际上，前任顾问就是因为难以应付这一指责而被迫辞职。

今年也有一位热心家长，就是那位一千五百米长跑运动员的父亲。这位学生选手在县运动会上保持着前一二名的纪录。其父曾是经验丰富的马拉松选手，对儿子的成绩总是感到不满意。“老师，请对我家的孩子要求严格一些！”

教练在场时还显得有些拘束，碰上彩一个人时，那位父亲则走上前来提出要求。“我当选手时，就算跌倒了、呕吐了，也要坚持跑完。即使如此努力，也没有能够取得惊人的成绩。现在这样敷衍了事的训练，是不可能走向世界的。”

起初，彩还一边认真听一边回答“是的，是的”。但由于他总是喋喋不休地唠叨没完，彩也开始反驳起来。“那么，最后您为什么要放弃马拉松呢?”

“运动会之前双脚出现疼痛，不得已退出比赛。”

“啊，出现双脚疼痛吗? 那么，一定是因为运动过度。您的孩子也一定知道其中原因，所以主动控制运动量。教练采取科学的训练方法，选手们对此非常理解，纷纷量力而行地进行训练。只有这样，参加比赛时身体才能保持在最佳状态。无论多么努力，参加比赛前出现问题而不得不退出，才是真正的本末倒置。”

从那以后，那位父亲不但更加热情地支持田径队的工作，也在努力控制着自己的情绪。

3

傍晚，彩离开学校，顺便来到百合超市。她除了采购父亲委托的抹茶冰淇淋，还要为自己买些小点心。

走进超市，她感到一种奇妙的期盼，或许能够遇上那位叫“结”的男子，却又不由得自我嘲讽——真是无聊。

推着购物车来到货架前，看到熟透了的芒果，她捡了一些放进筐里。又取了一些纳贝斯克饼干以及龟田脆饼，最后来到冰淇淋柜台。在这里，她突然遇到了结。他身穿彩也熟悉的名牌半袖衬衫，直直地站在那里。瘦瘦的、苍白的脸，手臂却显得格外健壮。彩的眼睛已经来不及躲闪。

“噢，我们又见面啦!”结笑着，举手打着招呼。他似乎事先就躲藏在那里，等待着彩的出现。

彩之所以这样感觉，是因为他的购物车里并没有放进任何物品。“你好……”彩尴尬地笑着，鞠了个躬。

“今天又要买抹茶和香草冰淇淋吗?”

彩并不回答，对方却分别取了三只冰淇淋，放进彩的筐里。父母都说吃香草冰淇淋会发胖，因此敬而远之。尽管并非情愿，彩却并没有推辞。且不说是否香草冰淇淋比抹茶冰淇淋更容易发胖，只是对于担心身体脂肪增加的彩来说，这确乎已经给她平添几分麻烦。即使如此，彩仍然道了声“谢谢”，而后直率地问道：“结先生是一个人单身生活吗?”

“嗯。啊！是的，你已经知道了吗?”听到对方称呼自己的名字，结本应感到非常惊讶，他却依然只是露出洁白的牙齿，不住地笑着。“梅原老师是和父母一起生活吧?”结也顺势问道。

“噢，是的。”

不经意说出的话，却使彩产生了动摇。他不但知道自己的姓名，甚至对自己的家庭成员也了如指掌。彩不由得冒出一股冷汗。对方称自己为“老师”，看来他的确经常从那白色百叶窗俯瞰下方。

“您是听谁说的?”

“哈哈，我并没有听谁说。可是，关心一个人自然也就会对她有所了解。”结满不在乎地说道。

“结先生做什么工作的?”看到结往自己的购物筐里放了些冰淇淋，彩推着车边走边问道，似乎是对称呼自己“老师”的回敬。

无疑，结也赶紧推着车跟了上来。“你问我吗？我就像个无业游民。通常，对外自我标榜为作家，但必须加上一个冠词‘不出名的’。此外，也可以说是投资家。”

“啊，这么说，您很有钱啦。”

“噢，是个贫穷的投资家。”

“可是，您不是一个人住在那座豪宅里吗？不是显得很富有吗?”

“那只是座旧房子，阴森可怕，像有幽灵出没。”

“啊，那里有幽灵吗？”

“是的，有幽灵，经常被人诅咒。”也不知是信口开河，还是确有其事。但至少是在笑着说话，所以只能认为他是在开玩笑。

彩向收银台走去，结也紧随其后。他的购物车里只放着五个冰淇淋。似乎在有意宣示，他的目的是在此等候彩的到来。

“上次遇到您时，好像被我的学生看到。”彩说道。

“啊，是不是那个桥本家的儿子？那么，他是不会说我好话的。我曾经和他的父亲发生过争执。也不知道发生了什么误会，他上来便对我横加指责，说什么不要败坏社会风纪。我不知道为何原因，只觉得有些莫名其妙，无法和他辩解。”结显得满不在乎的样子。

“那么，或许就是因为那件事情，他跟我说，最好提高警惕。”

“什么！对我要提高警惕吗？警惕你不要借给我钱，还是提防被我杀掉？似乎有一部美国电影就这么说的。”

“噢，这个我不知道。”轮到她付钱了，彩来到收银台前。东西不多，立刻便结好了账。无意中回过头来，发现结已经无影无踪了。

或许他去了货架，还要取些东西。然而，那瞬间消失的举动仿佛幽灵一般，令彩打了一个冷颤。

回到家后，饭桌上已经准备好了铁板烧。看到彩回来，母亲赶忙起身到厨房去取烧烤材料。

彩换上衣服来到餐厅。这时，父亲雄一朗早已等候在餐桌旁。见彩过来，便开口说道。“今天，我在伊香保遇上了那个人。就是昨天来我家的那位浅见先生。”

“嗯？这么说，他到我家来，是去伊香保温泉旅游，顺便路过这里吗?”彩的声音显得有些不快。

“不，似乎不像你说得那样。他说到伊香保来，是为《旅行与历史》杂志组织侦探旅游团而进行事前考察。见到他，我顺便打听了一下调查的进展情况。”

“嗯，都说了些什么?”

“还不是有关事件的解决，是否有了新的线索。”

“是这样?这么快，会有什么线索?”

“噢，我看也并非如此。解决之前一起案件中，他表现得非常出色。警察也不曾想到的事情，他可以迅速发觉，并且将事件的真相一查到底。”

“有什么具体的结论吗?”

“噢，比如说，有关彩和被害人泽先生的照片，他进行了各种各样的推测。”

“都有哪些推测?”

“例如，那张照片是谁拍摄的；合成照片的目的是什么；为什么要放在泽先生的衣服口袋里，等等。”

“这些事情，他也对我说过。那么，这些都弄清楚了吗?”

“哪里会有那么简单?他说，每一个问题的答案都有几种不同的选择。这些事情调查清楚了，自然案件就会真相大白了。”

“什么?这么说，不是什么事情都没有解决吗?”

“你这样说，未免有些过于不讲情面。可是，我觉得他这个人一定有着特殊的分析和判断能力。和他谈话的过程中，我感受到了这一点。我认为他完全有能力解决这个问题。因此，我再次表示求得他的帮助。”

“求他帮助做什么?”

“我求他帮助查清楚事实，打消彩的忧虑。”

“原来是这样?根本没有必要。”你不必多管闲事。彩这样想着，但考虑到父亲的情绪，还是未能说出口。

“你是不是非常讨厌浅见先生?”雄一朗似乎对彩的反应非常不满意，皱着眉头问。

“我并不讨厌浅见先生，但也不认为他可以信赖。警察都不可能揭开的谜团，一个普通市民如何能够解决?”

“那可说不定。从前发生的事件充分证明了这一点。那位竹内君能够向我们介绍浅见先生，说明他很了解浅见先生的能力。只要是当时的知情者，都对浅见先生给予了非常高的评价。”

“即使那是事实，与我的爱憎却是两回事。这就像警察一样，无论他们如何努力为我工作，我终将是不会喜欢他们的。”

“这个嘛，也是。可是，浅见先生是个好人呀。我看他和你很有缘分。”

“真讨厌。爸爸，不许胡说八道!”

“噢，如果那个人能够到我家来，我们都会感到安心。我说老伴，是不是呀?”雄一朗招呼着厨房里的千鹤子。千鹤子回答说“是呀”。话音未落，便端着一大盘铁板烧的材料出现在餐厅。

“彩呀，不要总以为自己还年轻，马上就会过三十大关了。到那时再后悔，就来不及了。看样子，你现在还没有遇到心上人。你爸爸和我都很担心。你和浅见先生似乎很有缘分，希望你也能够多留点儿意。”母亲边说，边麻利地在烤锅里摆放着烧烤的材料。彩则望着母亲熟练的动作，耐着性子听完母亲的讲话。母亲那不顾别人情绪的表情，让彩感到无可奈何。

“真无聊，太不像话了!真不知道你是怎么想的!”彩再也忍耐不住，用筷子胡乱翻着锅里的牛肉。不知为何，彩的脑海里见不到浅见光彦，却浮现出了那个叫结的男人的苍白手臂及含笑的面孔。

不会飞的天鹅

1

从伊香保回来后，他感觉东京的盛夏骄阳似火。与位于榛名山脚下的伊香保不同，凝聚在高楼大厦之间的热浪无情地冲击着整个城市。

两天后，浅见决定会见泽日奈子。她就职的公司——清优社位于九段坂下。或许是由于靠近靖国神社以及皇宫的缘故，这一带微风拂面，在周围一片酷暑当中宛如一方沙漠绿洲。

清优社的办公地点在一座八层办公楼的一层至三层。大楼正面橱窗里展示着清优社的出版物，既有文学艺术书刊，更多的是经济类或知识类丛书。

浅见看准中午时分，给泽日奈子打了电话。电话很快接通了。即使在午饭时间，泽日奈子似乎仍然工作缠身，不能离开。

“那么，我们可以定在下班以后。对不起，请允许我占用你一些时间。”浅见说着，向对方提出请求，并尽量造成一种印象——事先征得日奈子母亲的同意并与本人取得联系，不好随便推辞。日奈子表示理解。

在此之前，浅见去了新桥《旅行与历史》编辑部，与藤田总编辑就伊香保侦探旅游事项进行最后磋商。浅见提出了旅游计划资料，其后的安排则由藤田总编辑的部下与旅行社协商办理。

虽说如此，有关旅游的详细计划，藤田总编辑借口听取浅见意见，却始终不肯放浅见离开。他们一直谈到傍晚时分，弄得浅见坐立不安。

五时整，浅见给日奈子挂了电话。下班时间是五点半，届时浅见将开车到公司所在大楼前迎候。

浅见这样说了之后，对方表示为难。“那样，可能会被公司的人说三道四。”

“那么，我们在新大谷饭店那间窗外可以看到瀑布的休息厅会面。你看如何?”

那里是浅见经常使用的地方。说起在饭店会面，可能会引起对方误会。浅见有些担心，日奈子却并不介意，嘴里说着“在那里可以”。

双方约定六点整见面。浅见会在休息厅门前通道上，手里拿着一本周刊等候。由于当时附近并无其他人，按照浅见提供的信息，对方很快就认出了他。见一位女子径直向自己走来，浅见立刻知道，那一定就是泽日奈子。

女子高高的个子，长长的头发一直垂到胸前。略为细长的脸蛋上，一双大眼睛眉清目秀，一副韩国美人的形象。浅见并不了解时装潮流，但看那女子上身一件无袖衬衫，下身一件荷叶裙，上下一水儿的白色，宛如天鹅翩翩起舞。

“您是浅见先生吧！我姓泽。”没等浅见开口，对方先打着招呼，脸上毫无表情，一副女低音似的深沉嗓音。

“我叫浅见。很抱歉请你来到这里。”

“不，我已经听母亲说过。可是，时间不会很长吧?”语气生硬，且显得毫不客气。

“是的，不需要很长时间。估计也就一杯咖啡的工夫。”浅见说着，来到了休息厅。可以看到瀑布的靠窗席位空闲着。浅见要了一杯咖啡，日奈子则要了一杯卡布奇诺。

“我想谈一谈关于你父亲的事情。”考虑到对方的时间有限，浅见开门见山地进入了正题。日奈子默默地点了点头，等待着浅见的提问。

“关于事件的原因，或者说是动机，似乎所有人都说想象不出。对此，你是如何考虑的?”

“在回答你的问题之前，”日奈子反驳道，试图与浅见相抗衡。“我想知道，浅见先生出于何种目的，要如此介入父亲的事件?”

“要说目的嘛，有两个。”浅见说道。

“一个是，有一位女子因为受到你父亲事件牵连，现在处境非常困难，我很希望帮助她……”

“那位女子和父亲是什么关系?”日奈子皱了皱眉头。

“可以说，她和你父亲没有任何关系。仅有的一点儿关系就是你父亲因病休息期间，她作为临时代课教师，曾在Q中学工作过。可是不知什么原因，在你父亲西装上衣的口袋里发现了一张照片。照片上女子和你父亲并排站在一起。”

“那位女子，是不是父亲的朋友?”

“后来却发现，照片是合成的。就是说，你父亲的照片，与那位女子的照片被合成在了一起。”

“这个，到底是怎么一回事……”

“究竟是谁，出于何种目的做出这种事情，为什么相片又到了你父亲手里？所有这些，到目前为止还都不清楚。”

“那位女子，现在在什么地方，做什么工作?”

“她家住涩川市，现在高崎市内一所中学担任英语教师。”

“仍然是临时教员吗?”

“不，今年四月份已经被录用为正式教师。”

“嗯……”

服务员端上了咖啡和卡布奇诺。日奈子拿起一小块方糖，放入杯中，用小勺儿慢慢搅拌着。浅见感到，在日奈子投向咖啡的目光与表情当中，流露出一丝不快的神情。

“听说泽小姐也曾志愿做一名教师?”浅见故意若无其事地问道。

“嗯？这个，母亲也对你说了吗?”日奈子抬起眼睛，用责备的语气说道，似乎不希望此事被人知道。

浅见暧昧地笑了一笑。这本是听Q中学的松浦老师所说，却得到了日奈子意外的反应。这让浅见感到不解。“对不起，请问泽小姐曾经参加过几次教师录用考试?”浅见试探地问道。

“一共四次。”日奈子随意敷衍着，将目光转向巨大玻璃墙外的远方。暮色缓缓降临，火红的晚霞映红了半个天空。

“四次……”浅见感到惊讶。听说泽日奈子今年二十六岁。自从二十二岁大学毕业以后，每年参加教师录用考试，却连年失败落榜。

浅见有一位朋友，大学期间每年参加司法考试，人到中年后不得不放弃。尽管日奈子还未到这种地步，但对于年轻女子来说，四度受挫已让人无法忍受。

“经常听人说教师资格考试难，难于上青天。但成为一名教师，真就那么难吗?”

“如果只是考试难，只要考出好成绩自然会被录取。”

“当然是那样。你的意思是说，这不仅是分数的问题吗?”浅见心里在想，一定是日奈子在强词夺理，不甘认输。“就是说，还要受到命运的左右，是吗?”

“浅见先生真是孤陋寡闻。我从前也和你一样。”日奈子面朝窗外，斜着眼睛看了一眼浅见，说道，嘴角流露出一丝冷笑。

“如果按照浅见先生所说，只是听天由命，从某种意义上说还算公平。然而，事情并非如此，父亲才感到悲痛。”

“你的父亲曾经感到悲痛……这么说，他因病休假，与这件事情有关啦?”

“那当然啦!”事到如今，难道还不清楚吗?日奈子说着，现出轻蔑的态度。

日奈子的父亲最开始请病假休息，是在前年冬季。代替他作为临时教员登上讲台的是梅原彩。其后，于去年四月，泽先生一时恢复工作。然而，到了七月份，他精神失常开始加剧，不得不再次因病停职。从此，便再也没有能够回到讲台。

泽先生和彩并没有直接联系。然而，他们曾经站在同一个讲台上。从这一意义上说，他们之间有着某种缘分。至少，在数十名学生的记忆当中，他们是同时存在的。

“请原谅我孤陋寡闻，你父亲的病症，或者说，他烦恼的原因之一，能否可以考虑是因为你参加教师录用考试而最后失败?”

“是的。”日奈子显得更加冷淡。

“这太让我感到惊讶了。的确，作为父母，无疑对于女儿受到的挫折会感到忧心忡忡。然而，女儿有女儿的人生，父母如此没有节制地介入女儿的事情，这样的父母之心让我很难理解。”

回想起自己走过的道路，浅见从心底里对此有所感触。浅见家对孩子绝非放任自由，但除了幼儿时期，孩子们基本上是在独立自主的环境下自由成长的。到了中学，除了学费，原则上一切事情要靠自己努力，自负其责。

升学的选择、就业的选择，所有这些，都必须在自我判断的基础上，根据自己的能力，由自己做出决定。由此造成的失败以及所受到的挫折，孩子不得将责任转嫁父母。否则，将有悖于男子汉精神——浅见曾经这样认为，并将永远信奉这一真理。虽说如此，浅见至今仍不能成家立业，也就无法对他人说三道四了。

“我也是这样认为。”出乎意料的是，日奈子竟然也以强硬的语气说道。

2

“我也一样，父母送我上了大学，但总不能永远依靠父母养活。我希望早日参加工作，尽快离开父母。为此，大学期间，我拚命努力学习。只是，既然已经决定当一名教师，也就没有无目的地去开展其他求职活动。”

“噢，很了不起呀。一心一意参加教师录用考试。”

相比之下，浅见在大学毕业之前所从事的“漫无边际”的无的放矢式的求职活动，现在想起来令人感到惭愧。“教师录用考试的成绩不令人满意吗？”本不该问的，说出来就后悔了。

“我确信自己取得了相当高的分数。考试结束后，与一位好友核对了答案。明显地，对方的答卷漏洞百出。当听到我的正确答案时，对方感到垂头丧气。然而，等到结果发表，朋友通过了考试，我却被宣布不录用。”日奈子按捺不住内心的愤懑，紧闭双唇。

沉默了许久之后，日奈子重新振作起精神，继续说道：“我开始自我反省，以为自己判断失误，实际上并没有取得预料的成绩。父母也这样劝说着，鼓励着我。从那之后的一年时间，我加倍特殊训练，以期万全，并再度参加了考试。”

结果已是不言而喻，浅见不忍正视日奈子的目光。

“特殊训练得到了一定的效果。与当初相比较，答案的准确率得到了大大的提高。我满怀信心，然而结果仍然是不被录用。岂有此理！我一时间彻底丧失了信心。如此努力，却仍旧一无所获！这使我大失所望，感到前途渺茫。在晚饭的餐桌上，我向父母做了汇报。当时，全家就像是在灵前守夜。父亲比我显得更加忧伤，垂头丧气地向我道歉：‘对不起，对不起！’并连连说着，‘都是因为我努力不够’，弄得我莫名其妙。我笑着说道，当然是我自己努力不够。可父亲听了却严肃认真地说，‘明年一定成功’。”

浅见似乎想象到了泽小姐故事背后的含义。然而，由于那时日奈子对世间的人情世故还了解甚少，对此并不理解。

“我对父亲说，‘算了吧，我决定放弃’。既然大学已经毕业，就不能继续再给父母增添麻烦了。父亲却坚持主张‘不能放弃’。他对我说，‘你不是立志要成为一名教师吗？以往所有的努力，只能是为实现教师目标的一个阶梯’。后来我想，的确是这样。”日奈子歪过头来，看了一眼浅见，自我嘲讽地笑着说道。

“在群马县，教师录用考试的竞争率是八点四倍。按照全国平均水平，这个数字并不很高。秋田县是三十五倍，福岛县、高知县也要三十倍以上。竞争率较高的几个县都在二十倍以上。与此相比较，八点四倍决不是什么难关。然而，我却屡屡失败，似乎我这个人不适合教师工作。这完全超出我本人的想象。”

“尽管如此，日奈子小姐最终并没有放弃，是吗？”

“是的。尽管我认为没有了希望，父亲却表示绝不能放弃。他对我说，明年一定能考中，要继续挑战，绝不能半途而废。从那时起，父亲表情严肃，反倒比我认真起来。”

天空渐渐暗淡，地面反射的光线照耀在日奈子的脸上，显得一片苍白。

“父亲深信，教师是个神圣的职业。或许这种说法有些过时。父亲曾经严肃认真地常说的一句话：教师必须甘于清贫，将自己的一生奉献给肩负未来的下一代。为此，他对日教工会的运动感到反感，对劳工运动以及政治运动也并非积极。他被孤立于组织之外，似乎也没有能够畅所欲言的知心朋友。正因为如此，在我进入高中、决定未来志向的时候，父亲就已经对我下了檄文，指示我‘要成为一名教师。选择教师的道路，完成我和母亲未能实现的理想’。”

缅怀死去的父亲，回想起远方的母亲，日奈子的声音变得沉静，似乎不愿意继续说下去了。

“那么，第三次尝试又是怎样的结果呢?”面对残酷的现实，尽管有些惭愧，浅见却仍然鼓起勇气问道。

“第三次更加惨重。”日奈子悲伤地苦笑着。

“第二次考试失败以后，我决定找一份半工半读的工作，继续准备应考。恰在那时，经一位公司工作的朋友介绍，有一个合同工的职位可以尝试一下。如果教师录用考试合格，随时可以辞职。只是工作地点在东京，必须离家、一人过单身生活。这一条件，得到了父亲的同意。父亲同时鼓励我，要决心吃更大的苦，复习一年，准备参加考试。考试当天，父亲把我送出家门，并为我打了保票，这次必定金榜题名。”

浅见已经无需再对这一结果进行确认。同样，日奈子也感觉没有必要进一步说明。

“我在东京工作，只在暑假不时回家看望。因此，对父亲的情绪变化并没有及时了解。听母亲说，从几年前开始，父亲就一直为学生及家长们的态度而感到苦恼。加上我考试失败，更加剧了父亲的痛苦。我电话告知父亲‘再次落榜’时，父亲的情绪明显发生了变化。他经常一个人呆呆地思索着，有时突然倒在床上，将身体缩成一团，一言不发。只要张开口，他便不断地摇着头嘟囔：‘这个社会完了！’”

明显地，这是精神失常的前兆。或者可以说，是身心疾病的早期症状。

“最终，那一年冬天，父亲决定暂时停职。”接替他的是Q中学的临时教师、担任英语教学的梅原彩。

“第二年，也就是去年，为了参加教师录用考试，我暂时回到了父母家。为此，父亲也回到Q中学重新复职。或许，那是因为父亲怕我为他担心。然而，父亲的好心却依旧落空，我再一次名落孙山。我已经彻底灰心，父亲却因此遭到了严重的精神打击。不久，父亲便退了职。经医生诊断，确定为身心疾病。”稍停片刻，日奈子抬起头来，直面着浅见说道，“你认为父亲究竟发生了什么事情?”

“这个只能是我的想象，或许说出来对你父亲显得不尊敬。”浅见征得谅解后，继续说道，“你的父亲，或许为了你的考试而在背后做了工作。然而，却没有奏效。为此，你的父亲或许产生了厌世情绪。”

日奈子的眼睛里一时流露出抗拒的目光，却立刻恢复了平静，轻轻地点了点头。“据说，浅见先生曾经询问母亲，那是否关系到父亲的名誉问题。你说的很对。作为证据，前年和去年，从父亲的银行账户先后两次划走了存款。有钱人家或许并不在乎，可对于我们这样的家庭来说，却是相当大的数额。两次提款都在我即将参加考试之前，使用目的非常明确。父亲或许已然自暴自弃，自惭形秽，走上了行贿的道路。”日奈子直言不讳地说道。说完，似乎自己也感到了厌恶，站起身来，哭丧着脸，眉头紧皱。

浅见惊讶地挪动了一下身子。日奈子背朝着浅见。不一会儿又转过身来，郑重地说道："是的，浅见先生说过有两个目的。另一个是什么呢？"

"另一个嘛……"浅见回答道，"是为了正义。"

"正义……"日奈子惊讶地睁大了眼睛，死死地盯着浅见。然后说了声"失陪了"，便深深鞠了一个躬，转身离去。

3

日奈子将要走出休息厅大门时，浅见突然想起什么似的，追赶了过去。"泽小姐，请稍等一下！"

日奈子回过头，停下脚步。浅见急忙回到收银台前，结了账。

"噢，对不起，非常感谢！"日奈子道了谢，浅见则挥着手，说了声"不用谢"。然后和她并排着，在通向正门的走廊里边走边说。

"有一件事情，想和你确认。"

"噢，什么事情？"

"你父亲行贿——不，是在背后做工作，对方是什么人？这一点，请问有什么线索吗？"

"不，我一点也不知道。我只是那样猜测。那也是父亲去世以后，见到父亲的银行存折，我才有所察觉。"

"原来如此……那么，假设你参加教师录用考试合格被录取，另一方面你又知道了这一事实，你会高兴成为一名教师吗？"

"我绝不可能做那种事情。我从来没有想过利用不正当手段成为一名教师。"日奈子表示愤怒。走廊里擦肩而过的人们惊讶地回头张望。毕竟是在公共场合，人们或许以为一对情人在吵架。

“如果方便，能不能请你一起吃晚饭?”浅见非常客气地提议。

“不，没有必要。”日奈子冷淡地说着，一口回绝了浅见的邀请，迈着大步走出了饭店。浅见止住步，许久动弹不得。或许，遭到女人拒绝的尴尬样子，连他自己也感到嫌恶。

正当浅见目送日奈子的背影准备右转离开时，日奈子意外地转过身来。“啊，浅见先生，请稍等一会儿!”

日奈子快步走了过来。面对这突如其来的变化，浅见不知所措，直挺挺地站在原地等待着。

“我想起一件事情。”日奈子喘着气，急忙说道，“大约一个月之前，也就是教师录用考试前不久，父亲来到东京，在我这里存放了一件东西。我想，它或许会有帮助。”

“噢，一件什么东西?”

“是照片。刚才听你说起照片，我就想起来了。”

“照片！是什么照片?”

“我觉得，都是些奇怪的照片。打开计算机看上去，尽是些不曾相识的人。而且，似乎许多是用望远镜头从远处拍摄的。最后也有一些我的照片。我觉得没有什么了不起的，就放在了那里。或许，对于浅见先生会有意义。”

“你父亲把储存卡交给你时，是否说了些什么?”

“我想他没有说什么。”

“可是，那应当是些珍贵的照片吧？拍摄后不冲洗便交给了女儿，其中必有原因。对此，我认为你父亲不可能没有任何交代。怎么样？你务必认真回忆。”浅见不由得用训斥的口吻说道。

日奈子被浅见那气势汹汹的样子惊吓了，几乎流出了眼泪。浅见慌忙安慰着，却再次招惹了过往行人的视线。“可不可以到外面走一走?”

两人相约，肩并肩却并非手拉手地，向着正门方向走去。

本打算沿着外护城河向四谷车站方向信步而行，刚刚出了大门，却又停住了脚步。由于饭店空调开放，一走出大厅，便感到一股热浪迎面扑来。

“我建议不要去散步，去吃碗炸虾盖浇饭吧！”浅见轻松地说着，以消除日奈子紧张的心情。

“同意。我也正在这样想。”

随后，他们折返回到饭店大厅，进了配楼的一家天麸罗店。饭店里的天麸罗并不便宜，浅见又要破费了。每到这时，浅见只得顺其自然。他手头的盘缠，最多也就是碗炸虾盖浇饭。

不知是否因吃了美味炸虾盖浇饭而得到满足，浅见感到日奈子的态度明显发生了变化。或许是由于浅见决意要面对父亲的“事件”，而使日奈子感动了。

吃过饭，日奈子离开座位，重新化过妆。从化妆室再回到桌前，日奈子说道：“浅见先生，回去的时候，可不可以送我一程？我想把父亲保存在我这里的储存卡交给浅见先生。”

“噢，非常感谢！可是，那么珍贵的东西，交给我合适吗？”

“当然，用完后必须还给我。我认为，现在它放在浅见的手里最为合适。”

“是吗？你这样认为吗？非常感谢！”浅见像武士一样两臂分开，低头鞠了一个躬。

日奈子的公寓位于早稻田。乘有轨电车在面影桥站下车往北，有一座整洁的三层建筑公寓。日奈子单身一人住在这里。“不上来坐坐吗？”日奈子邀请道。浅见当然婉言谢绝，一个人站在道边，等待日奈子返回。

正如日奈子所说，父亲留下的物品是一个小盒子，里面放着一个储存卡。待浅见确认后，日奈子将小盒子放进信封，交给了浅见。“浅见先生，还是进去坐一下吧！”日奈子反复考虑后，说道，“有件事情，我想最好告诉你。”日奈子表情严肃，容不得他客气，更不容他拒绝。

浅见只得点了点头，说道：“明白了。那么，非常抱歉，我就不客气了。”

日奈子的房间是一DK型。这种户型非常适合单身女子居住。房间布置整洁且朴实无华。

两个人面对面坐在一张小桌旁边。日奈子问道：“是否要杯咖啡？”浅见坚辞，催促着赶快谈正事。

日奈子目光凝视远方，许久才开口说道：“那是最后一次在这里和父亲会面时的事情。我对父亲说，‘我决定不再参加教师录用考试了’。”

“噢，你这样对父亲说吗？那么，他听了一定很生气吧！”

“是的。父亲像发疯似的，大声叫喊着：‘混蛋，为什么？我不是说过，这次绝对没有问题！’我对他说，已经不再抱希望了。本来信心十足，可是四次都不被录用。这样下去，将是徒劳。没有必要了。算了吧……”

日奈子的眼睛里充满了泪水。她擦拭了一下眼泪，继续说道：“从那以后，父亲一直严厉训斥着，时而也在鼓励着。他说：‘你，还有你妈妈和我，不是都对教育事业充满了理想吗？’对此，我无可反驳……但最后，我被问得无话可说，只得默默地点点头。然而，父亲似乎已经察觉到我已死心塌地地放弃，而且不可能回心转意了，就比我显得更加失望。他一边嘴里嘟嘟囔囔地恳求：‘不能这样说，还要继续努力！’一边走出了房间。然后，他又像突然想起了什么似的，把刚才那个储存卡交给了我。现在想起来，他当时就显现了某种不祥的预兆。”

浅见将储存卡取出，放在手上，注视了许久。在这张卡里，饱含着泽吉博悲痛的心情，让人感到无比沉重。

“如果有什么结果，我会和你联系。”说完，浅见回到了车里。临别的那一瞬间，日奈子的表情显得凄凉。井波刑警说过，她是个“好强的女子”。日奈子或许并不希望得到同情，相反，却是在竭尽全力地发奋图强。

回到家后，浅见立即将储存卡中的内容显示在计算机的屏幕上。拍摄的照片有两百余张。最后几张是日奈子的生活快照。浅见翻过这些照片，追溯着以前的照片。

按照日奈子说的，浅见原以为使用的是最近流行的简易小型数码相机。但看了照片后发现，他实际上使用的，是装备有三百毫米望远镜头的高性能照相机。

拍摄地点各种各样，既有以建筑物为背景的，也有在咖啡馆里透过玻璃拍摄的，还有在街头拍摄的快照。每张照片中均有人物形象。而且明显地，多数是在对方未曾察觉的情况下拍摄的。将照片放大后发现，镜头始终锁定在某个特定人物身上。

几乎所有照片上都有两个人。一个人在不断变换着，那个特定人物则出现在所有场面。浅见与特定人物曾经有过一面之交。

他就是群马县议会议员名越——在宝丽饭店见到的那伙绅士般的人群当中，带头的就是这个人。

暂且不论其动机如何，无疑泽吉博的照相机自始至终在追踪县议会议员名越。从拍摄的数量和背景，以及拍摄方式的变化，完全可以想象得出拍摄者那异乎寻常的执著。这种甚至让跟踪狂或狗仔队也相形见绌的固执行为，需要大量时间和巨大能量。

镜头几乎全部集中在名越身上。除此之外，浅见发现，有个人尽管不是每张都出现，但被拍摄的频率也很高。年龄在六十岁左右。这张面孔似乎在宝丽饭店也曾出现，浅见不能确定。

同一时间拍摄的镜头分别有数张照片。为此，浅见从中选择了五十几张，并打印出来。此外，浅见尽量选择了拍摄质量高超、人物面孔容易识别的照片。

这种作业一直持续到了深夜。即将结束之前，母亲雪江来到房间埋怨道：“太吵了，光彦！你打算闹到什么时候？”

4

泽吉博之所以能够保证“这次绝对没有问题”，背后似乎确有一定根据。这种根据最为稳妥的推断，或许就是这些照片。

可以推测，这一系列照片均为县议员名越“会谈”的场面。照片当中出现频率较高的男子，或许就是在群马县教育界有一定实力的人物。泽先生有可能将照片摆在名越面前，迫使他保证女儿合格录取，也就是使用恐吓手段。无疑，泽先生曾多次对其行贿或暗地活动。此次又在万不得已的情况下破釜沉舟，采取最后手段。

如此看来，这些照片必须让恐吓产生效果。

然而，仅凭这些照片，真的能够吓倒对方吗？作为局外人的浅见对此却是一无所知。

首先，对于把自己伪装成从事“神圣职业”的教育界人士来说，即使是微小的嫌疑，也不能容忍其降临在自己头上。泽吉博的死，便是强有力的证据。这足以证明，泽吉博已经对他们构成了威胁，以至不得不将其斩草除根。

果真是这样吗？对于登时推导出的这一结论，浅见心里还存有许多疑虑。首先，泽先生屡次行贿，而名越为何始终不能让泽日奈子合格录取？如此彻头彻尾的背信弃义，背后一定有着更加深刻的原因。

话虽如此，名越作为县议会议员，不但具有极强的判断能力，甚至可以说是个诡计多端、相当棘手的人物。这种人只因为受到了一些威胁便轻易将对手干掉，未免有些过于简单，显得没有策略。

首先，他是如何将泽先生引诱到沼田的Q中学，又是如何使其饮下带有毒药的罐装咖啡的？很难想象，那位七十岁上下的县议会议员能够完成这一系列举动。

浅见浮想联翩，躺在床上辗转反侧，久久不能入睡。

第二天早上九时许，浅见出现在餐厅。保姆须美子关心地问道：“昨天夜里工作到很晚吗？我马上去准备早餐。”

须美子开始做起烤面包和煎鸡蛋来。浅见家十年如一日，早餐是清一色的面包鸡蛋，唯独浅见特殊，他的早餐（实际上他经常是一个人用早餐）还要准备一杯威尔斯王子红茶。

“须美子小姐小的时候，是否想过长大以后要做什么？”浅见一边在面包上涂抹黄油，一边问道。

“小的时候吗？在小学作文里，我曾经写到要当一名老师。”

“嗯，是吗？那么，这种想法一直持续到什么时候？”

“到中学毕业以前，似乎都是这样想的。可是，自从上了高中，就打消了这种念头。”

“为什么？”

“因为我觉得不可能。”

“不可能，为什么？不会是因为学历吧！须美子小姐很聪明的。”

“您过奖了。即便有学历，我也没有人际关系呀！”

“嗯，人际关系？一个高中生，就知道要有人际关系吗？”

“高中时的一个朋友，她也志愿当老师。所以，经常在一起谈论有关老师的事情。据说，当老师必须有人际关系。否则，不论成绩怎样好，只靠这一点是不会被录取的。”

“太让人惊讶了！在新潟县也有这种事情吗？”

“怎么会没有呢？前些日子，大分县的教师录用考试不是有校长和教务主任的孩子行贿，结果合格录用，闹得满城风雨吗？当时我的朋友就说，这种事情我们这里也有。我们没有人际关系，所以根本没有希望，不如早点死心。”

“嗯，我在听到大分县事件之前，从来没有怀疑过这种事情。”

“那是因为二公子过于纯洁。”

“你是说我太无知吗?”

“不对！请你不要捉弄人。”

被女人狠狠地瞪了一眼，浅见感到羞愧。

“我的意思是，你没有被恶习污染，健康地长大成人了。”

“哈哈，太感谢了！可是，作为青少年楷模的教师，却轻易染指犯罪行为，让人不能理解。”

“我倒觉得可以理解。教师录用考试竞争非常激烈。老师希望自己的孩子成为教师，我觉得这体现了父母的关怀。如果利用关系可以合格录取，那么，明知道那样做不对也只好去做了。”

“你说的也许有道理。但是那样的话，成绩优秀的人不被录用，成绩不好的人却当了教师，是对整个社会极大的犯罪。实际上，许多教师不够资格，都成为了社会问题。”

“可是，只是成绩优秀，不一定就能够成为一名优秀教师。所谓热血教师，或许不一定成绩优秀。靠着一股热情，照样能够成为一名优秀教师。”

“不，即使像你说的那样，做违法的事情也是绝对不能允许的。成绩既优秀，又是热血教师，那样最理想。”

“那是当然啦，可是……”须美子难过地低下头，一言不发。

“请问，须美子小姐的那位朋友，最后当上教师了吗?”

“是的，他当上了。现在是山村一所中学的教师，是一位真正的热血教师。据说很受学生们的爱戴。”须美子一下子变得高兴起来。

“是呀，那位朋友是男生吗?”

“是的，你怎么知道的?”

“我当然知道。因为须美子小姐即使知道他是通过关系被合格录取的，也并没有对他产生嫉恨。相反，却从内心里对他表示祝福。如此说来，可以想象他或许曾是你的男朋友。如果是女孩子，必然会有所嫉妒，甚至不能饶恕。难道不是这样吗？”

“是吗……是这样吗？可是，他已经有妻子、孩子了。与我不同，他的人生设计很完美，并且步步实现，非常出色。”

“喂，喂，如此看来，像我这样的，不是完全没有计划吗？”

“啊，这个，你说的不对。二公子也很出色。不图私利，为了别人的事情东奔西跑，奉献着自己的一切。”

“我可没有那么伟大。整天碌碌无为地生活着。哈哈，这样的话，永远也不会有老婆、孩子了。”

“哪儿的话！二公子无论何时，只要你愿意……”须美子感到有些失言，慌忙闭住了嘴。不该插嘴的事情，就应当有所克制。须美子严格约束着自己。浅见也趁话题还未深入，打着岔又要了一杯红茶。

须美子说的话也有一定道理。为了防止只看重考试成绩，吸收“热血教师”，除了引入竞争机制，或许也有必要开启一道人际关系的门缝。浅见这样想着，却又迅速打消了这一念头。日本人动辄无原则地宽容别人。如果放纵这一行为，利用特权的不正之风立刻就会横行于天下。

在大分县发生的“渎职事件”，也是因为当事者缺乏法律意识。长期以来形成的古老习俗，使得人们毫无抵触地相互馈赠财物，收受礼品。周围社会则对此习以为常，既然存在这一风俗，就对它采取了默许的态度。

或许，这种情况同样发生在政界。政治家与官僚的相互勾结、行政部门的人事调动、政府对民间的人事委派，等等，像一座座堡垒壁垒森严，暗地里从事着不可告人的勾当。

为政者理所当然地对其二世或三世作出承诺，演绎着权力的世袭。这与校长或教务主任的子弟被录用为教师，有何不同！那种对此放任自流的日本民族的国民性格，从根本上如出一辙。对于这种罪恶意识，无论是当事者还是周围的人们，均表现得麻木不仁。

一定要将其绳之以法。浅见将最后一块面包放入嘴中，毅然决然地暗自下着决心。

5

傍晚，浅见与泽日奈子取得联系，约定在新大谷饭店会面。浅见提前到达，占据了与上次相同的座位。从这个位置，可以看到院子里那巨大的人工瀑布，可以说是凉爽宜人的特等席位。

日奈子的额前湿漉漉地泛起汗珠。她凝视着浅见面前的咖啡，忍不住问道："可以要一杯酒精饮料吗？"

"当然可以。但我要开车。"

"那么，我要一杯金巴利苏打。"日奈子要了一杯红色的清凉饮料。

浅见将储存卡交还给日奈子，并让她看了洗印出来的照片。日奈子立刻说道："这个人，我见过。"却记不清他是谁了。

"他是群马县议员名越。"

"啊，是的。的确，就是他。经常出现在群马县的报纸或电视上。可是，所有照片上都有这个人呀！"

"你父亲似乎一直在追踪这位名越县议员？"

"那是为什么呢？"

"可以认为，你父亲暗地里疏通的或许就是这个人。不管怎样，名越先生是县议会负责教育问题的委员之一。"

"啊，原来是这样……"

"此外，还有一个人，他也经常出现在名越先生的附近。这个人你是否记得？"浅见用手指了指"绅士"当中的一位。

“这个人仿佛也见过……可是，噢，他可能是群马县教育长。是的，不错，就是他。”

“原来如此。果然构成秘密会谈的场景。那么，其他人，无疑是希望将子弟送去当教师的校长或教务主任之类——愚蠢的父母亲们。”说完，浅见“啊”的一声，急忙闭住了嘴。

“没有关系，请不要介意。的确，我的父亲也是那种愚蠢的人物。”日奈子丝毫也不隐讳。

“这么说，杀害父亲的，是这位名越县议员吗？”

“这个嘛，现在还不能断定。按照常识，很难认为这个人能够承担起那种粗野的工作。”

“可是，如果委托黑社会之类的人物，我认为并非不可能。”

“不，如果那样的话，恐怕还会遭到黑社会的恐吓。这样一来，反倒更不容易收场。”

“的确是……他存在着动机。”

“是的，存在着动机。而且，又没有证据表明，不是名越亲自下的手。”

随后许久，他们默默地品着各自的饮料。巨大的玻璃壁画外，暮色已经降临。窗外瀑布被灯光照映，一派良宵美景。然而，现在的浅见，却无心欣赏。为了达到目的，接下来的调查将如何展开？浅见沉浸在无限的想象之中。

日奈子将金巴利苏打酒杯放在桌子上，两人不约而同地抬起头，几乎同时说道：“下一步……”

本应引起开怀大笑，两人却只是腼腆地互相看了一眼，立刻变得严肃起来。“你是不是在说，下一步应当怎么办？”浅见问道，日奈子点了点头。

“是不是应当报告警察？”

“我也是这样打算的。我新近认识一位沼田警察局的刑警。我认为，应当和他商量。他是井波先生，前几天一起去见了你的母亲。”

“啊，那个人我也见过。他很会纠缠，对任何事情总是会刨根问底。我受到那么大的打击，他却全然不顾我的情绪。为此，我非常生气……”

“哈哈，如此说，井波先生也曾经提到过你，说你是位好强的女子。”

“我不相信。他是不会夸奖我的。他一定认为我架子大，而且还那么傲慢。”

“根本不是你说的那样。他作为一名警官，人品很端正。”

“噢，算了吧！就算是警察，也不能随心所欲地想说什么就说什么。我几乎每天和母亲通电话。怎么样，妈妈没让你感到难堪吗？”

“噢，放心，没有问题。你的母亲非常出色。”

“真的吗？母亲是个非常固执的人！从前也是一名教师。”

“这个我也听说了。据说是在高崎的春日中学，在那里，她认识了你的父亲，后来两个人结了婚……噢，对啦！有一件很奇怪的事情。昨天曾经谈到，有一位女子和你的父亲一起拍了一张照片。那个女子的工作地点，也是春日中学。”

“有这种事情吗？”日奈子瞪大了眼睛。

“那位女子似乎和你是相同的年龄。她本人也不清楚，为什么泽先生的照片当中会合成上她的照片。”

“那么，她一定也会感到不愉快了。或许，她也是受害者。可是，为什么会发生这种事情呢？”

“有一件事情，似乎可以认为是其中的原因。”浅见再次对日奈子讲述了梅原彩曾经作为泽吉博的代课老师，在春日中学当过临时教员的经历。

“有一种观点看似分析到位。有人说，造成你父亲精神失常的原因，是因为与那个女子的英语水平，特别是与她卓越的英语会话能力相比较，你的父亲感到失落。”

“这种说法是错误的。”日奈子严厉地说道。似乎在说，这关系到父亲的名誉问题。

“父亲之所以感到失落，都是因为我的原因。”

“这一点，我已经有所了解。嫌疑人或者是为了扰乱警察的调查视线，有意设下这一圈套，抑或只是性质卑劣的恶作剧。”

“是的。能够做出这种事情，无疑是一种精神上的变态。没有想到，那位名越县议员竟是如此荒唐！”

“哈哈，现在还不知道是否是名越先生所为。常言道：人不可貌相。”

“噢，够了！简直令人毛骨悚然！”日奈子缩着肩膀，显得更加凄凉。父亲被无情地残害。现在，或许她又感到了另一种恐怖的存在。

“可是，那位叫作井波的刑警……或者说警察，他能够认真地听取浅见先生的意见吗？这些照片，能够作为证据而发挥作用吗？”

“现在还不得而知。实话说，我对此也很担心。仅凭这些资料，是否能够构成犯罪动机？老实说，它并不具有充分的说服力。即使是名越县议员与教育长会面的场景，对方可以说是在进行会谈。如果看到他们互相传递了什么，对方可以坚持说那只是一些资料。这样一来，我们只能束手无策。警察对他们也无能为力。由于对方的地位，警察很难随意对其进行传讯。”

“这么说，前途很渺茫吗？”

“老实说，就是这样。无疑的是，名越掌握着问题的关键。至少可以认为，你父亲的银行账户与名越的账户存在着联动的可能。无论如何，你父亲历尽艰辛拍摄的这些照片，不可能完全没有意义。”

“我是否可以见一见名越先生？”日奈子突然问道。

这让浅见吃了一惊。“不许胡来！你去见他，事态也不可能好转。”

“可是，如果把这些照片摆在他的面前，或许他会动摇。”

“不行，不行。你在说些什么？绝对不可以！”浅见严厉谴责着。日奈子像是遭到了父亲的斥责，悄然说了声“知道了”，便乖乖地点了点头。

复仇

1

七月二十五日，群马县中学体育运动会（县运会）举行选手宣誓仪式。春日中学由田径队三名队员、游泳队两名队员以及其他篮球、体操、排球和乒乓球等队员参加。田径队队长大木贵和竹内一记均被选为代表出席。参加大会的选手，必须是高崎市中学体育运动会（市运会）上的优胜者，或者成绩相当的纪录保持者，并经市运会选手选拔委员会的选拔产生。然而，最受瞩目的三年级学生、一千五百米长跑选手山本顺英却遗憾地未被入选。

山本的父亲几乎每天都到学校观看训练。他与其说是对儿子，不如说是对教练和顾问梅原彩寄予了无限的希望。

但愿不会因此而引起麻烦，彩感到担心。但这种忧虑竟变成了现实，山本的父亲来到学校大发雷霆。

他突然闯进教员室，赫然道：“我的儿

子未被选中，那是不公平的。”当时多数教师都在教员室，大家一齐转过头来。为了避免被当众纠缠，彩赶忙将山本父亲领进了会谈室，并倒上了一杯茶。

的确，彩也承认山本的实力。平日训练中，山本发挥得非常出色，经常把其他队员远远地抛在后面。可是，他在市运会上却只拿了第四名，成绩不佳。如果成绩与前一名相差无几，或许还可以成为选拔对象，实际却并非如此。为什么会造成这一情况，大家不得而知。或许因身体不适而暴露出精神上的脆弱。

“如果能够发挥出平日的水平，我儿子完全有能力在县运动会上夺标。”山本父亲坚持自己的主张。

“您说的很对。”

“之所以没有能够发挥应有的水平，我认为是梅原老师指导方法有问题。例如，梅原老师根本没有考虑到，如何指导运动员在市运会上发挥出最好水平。”

说起指导，事实上，作为顾问的彩并没有参与实际训练。学校请来外部教练，委托其进行指导。而对于田径一窍不通的彩，根本无法在技术上提出建议。

“首先，完全依赖那种雇佣来的教练，就很不正常。”

“可是，教练尽了自己最大的努力。我想顺英君也是一样。即使如此，现实情况比赛结果令人遗憾。事到如今，已经无法挽回。”

“可是我并没有放弃，必须设法挽回。”

“请问，如何挽回？”

“这还用说吗？去选拔委员会要求更换运动员代表。”

“更换代表，那是不可能的！”彩惊讶不已，声音也高了起来。

“还没有去努力就说不可能，那样的话，什么事情也办不成。距县运会正式开始还有三天时间。通过一些渠道，完全可以更换代表。”

“不可能。选手选拔是根据市运会的成绩，由选拔委员会讨论通过的。你认为通过什么样的渠道，可以改变这一结果？”

“这个嘛，当然是通过上面的大人物，对参与选拔的老师施加影响。噢，说穿了，就是对他们施加压力。”

“这是什么意思？你所说的上面的人物，究竟是指什么人？所谓施加压力，具体地说是要我们做些什么？”

“嘿嘿……”山本父亲那不知是厚颜无耻还是卑躬屈膝的笑声令人厌恶。“梅原老师当然明白。噢，我并不想说得那样露骨。你能够成为教师，不是也有许多背景吗？梅原老师的父亲是涩川市的干部，前田老师的母亲是F中学的校长。”

山本父亲所说的前田，是比彩年长五六岁、担任理科教学的男教师。

彩并没有立刻理解山本所说的意思。稍过片刻，她像领悟到什么似的，“啊”地喊出了声。山本所说的“背景”，是指在录用教师时的舞弊行为。“你这是什么意思？你这样说，好像我们托了人情，做了见不得人的事情。你这是对人的严重侮辱，是对人的名誉损害。即使你是学生家长，也不能容许你这样信口胡说。”

“哼哼……”山本满不在乎地向后仰了一下身子，眼睛看着彩。

“不容许又怎么样？你能把我如何？你打算把我从这里撵出去吗？”

“我没有这么说……”彩有些退却。尽管山本的无礼不能饶恕，但她对此却显得无能为力。想到此，她很无奈，只能退让三分。

受到如此侮辱，应当向谁诉说？总不至于向警察报警。即使把山本父亲抱怨的事情向校长汇报，也不可能涉及“背景”云云。而且又不能说出自己的名字，如果提到前田老师的名字，事情会更加糟糕。

“算了，凡事不能太认真，又不在乎我家顺英一个人。只要求人说个情，事情总会有个结果。如果需要破费些钱财，尽管直接跟我说……”

山本絮絮叨叨地提出了一连串的“请求”。对此，彩只当是耳旁风，并无心思认真细听。

山本所说彩父亲背景的现实意义，逐渐在彩的心灵深处渗透。在此之前，她甚至不曾想到这一步。如果发生在大分县的教师录用舞弊事件不曾引起轰动，即使山本那样说，或许彩也不会懂得其中的含义。

难道在教师录用考试前，父亲曾经暗地里做了什么工作吗？不曾想象到的疑虑突然浮现在眼前，在她脑海中迅速膨胀。

教师录用考试制度究竟是怎样一个制度？对此，彩一无所知。彩一直认为，它与大学入学考试以及公司入职考试一样，是按照成绩的优先顺序决定录用与否。

当然，同时还有面试，彩并不认为笔试的成绩决定一切。尽管如此，按照常识彩仍然相信，初次考试的合格者，总是会从成绩优秀的应试者当中按顺序胜出。

然而，从大分县的事件来看，事情却似乎并非如此简单。或许每个都道府县分别有着各自不同的做法。然而，至少在大分县，参与选拔的内部人士不仅曾经具有裁决权，同时也具有篡改分数的操纵权。

结果是，校长、教务主任以及教育委员的子弟，无论考试成绩如何，也可以被录用。新闻报道披露，这一暗箱操作所需支付金额的行情大约为两百万日元。

这一“方式”在群马县是否同样存在？或许任何人也不能对此予以否认。然而，到目前为止，彩却从不认为这种事情与自己有关。她两次考试失败，第三次终于突破难关。无疑，彩认为，这都是自己实力较量的结果，绝非任何外力的恩赐。

然而，山本却对此予以否认。既然他这样说，或许他掌握着什么证据。

彩的父亲的确是涩川市的管理人员，但并非山本所说的“大人物”。可是，由于在市政府工作，他或许经常接触到那些有权有势的人物。

另一方面，前田老师的母亲担任校长职务也是事实。如果像大分县那样，同样存在“托人讲情”的现象，那么，对其产生怀疑，也情有可原。

这些事情在彩的脑海中萦回，许久挥之不去。然而，问题在于，山本父亲来访的本来目的与此毫无关系。山本顺英落选，父亲到学校来抗议，彩本应给出适当答复。这是当前摆在她面前急需解决的问题。然而，彩的头脑中一片空白。

即使如此，尽早拿出结论，使这位棘手的客人赶快离开却是目前的首要事情。彩几乎中止了大脑思维，终于站了起来。“如果我拒绝你的要求，你打算如何?”

“如果那样，我会给出相应的答复。我会将群马县教育界的阴暗面全部挖掘出来，闹得它天翻地覆。”

“即使如此……那么，对不起，我无法满足你的要求。请你回去吧!”说完，彩转身离开了房间。无疑，彩已经忍无可忍了，气得面红耳赤。见此情景，山本的父亲只得呆呆地站在原地，一言不发。

2

彩立即来到校长室。这件事情必须向校长如实汇报。校长见彩进来，先是一惊。

“出了什么事情?”看到彩气愤不已的样子，校长不由得挪动了一下身子。

“田径队山本顺英君的父亲来到学校，要求向选手选拔委员会提出申请，更换县运会的选手。”

“那也太随便了吧！这种事情怎么可能？你回去把他拒绝了。”

“是的，我已经拒绝了他的要求。”

“对，那是理所当然。”

“可是，不知道能否就此结束。看来，他并不打算就此罢休。”

“他凭什么如此横行霸道?”

“他总在诉说顺英君很有实力。”

“也许他说的对。但是，市运会的选拔结果摆在面前，事到如今已经无法改变。对这种既成事实，他却提出异议，简直是缺乏常识。”校长皱了皱眉头。

“这就是人们常说的所谓‘怪兽投诉者’。如此看来，他会是很难对付的。”

彩在担任临时教师的时候，曾经有过一次类似经历。对扰乱课堂秩序的坏小子提出批评，反而惹来了恼羞成怒的黑社会家长大吵大闹。仅此一次经历，彩还不十分明白真相。最近的新闻报道当中，到处可以听到有关学校出现的所谓‘怪兽投诉者’或‘怪兽家长’之类的话题。他们是一些极端执著且缺乏常识的家长，经常来到学校，对老师提出一些无理要求。

“自从我来到这所学校，还没有发生这类事件。但我在上一所学校任教时，遇到过数起事例。与此类事件相似的，例如在文化节的合唱队，围绕钢琴伴奏的学生人选，一位学生的母亲向学校发难。她多次来到学校，每天晚上往音乐教师的家里打电话，抱怨女儿钢琴技能更加出色，为什么却选了别的学生。这种人心里只想着自己，认为自己的不幸是社会不公平造成的。他们把社会说得一无是处，发誓要纠正错误。这种人很难对付。”

“如果山本的父亲再来扰乱，我们应当怎么办？”

“我们只能坚决地予以拒绝。”

“可是，他说要把群马县教育界闹得天翻地覆。”

“很明显，他是在实施恐吓。我们决不能屈服于他的威胁。首先，他如何实施对学校的威胁？总不会使用暴力吧。”

“是的，我认为他不可能实施暴力。”彩回答道，并没有提及所谓“教育界阴暗面”。然而，不提出这一问题，就不可能使校长对事态的严重性有所警觉。

接下来应当怎么办？最终，彩并未找到解决办法，带着烦恼和不安，离开了校长室。

按照重新获得的“知识”，彩环视着教员室内每位教员。或许正如山本父亲所说，其中就有靠营私舞弊成为教师的。想到此，彩内心感到一种难以说出的郁闷。

离彩的桌子不远的地方，坐着前田老师。他无忧无虑地与旁边一位女教师谈论着什么。彩思索着，他是否想象过，自己或许就是靠人情而成为了一名教师的。

然而，对于彩来说，这个问题似乎并非与己无关。迄今为止，彩甚至从未想象过，她的“应考”当中或许存在着不正当行为。不，即使是现在，彩仍不认为父亲曾经做过违法的事情。对此，彩坚信不移。然而，即使是毫无根据的中伤，只要世上存在山本那样的监视目光，就决不可能对其熟视无睹。

或许，前田老师亦是如此。得知并非靠自己实力取胜时，不知会受到多少创伤，亦不知会多么仇视父母。

千思万绪萦绕在心头，彩无法安心工作，下午早早地便离开了学校。当车开出学校大门时，前方出现了山本父亲的身影。已经过去三个小时之久了，他却一直在这里等候。想到此，彩不觉感到背后一股寒气逼人。

山本跳到道路中央，伸出双手，拦住了彩的汽车。此时，正值车子右转弯，车轮保持着惯性。彩急忙踩住刹车，车子停了下来，险些酿成事故。

“你不要命啦！”彩下了车，愤怒地叫喊着。此时，她已经忘记了恐惧，从内心里发出了怒吼。无疑，刹车再晚一秒，山本的父亲将被撞翻在地。那样的话，全部责任属于汽车。或许会以驾驶疏忽或者违反安全行车义务的规定而被警察逮捕。警察绝对不会接受对方跳出来拦截车辆的说法。如何能够忍受这种蛮横无礼的行为？彩气得浑身发抖，山本却在一旁龇牙咧嘴地笑。

“你还有脸笑吗？”

“我笑老师生气的样子，很可爱。”

好一个不要脸的家伙！彩终于看出，他绝不是一个具有正常思维的人。

彩环顾四周，附近没有一个过路人。虽说刚出校门，但毕竟远离校舍，即使大声呼唤，似乎也不会有人发觉。

“怎么样，老师？顺英的事情，能不能帮帮忙？”

“我已经告诉过你，那是不可能的。我和校长谈论过此事。校长也说，你这完全是无理取闹。”

“噢，这么说，我提到的那些事情，你也和校长说过了吗？那位校长先生，可是轻轻一掸就会掉出许多灰尘的人物。只要我一张口，就会让群马县教育界闹个底儿朝天。难道说，他不害怕吗？”

“那么，你都知道有关教育界的哪些事情？”

“这个嘛，我当然知道许多。说穿了，就是金钱问题。比如说，谁掌握着教育界的大权，金钱送到什么地方便能够开启后门，等等。正所谓奸雄识奸雄。无论他伪装得多么巧妙，知道的人自然知道。或许，可以说这已经是常识了。不知道的，只有像梅原老师那样单纯而又认真的人。”

“如果你真的了解得很清楚，不如随便到什么地方说出来为妙。”

“嗯，真的吗？但我觉得你过后会后悔的。”

“不论你怎样说，我是不会帮你办事的。那么，就请你随便吧！”彩上了车，关好了门。

“喂，请稍等一下。老师，请你不要躲避。”山本追赶在驾驶窗外，手里紧紧抓住车门把手。

彩从内侧按下锁定按钮，开动了发动机。然而，彩感觉到，如果就此开动汽车，山本必定会被汽车拖住，以至造成伤害。

“对不起，你能不能松开手？”彩将车窗打开一条缝隙，尽可能冷静地说道。

“那么，你听我说！”山本紧紧攥住车门把手，透过车窗玻璃，扯着嗓子大声喊叫着。“前些日子，沼田一所中学不是有一位教师被杀害了吗？”

彩倒吸了一口凉气。“你说什么？难道说，你知道事情的真相吗？”

“我不是说过，奸雄识奸雄吗！教育界，看起来是个世外桃源。然而，尽管自视清高，也有不小心出差错的时候。”

“如果真是那样的话，你就应当向警察报告。否则，你也会被视为同犯。或许，你也是嫌疑人的同伙？”

“说什么胡话，根本没有那回事！而且，就算向警察报告，也不可能得到任何好处。我说，倒不如这样一针一针刺痛的好。”

说这话时，山本的眼睛就像歌舞伎演员一样盯视着对方，令人望而却步。至此，山本的秉性已然原形毕露。

回想起来，他几乎一日不落地来“观看”儿子的训练。这种游手好闲的人，绝非普通的正常人。他所从事的“职业”已不难想象。这种人如果脾气爆发，什么事情都可以干得出来。

彩突然感到浑身发抖，惊恐万状。如果这样僵持下去，恐怕真的要落入这奸雄的圈套，必然被他牵着鼻子越陷越深。“对不起！我要走了。”说完，彩缓缓地开动了汽车。她最大限度地保持着理智，以避免过于刺激对方。

“喂，别走！”山本继续怒吼着，但也并没有继续拽住车门把手。看到山本逐渐离开汽车，彩加大了油门。

3

回到家，彩唯恐见到父亲雄一朗的面。难道说，彩想象着，父亲真的会在“权势”面前卑躬屈膝，拿着金钱向他们行贿了吗？

如果真是这样，对此一无所知的彩却还在考场上努力拼搏着——父亲绝不会做出这种卑鄙的事情的。彩试图打消这种念头，而刚刚出现的疑虑又像蛛网缠身，令人难以挣脱了。

尽管如此，彩却没有勇气直接向雄一朗阐明疑虑，确认事情的真伪。即使确实存在着山本所说的那种行为，那么知道了事情的真相，又如何能够使问题得到解决呢？岂止如此，彩甚至还要考虑自己的去向。无疑，父女俩的关系也将因此而陷入崩溃。与其出现这一破裂的结局，倒不如忍辱负重，就像从未发生过任何事情一样。

可是，彩的心中有着无尽的烦恼。且不说这件事情如何解决，山本的父亲何时将再次出现，滋生事端，亦未可知。仅此，便足以使彩坐卧不宁。如果他不是去学校，而是直接闯到自己家中，甚至在深更半夜，就不得不惊动警察。如果到了这种地步，父亲的“违法行为”也会立刻暴露无遗。

如此这番，彩在心里默默祈祷平安无事。日子一天一天地过去，不久便迎来了县运动会的首日比赛。县运会预计从七月二十九日开始，在县立体育场连续举办四天。

然而，山本的父亲始终没有出现。似乎他已经就此罢休了，彩寻思着，思想的警惕开始放松。尽管如此，一片阴云却依然笼罩在她心头。彩总觉得，事情不会就此轻易了结。不久，彩的担心成为了现实，最坏的事态出现了。

事情开始于七月三十日早上。那天，梅原一家三口围绕在饭桌旁看着电视，县里的新闻节目报道了这一“事件”。

今天早上，在流经安中市下秋间县道附近的秋间川上，发现了一具漂浮着的男性尸体。附近居住的一位男子立即将此通报了警察。警方根据死者随身携带物品证实，该男性死者为高崎市从事著述业的山本浩司，年龄四十四岁。被发现时已经死亡，大约是死后十小时左右。警方认为，此人有可能卷入某起事件，并在安中警察局设立调查组，开始对事件进行调查。

“啊!”彩不由得发出了一声惊叫。父母大为震惊，雄一朗不停地呵斥着：“怎么啦？为什么那么没有教养？”

“噢，这个人，就是我们学校山本君的父亲……”

“这是真的吗……”雄一朗赶忙将视线转向电视画面，但内容已经转到下一个话题了。事件刚刚发生不久，电视台并没有得到更多信息以进行详细的报道。

“他儿子是彩班里的学生吗?”

“不!可是，他是田径队的主力队员，我在那里担任顾问。他父亲常来学校观看孩子的训练。”说着，彩回想起山本来看训练时的情景。他总是站在彩身后，大声叫喊着：“注意!认真!”那声音不知是喊给自己的儿子，还是喊给教练，或是喊给彩的，让人听起来厌烦，有时却也让人感到欣慰。那时的表情，与校门前拦截彩的汽车时凶神恶煞般的面孔形成巨大反差。

那个男人，已经离开了这个世界——想到此，与其说是一种恐惧，倒不如说好似卸掉了一个精神包袱，她感到浑身轻松。

无论如何，作为田径队的顾问，队员的父亲发生不幸，她也不能袖手旁观。然而，对于彩来说，从来没有经历过这种事情。慌忙之中，她首先给校长打了电话。校长似乎还没有听到消息。

"这种事情需要慎重对待。如果是正常病故，学校需要迅速赶到学生家中表示慰问。可是，现在一定来了许多警察以及报纸或电视台的记者，拥挤不堪。况且，也有必要确认一下，是不是山本顺英的父亲。我来向警察打听一下情况。"不愧为校长，立即做出了冷静的处理。山本浩司这个名字相对常见，未经确认自己便乱了阵脚，彩开始自我反省。

不久，校长打来电话，确认死者就是顺英的父亲。

"案件调查已告一个段落，遗体已回到家中，我们可以去慰问了。这种事情越快越好。我已给班主任古贺老师打电话了，可他没在家。也许他还没有察觉到出了事情。你要去参加县运会，我先去山本家，你办完事情过来！"

正如校长所说，彩必须率领田径队前去参加县运会。尽管可以委托其他老师率队前往，但为了保证大会的顺利进行，彩还分担了大会其他一些组织工作。这一方面，已经向大会组织委员会进行了说明，请求尽量使她早些结束工作。

山本家居住的市营公寓住宅楼前的公路上，成排停放着新闻媒体的车辆。烈日下，记者们躲在汽车里，看到有人接近，便从车上跳出来，也不管对方为何而来、是何背景，便争先恐后地提出问题。甚至偶尔路过的人，也难免遭到记者的围攻。不时地，可以看到一些前来吊唁者的身影。然而，为了对记者的提问敬而远之，一些远道而来的人却不得不就此原路返回。

彩不能对此有半点儿犹豫。她推开记者们的围堵，径直向三层建筑的公寓楼走去。途中，有几名记者直截了当地提出问题：“请问你和山本先生是什么关系?”彩丝毫不予理睬。

入口处，有一位刑警模样的男子守候着。得知来人身份后，他便轻轻行了个举手礼，让彩通过。山本家位于三层沿着楼梯上来后的第一个门。彩到达时，恰好校长和教务主任正要离开。

“噢，你来了。快进去，向主人打个招呼!”校长将刚刚关闭的门户重新打开。

全部房间似乎仅两 DK。在并不宽敞的起居室内，山本顺英和母亲在不知是亲戚还是邻居的一男两女的亲切守护下，围着饭桌坐成一圈。

顺英看见彩到来，急忙站了起来，叫道：“啊，老师!”那青白的显得有些胆怯的脸上，泛起了红润。

母亲和其他三人也站了起来，默默地行了礼。彩则深深地鞠着躬，嘴里说道：“这次，竟然发生如此意想不到的事情……”

房间里意外地保持着平静，并没有任何布置。或许是因为遗体还在医院，准备接受司法解剖。在警察对被害者的遗物进行调查等一系列程序结束之前，似乎家中的一切物品都不能移动。并没有摆设灵堂，只是在衣柜上方放置了一个小小的镜框，里面镶嵌着死者遗像。一张生活快照，充满了活力和欢笑。彩向着遗像双手合十。

“如果有什么需要帮忙的，请不必客气。”最后，彩照例问候了一番，便决定不再继续打扰。母亲显得有些憔悴，只说：“谢谢!”顺英则送到了门口，并在彩耳边小声说道：“老师，对不起！请原谅父亲。”顺英似乎已经哭肿了双眼，两只眼睛充满了血丝。

“嗯，没有什么，不用担心。只是顺英要坚强起来，继续努力。”

彩不由得热泪盈眶。得知父亲去学校吵闹，顺英一定感到非常痛心。有了顺英的这番话，彩便完全饶恕了他父亲的辱骂。

然而，事情并没有就此结束。遗留在彩心里的阴云并没有就此消失。更大的灾难再次降临在彩的身上。

县运会结束后的第二天，两位刑警来到梅原家里。听到门铃声，彩急忙跑出去开门。外面站着的两个男人，一眼看上去便能知道发生的一切。此时的彩，心脏已经被这不祥之兆压迫得将要窒息。

“你就是梅原彩小姐吧?”略为年长的男子说着，出示了警察证件。

“我们想向你打听一些事情，可以打扰一下吗?”

“可以!”彩将客人请进了屋。警察进了屋，从外面带进一股热浪。

“啊呀！好凉快！好舒服呀!”警察嘴上说着客套话。“我们来的目的，是想就山本浩司先生死亡事件了解一些情况。”果然，警察开门见山地说出了正题。

到底还是来了。彩已经有所准备，但即使如此，还是紧张得浑身颤抖。

4

一名警察拿出了名片，自称“是安中警察局的”。名片上写着:“安中警察局刑事科巡查组长小滨和彦”。他三十多岁，身高一米七左右。并不太高，肩膀却很宽，让人感到很有魄力。另外一位略为年轻一些，似乎是小滨的部下。小滨尽管负责提问，部下则在笔记本上记录。

“到里面坐吗?”彩问道。

“噢，在这里就可以。”警察回答道。站在门口，警察开始了提问。“关于梅原小姐和山本先生的关系，据我们了解，你是山本先生儿子的学校——春日中学的老师，是不是这样？”

“噢，是的。我不是山本君的班主任，只是在他参加的田径队里担任顾问。”

“听说，你和山本先生之间发生了一些纠纷？”

“是的。我不知道是否算得上纠纷，山本君没有能够参加县里的体育运动会，他的父亲表示不满，找到学校来说理。”

“那是什么时候的事情？”

“记得是七月二十六日。”

“据说，他为此强烈不满。你能说说当时的情况吗？”

“就是说，因为儿子没能参加县运会，他表示了一些不满。”

“他具体说了些什么？”小滨紧逼彩的话题，不断地提出质疑。

“至于说了些什么吗……”彩摸索地寻找着答案。因为一些具体原因，她不能如实回答警察的问题。

“他反复强调，如果按照实力，儿子一定会在县运会上获得奖牌。”

“那么，你是如何回答的呢？”

“我对他说，你说的很对，只是非常遗憾他没有能在市运会上发挥出实力来。”

“那么，他是怎样回答的呢？”

“他说我和教练的指导方法存在问题，并对此表示不满。”

“原来如此。那么，你又是如何回答的呢？”

“我告诉他，教练和我都付出了极大的努力。顺英君也是如此。出现这样的结果，事到如今，已经无法挽回。”

“可是，他并没有就此罢休吧？”

“是的，他并没有接受我的意见。”

“他是怎样说的呢？”

“他提出要求，希望更换选手。但那是绝对不可能的。”

“他明明知道不可能，却硬要提出这一要求，其中是否有什么原因?”

“这个嘛，我不知道。”彩这样回答着。

然而，警察能够提出这一问题，表明他们已经掌握了一些基本事实。想到此，彩感到毛骨悚然。果不其然，小滨迅速看了一眼部下，然后说道：“我想请教一个问题。根据未证实的消息，山本先生事发前曾经对夫人说，儿子参加县运会已经板上钉钉了。山本先生似乎在说，虽然在市运会上落选，如果求得某位人士说情，也是能够参加县运会的。对此，梅原小姐有没有一些线索?”

“没有。”彩条件反射似的摇了摇头。

“你没有听山本先生说过吗?”

“是的。”

或许因为回答迅速反而引起了相反的效果，小滨投来了怀疑的目光。彩紧张得心脏快要从嗓子里跳出来了。

可是，小滨并没有继续追问。他说了声“明白了”，便草草结束了谈话。

“如果今后想起什么，请与警察保持联系。”说着，两人便转身告辞。然而彩知道，事情不可能就此结束。警察和刑警绝非如此简单就能够蒙混过关的。

警察离开后，雄一朗不安地走了出来，察看门口的动静。“警察来过了吗?”

“嗯。”

“出了什么麻烦事情吗?”

“噢，有关山本君父亲的事件，警察似乎正在到处进行调查。”

“是吗? 那么，我们没有必要担心啦!”

父亲放心地转身回到自己的房间。然而，彩感到父亲的举动异常。首先，警察在时父亲不曾露面，这一点就足以让人怀疑。如果对女儿的事情放心不下，早就应当出来问上一句：出了什么事情？或许这也没有直接关系，但自从听到山本带有恐吓意味的讲话后，父亲的态度便开始让人怀疑了。

第二天，在同一时间，警察再次来到彩家。彩暗自担心的事情发生了。

“能不能到屋里谈一谈？”这次警察主动说道。这本身就意味着事情变得非常复杂了。

客人来到客厅，主人端上了茶水。或许已经没有这种必要了，但这样做感觉上可以使警察的“审问”多少留些情面。想到此，彩不禁对自己也感到厌恶起来了。

“我想再次问问与昨天相同的问题。”小滨并没有伸手端茶，开口说道，“我并没有打算说被害人的坏话，山本先生是从事企业讹诈工作的人。他似乎对梅原小姐也使用过不正当的言行。但是，当我问起这件事情时，梅原小姐却说没有那回事。”

“是的。”

“可是，事实并非如此。据某位人士证实，山本先生曾经说过，只要求一求有权势的人，就可以改变选手选拔的结果。你不是也说过相同的话吗？”

“不，我并没有那么说过……”

“噢，严格说来，或许使用的词语有所不同，但你不是也说过类似的话吗？”

“我不记得了。”

“梅原小姐，我希望你老实回答我的问题。”警察开始显得有些不耐烦了。

“刚才谈到的事情，准确地说，山本先生曾经提出，通过有权势的人对选拔委员会的老师施加影响，完全有可能改变选手的登记结果。难道他不是这样说的吗？”

“这个嘛……你是听谁这么说的?”

“这个人，梅原小姐非常熟悉。”

“他是谁?”

“他是谁并不重要。总之，那个人非常了解这一事实。他证实山本先生的确向梅原小姐提出过这一要求。”

“这个嘛……不可能。我对任何人都没有说过那种话。请你不要凭空捏造。”

“我是在凭空捏造吗?”小滨冷冷一笑。这一笑，彻底暴露出了警察卑鄙的一面。“那么，我说了你不要后悔。难道校长不知道这件事情吗?”

“啊……”彩彻底动摇了，但还是打起了精神。“我并没有对校长说起过那件事情。”

“原来如此。就是说，‘那件事情’本身是存在的，是吗?”小滨得意洋洋地说道。

糟糕！彩紧咬着嘴唇。这才发现，自己已经深陷警察设下的圈套之中了。“这个嘛……如果这样说，或许山本先生曾说过这种话，但我已经记不清楚了。”

“噢，没有关系！梅原小姐没有必要那么认真。可是，如果山本先生确实说过那些话，就没有必要隐瞒。否则，我们的工作就无法往下进行。岂止如此！事实上，甚至与事件没有关系的人，例如梅原小姐，也要无辜受到牵连。”警察的话像一把尖刀，咄咄逼人。

“总之，梅原小姐是为了避免给人添麻烦才故意隐瞒的，是不是?”

“噢，是的。”无奈之下，彩点了点头。

“那么，山本先生是怎样说的呢?”

“我已经记不清了，好像是说通过有权势的人对选拔委员施加影响。”

“那人叫什么名字？”

“噢，他没有说出那人的姓名。”

“那人的姓名不重要。既然是施加影响，总得有个方法。关于这一点，他是怎样说的？”

“……”彩犹豫不决。无疑，继续说下去会给自己带来更严重的后果。

“我希望你一定要讲出来。”小滨的语气突然变得缓和起来，恳切地请求道。

“我们每天在外东奔西跑，累得腰痛腿酸。如果对方仍不肯讲出实话，那一切就是徒劳往返，做无用功了。为了不继续浪费时间，请梅原小姐一定协助我们。”

对方如此恳求，彩已然无法拒绝。她说了声“我明白了”，略加思索之后，便将山本在学校会谈室提出的无理要求从头到尾、一五一十地全部说了出来。

5

警察离开后不久，雄一朗出现在客厅里。“好像警察又来过了？”

“您已经知道了吗？既然如此，为什么不出来一起见见警察？”

“噢，我出来只能给你添麻烦。警察来我们家，不会是出了什么事情吧？”

“没有什么大的事情。警察只是来听取参考意见的。”彩说着，心里打定主意，决定当面澄清对父亲的疑虑。“……有一件事情，我想问问父亲。”

“什么事情？”

“说了您不要生气，请如实回答我。”

“你说什么？我看你怎么像个警察似的！”

“哈哈，我并不是那个意思。我想问，有关我参加教师录用考试的事情，您不会求过什么人提供方便吧？”

“什么？你这是什么意思？”

“我在问，为了我的录用考试能够合格，您不会事先做了工作、托人关照过吧？”

“喂，你不是在开玩笑吧？”

“不是，我非常认真。您知道，大分县不是出现了这种事吗？就是说，录用教师一事的舞弊行为。即使在群马县，也不能保证没有这种事情发生。说不定我就是其中一个。”

“你在胡乱说些什么？你认为我是那种卑鄙无耻的人吗？”雄一朗的表情从来没有像现在这样严厉过。“首先，我做出这种事情，就对不起我的女儿。事实上，彩不靠那种人情，不是也考中了吗，尽管花费了两年的时间。你的努力最终取得了成果。难道说不是这样的吗？你现在却说什么托人情，是舞弊行为，我看你是在有意诋毁自己。”

“对不起！”彩双手放在桌子上，向父亲道歉。因为过于激动，眼泪像断了线的珍珠，一串串地流了下来。见此情景，雄一朗不觉一惊。本想大发雷霆，却又不得不退缩了下来。

“噢，事情说清楚也好。可是，到底发生了什么事情？弄得彩如此惶恐不安。那位警察是不是说了些什么？”

“不，不是警察说了些什么……而是那位死去的山本先生说的。他说，能够成为一名教师，背后一定有许多人情。加上你的父亲是涩川市的大人物。而且，他还提到其他人的名字……”

“完全是胡说八道。我又不是什么大人物。噢，即使我有那么大的能量，也不会做那些伤天害理的事情。”

“可是，即使父亲不去做那种事情，现实当中不是也存在这种不正当的行为吗？否则，山本先生不会充满信心地说这种话的。”

“嗯……关于这个问题，我也不敢确定。不瞒你说，我也听说过这种传闻。可我不能肯定那就是事实。据说在群马县，录用考试管理非常严格，几乎不给非法行为留有余地。即使有非法舞弊的行为，或许也只有行贿的人知道。自以为贿赂成功，实际上说不定仍是按本人实力合格考取，就像你刚才说的那种情况一样。”

“对不起！”彩再次向父亲道歉，脑子里闪现出同事前田的面孔。那位前田，也绝不是倚仗母亲的权势，而是靠着自己实力考取的。彩这样想着。

“噢，不必介意。”雄一朗不好意思地笑了笑。“彩由于泽先生的事件，已是深陷困扰。如今又遇到这种事情，简直要让人精神崩溃。可是，你千万不要为这事而自寻烦恼。即使如此，作为彩来说，当然不能掉以轻心……这种时候，如果他能在，或许能够帮着想些办法。噢，就是那位浅见先生。”

这时，门口响起了铃声。彩急忙擦去脸上的眼泪。在里面收拾屋子的千鹤子一面答应着“来了”，一面跑了出来。

“怎么，你们都在？有客人来，快去开门！”雄一朗嚷嚷着来到了门口。客人正是浅见光彦。

“啊，浅见先生！”听见母亲那年轻人一样的嗓音，彩禁不住振作起来。说曹操曹操就到。彩和雄一朗不由得面面相觑。被雄一朗那急不可待的会心一笑所驱使，彩赶忙来到了门口。

浅见身穿一件开领短袖衬衫，右手提着一个帆布包，左手拎着一件夹克衫站在门外。看到彩出来，浅见满面春风地点了点头。“啊，对不起，又来打扰了。”

“噢，快请进！外面好热！”千鹤子取出拖鞋，顺便打开客厅的空调。彩在一旁呆呆地张望着，一时不知如何是好。

“喂，彩，快请浅见先生坐下。我马上端来凉麦茶。浅见先生是不是要一瓶冰镇啤酒?”

“不，我开车来的。请给我一杯麦茶。”浅见说着，来到了客厅。吹着空调的凉风，感觉舒适了许多。

“请问，今天来有什么事情吗?”彩望着浅见的背影问道。

“噢，对不起!”浅见急忙转过身来，再次轻轻地鞠了一躬，然后坐在了沙发上。“今天来打扰，有些事情要向彩小姐的父亲请教。请问他在家吗?”

说着，雄一朗走了进来。“是来找我的吗？什么事情？是不是上次说的伊香保侦探旅游团的事情要和我商量?”

“噢，不是。那件事多亏您帮助，一切进展顺利。今天我来，是为了另一件事情，希望能够借助您的智慧。”

“嗯？不知道我能有什么智慧可以对浅见先生有所帮助。那是什么事情呢？先不说那个，我们这里反倒有些事，希望能够和浅见先生商量。是不是，彩?”

听父亲这样一说，彩只得点了一下头，答道：“是的。”浅见则饶有兴致地看了一眼彩和彩的父亲。

“可是，我们先来听听浅见先生的，看有些什么事情要商量吧。”雄一朗说着，拿了把椅子在浅见对面坐了下来。

彩正待坐下，浅见却说道：“对不起！我希望和你父亲谈些事情。”

“噢，似乎还蛮复杂。既然浅见先生这样说，那么彩，你就先离开一下吧!”雄一朗向彩使了个眼神。

彩勉强离开房间。在房门关闭的那一瞬间，彩感觉到背后浅见那强烈的眼神，不由得心里一惊。

恐吓者

1

在雄一朗提出“有事情要商量”时，浅见凭着本能的敏锐嗅觉，察觉到这个家庭的复杂问题。尽管纯属偶然，但恰在这一时间来到梅原家，或许是个正确的决定。浅见思考着。

“说实话，我要问的问题并不令人愉快，或许会遭到梅原先生的斥责。对此，我已经做好准备了。”浅见有言在先。

“噢，不论你怎么说，我是不会生气的。这些日子已经发生不少事情，足够让人烦恼的了。因此，即使多少有些意外，我也不会感到奇怪。”雄一朗故意开玩笑似的说道。但他这一番话确实发自内心。

“前些日子，我见到了死去的泽先生的女儿。”浅见讲述了泽日奈子的事情。“在和她的谈话当中，我感觉到泽吉博先生事件背后的一些事情。那就是，有关她参加教师录用考试过程中的一些丑闻。”

“啊……”刚才还说再有意外也不会奇怪的雄一朗，却显得格外惊讶。

“根据泽先生女儿的介绍，群马县教师录用考试当中或许存在非法的舞弊行为。”

“太让人吃惊了！就在刚才，我还在和女儿谈论这种事情。那么，泽先生的女儿都说了些什么？”

“在此之前，她参加过四次类似考试。她怀疑自己的父亲，泽先生曾经为此进行过非法活动。就是说，有行贿的嫌疑。但即使如此，她也没有能够考试合格。”

“请等一下！”雄一朗说道。

“是不是说，这表明泽先生的贿赂行为，或者说非法活动并没有奏效？他女儿的落选，最终仍然是本人实力不强的结果？”

“也许存在这种可能。可是，她把自己的答案与要好的朋友进行比较之后发现，她的考试成绩应当高出许多。尽管如此，朋友却合格了。她认为，这明显就是存在违法行为的证据。因为您的情况与泽先生非常相似，因此我想就此听听您的意见。实际上，群马县到底是否存在这类违法行为。”

“就是说，你想知道，我是否有违法行为，或者行贿行为，是吗？”

雄一朗苦笑着，而浅见却表情严肃地说道：“不，我丝毫没有这样认为。但即使如此，这种事情听起来并非让人高兴。所以，才请您的女儿暂时离开。请恕我出言不逊，我确信梅原先生是廉洁奉公的人。正因为如此，我才能够向梅原先生提出这种无礼的问题。”

“哈哈，我也并不是人品有多么高尚。的确，我女儿两次参加考试都以失败告终。说得露骨一些，或许我也有行贿的资格。我却丝毫没有那种打算。我相信女儿的实力。我认为，即使因实力有限而落榜，那也是没有办法的事情。”

浅见低下了头，对雄一朗表示深深的敬意。“但是，泽先生则是出于父母之心，使用了非法手段。事与愿违，女儿并没有被合格录取。为此，泽先生不仅在经济上蒙受了损失，而且在精神上遭到了极大的打击。最终，泽先生踏上了一条不归之路。我认为，按照常理考虑，这件事与泽先生被杀事件，似乎存在着某种联系。”

“具体地说，哪些方面有联系？”

“就是说，泽先生或许曾经对一方面接受自己贿赂、另一方面又背叛自己的人有过暗示，要对其进行告发并进行过威胁。噢，对于泽先生来说，那无疑也是孤注一掷了。为了使出这一招数，泽先生曾竭尽全力搜集证据。他拍摄了大量与从事违法行为有关的现场照片，并将其保存在女儿手里。这些事实正说明了这一问题。看到那些照片可以让人感觉，泽先生已处在非正常的精神状态中。如果对其听之任之，则后患无穷。对于对方来说，无疑泽先生已经形成了巨大的威胁。为了不使局面恶化，对方必须先发制人。于是，事态便向着最坏的结局不断发展……根据目前为止得到的信息，这就是我的结论。”说完，双方许久沉默不语。

“真让人感到震惊！”雄一朗说着，不由得浑身冒出一股冷汗。

“这么说，掌握教师录用考试结果的那个人物，正是杀害泽先生的嫌疑人。是否可以得出这样的结论？”

“或许就是这样。”

“如果这是事实，将轰动整个群马县教育界。但另一方面，如果调查出手不利，有可能冒触犯、诋毁他人名誉罪或虚伪控告罪的危险。”

“你说的非常正确。尽管已经得到了一些现场照片，或许还可以了解到一些银行账户不正常的资金往来，但我们掌握的材料也只是一些案情证据。要想证实犯罪，尤其要想证实杀人事件，绝不是一件轻而易举的事情。必须注意，它极易对其他有关人员的名誉造成损害。无疑，警察对此也是一筹莫展。他们只好将此束之高阁，最终糊里糊涂地不了了之。”

“那个人究竟是谁？浅见先生，你是否已经找到一些线索?”

“当然，我已经有了线索。”浅见点了点头。

“泽先生执意追逐并且连续用照相机拍摄下的人，就是群马县议会议员名越敏秋先生。”

“啊，是名越先生吗……”雄一朗惊得张口结舌，一时间像想起来什么似的。原来如此……这个人完全有那种可能。说起来，名越议员也是教育界执牛耳的头面人物了。”

“但是……”浅见说道，“将名越议员确定为嫌疑人，未免有些牵强。名越议员年近七旬，要想把泽先生引诱到沼田的Q中学内并将其杀害，无论体力，还是从他所处的地位都是不可能的。”

“的确如此。可是如果有同犯，不是很容易解决吗?”

“问题就在这里。说起同犯，实际上，名越议员很难立即物色到凶手。如果能够得到巨额现金，有人可能利欲熏心。然而，此次杀人并非有利可图，而且绝非黑社会所为。加之，很难想象能有一位忠实的秘书为了主子宁可引火烧身。”

这一点，是目前遇到的最大难题。

2

“实际上……”雄一朗开口说道，脑子里却思索着所要表达的内容。见此情形，浅见一言不发地等待着。经过一分钟左右的思考之后，雄一朗终于开了口。“刚才说到，有件事情要和浅见先生商量。不久前发生了一个事件，彩担任顾问的春日中学田径队里，一名队员的父亲被人杀害了。”

雄一朗说了一声“请稍等一会儿”，就回到里屋，取出了一张报纸剪辑样。那是有关安中市河中发现山本浩司尸体的报道。或许东京的报纸也有所报道，浅见却没有注意。

“有关山本先生被杀事件，我的女儿彩曾接受调查。”雄一朗介绍了警察两次来到家里调查的经过。“当然，我的女儿并没有被当成嫌疑人。尽管如此，包括上次泽先生的事件，让我们感到非常不快。我的女儿也整天担惊受怕的。”

“这种事情一定会让人担心。如果方便，我想和您的女儿直接谈一谈。您看如何?”浅见问道。

“我也是这样想的。刚才还在和女儿商量，希望能够求得浅见先生的帮助。可能会给你添麻烦。我这里拜托了。”雄一朗把彩叫了过来。

事到临头，彩有些望而却步，踌躇不前，被父亲催促着走进了房间。

“据说有关山本先生的事件，警察开始对你有了兴趣!”浅见开门见山地说道。

“是的。可是，我和那个事件没有任何关系。我什么也不知道。”

见彩反应强烈，浅见微微一笑。“这个我明白。但是，为了判断事件发生之前山本先生的行踪及心理状态，有必要了解他是一个什么性格的人物，特别是在事件发生前夕他都进行了哪些活动。这或许与事件有着直接的关系。为此，警察对你产生兴趣并非奇怪。总之，请如实告诉我，当时你和山本先生之间究竟发生了什么事情。”

彩犹豫不决，转过身来看着父亲。雄一朗默默地点了点头。

“事情就发生在前不久。”彩思索着事情的前后经过，按顺序说道。从山本的儿子参加县运会落选，到山本赶到学校提出抗议。这些竟成为此次骚动的开端。警察似乎认为，这就是事件的根源所在。

原以为非常复杂的事情经过，概括叙述起来，却只有简单的三言两语。山本的行为，最多不过说明他是个典型的糊涂家长。

“原来如此……”浅见默默地听着，却感到不能满足。浅见并未见过山本，报纸上只有他的年龄及职业介绍。山本究竟是何许人也，性情如何，有关他来学校抗议时的表现等，浅见无论如何也想象不出。“山本先生最初是因为什么来学校提出抗议的？”

“我刚才说过，是因为儿子没有被选为县运会选手代表。他非常生气，认为那是对他的不公。”

“那是，在什么地方？”

“什么地方嘛……最初，他大吵大闹地闯进教员室。为了不给同事带来麻烦，我立刻带他去了会谈室，并且端出了茶水，准备听他讲话。”

“这么说，他来大吵大闹，教员室的老师也都听到了？”

“是的，就是。”

“会谈室还有别人吗？”

“不，没有。”

“这件事校长不知道吗？”

“我后来向校长做了汇报。”

“山本先生不会只是生生气而已吧？”

“是的。他死死纠缠着，说无论如何也要让儿子参加比赛，要求去选拔委员会做工作。”

“即使他这样说，选拔结果是不可能推翻的呀！”

“是的。我也是这样说的。山本先生却说，可以通过有权势的人对选拔委员施加影响，通过那个人对委员老师施加压力……你说，这不是信口开河吗？”

“是呀。那位有势力的人，究竟指的是谁呢？”

“是谁，他并没有说出姓名，但他举了许多例子。”

“什么例子?”

“我感觉他想说，其他地方也有这样的实例。”

“其他，是指什么实例?”

对这一问题，彩并未立即答复。她迅速地看了一眼父亲。浅见则耐着性子等待彩开口。

“是这么回事。”雄一朗接过女儿的话说道，“就是说，他指的是我，说彩能够通过教师录用考试，是因为我疏通了有权势的人，托了人情。真是莫名其妙!”

“不仅如此，”彩旨在强调，这是关系到父亲名誉的问题。“他还举了我们学校一位同事的例子，说他母亲是某学校的校长，暗示其中必有违法行为。”

听了彩父女的介绍，使人感觉这一事件与泽先生的事件有着相同之处。甚至不妨认为，这两个事件起源于同一因子。

“那位叫作山本的人，与泽先生的事件相同，都是探听到违法行为或贿赂事件的存在，并以此为把柄对什么人实施威胁。这似乎就是事件的背景所在……据介绍，这位山本先生从事的是著述业。他究竟是做什么工作的?”

“的确，电视和报纸都介绍他的职业是著述业。实际上，谁也不知道他在写些什么。谁也不知道他究竟是做什么工作的，只觉得他像黑社会的人。我的感觉，或许是以这种事情为背景材料，专门从事揭露文章写作的人。警察也称其是进行企业讹诈的人。”说着，彩的情绪开始兴奋，语气也变得愈发激烈。

“喂，彩，不要太激动!你总是把话说得太过分。”雄一朗在一旁责备道。

彩则对父亲的责备显得不满。“可是，按照刚才介绍的情况，山本先生的指责的确有些缺乏根据。我认为，仅凭这些并不能引起重大冲突，以至发展成为杀人事件。例如梅原先生，不是并没有因此而起杀机吗?”

“那当然啦！”

彩瞪起眼睛，浅见则微微一笑。

“然而，尽管如此，警察却三番五次地来到你家进行调查。按照常识，除了刚才你们所说的警察一定了解到了引发犯罪动机的更多事实。这就是我的感觉。”

“这么说……”彩自言自语道。

“你能回忆起什么吗？”浅见敏锐地感觉到彩的情绪变化，追问道。

“是的，我离开学校时，发生了这样的事情。”彩讲述了自己开车出校门，山本在那里等候，并突然跳到车前，险些被撞翻的经过。讲述时彩极度紧张，愤怒的情绪几乎达到顶点，随时将要迸发出来。“当时真的十分危险。我愤怒地跳下车，大声斥责着。山本先生却龇牙咧嘴地笑着，气得我火冒三丈。”

“那时你都说了些什么？”浅见不被彩的激情所牵制，尽量心平气和地说道。

“说了些什么！还不是没完没了地重复刚才那些话。”

“具体都说了些什么？请尽量回忆，详细描述。”

“就是说，有关他儿子的事情，能不能帮帮忙……”

“我知道，主要内容就是这些。但具体的谈话都包括哪些，请慢慢回忆……”浅见伸出双手，像安抚幼儿一样，尽量使彩保持镇静。

“这个嘛……想起来了。我说，我和校长谈论过此事。他却说，那位校长先生，可是轻轻一掸就会掉出许多灰尘的人物。他还说，只要他一张口，就会让群马县教育界闹个底儿朝天。然后又说，他知道谁掌握着教育界的大权，金钱送到什么地方便能够开启后门。还说了些什么奸雄识奸雄之类的话。”

“好厉害呀！”浅见吃惊地笑着。“他胆敢在大街上大声说这种话？过路的行人没有惊讶得围观上来吗？”

“非常遗憾，当时没有一个人经过。正因为如此，我在发了一阵火之后反倒骑虎难下，变得十分恐惧，觉得会被他杀掉……”彩说着，紧张得声音都在颤抖。

“你把这件事情告诉警察以后，警察说了些什么?”

“关于他突然跳到车前这些内容，我并没有向警察说。”

“噢，没有向警察说?”浅见感觉蹊跷。思索片刻以后，他紧接着继续问道，“那么，后来又怎样了呢?”

“后来我上了车，锁上了车门。于是，山本先生抓住车门把手。他提起不久前发生的泽先生事件。并且说，教育界弄不好还会出现那样的事情。”

“噢，似乎他非常了解事件的背景。”

“的确是那样。我对他说，如果你知道什么，就应当向警察报告。山本先生却说，向警察报告不可能得到任何好处。倒不如像这样一针一针地刺痛的好。这不是明显地在恐吓吗！想到这里，我突然感到一阵恐惧，就挣脱了山本先生的纠缠，迅速逃离了现场。”彩似乎回忆起来便要作呕，缩起肩膀，浑身颤抖着。

3

“无疑，警察已经掌握了山本先生所从事的工作的信息。或许对山本先生的遗物也进行了确认，甚至已经拿到了显示他进行恐吓活动的证据。对于这位山本先生，如果警察知道他曾经来到梅原小姐这里大吵大闹，必然将其与此次杀人事件联系到一起。”

“如果那样，就将给我带来极大的麻烦。”

“但有一个问题不能让人理解：梅原小姐本身并不是山本先生进行恐吓的直接对象。而且，根据方才的介绍，警察在对梅原小姐进行案件调查时，梅原小姐不是没有说出山本先生暗示泽先生的事件吗?”

“是的，我没有说。我只对警察说，山本先生希望通过某个有权势的人物，对选拔委员会的老师施加影响。”

“可是，刚才我已经说过，如果只是这些，警察是不会三番五次特意来到梅原小姐家调查的。请恕我再三询问，你确实没把校门前讲的对警察说吗?”

“我说过，我没有说。浅见先生怎么也像警察一样!”彩皱着眉头，讽刺地说道。

“如果是那样，或许山本先生也曾刺痛过其他什么人……并且非常执著，以致反倒被杀害。”

“这种事情嘛，”雄一朗说道，“他肯定提出了非常过分的要求，否则不至于被杀害。山本先生对彩提出的只是一些希望或者恳求，而对那个人则显得不那么客气了。或许他用以威胁的证据能够把群马县教育界闹得沸沸扬扬。否则，就不会导致如此相互残杀。”

“是的。我认为，能够导致发展成为杀人事件的有两个因素在发生作用。一个因素是，对于嫌疑人来说，山本先生的恐吓内容证据确凿。另一个因素是，与此前泽先生被杀事件不无牵连。”

“噢，难道与泽先生的事件也有关系吗?”

“根据我的猜测，如果被山本先生恐吓的人就是杀害泽先生的人，那么在山本先生向其接近时，他便开始感受到了恐吓的威胁。”

“这么说，是同一人作案啦?”

“或许是……尽管如此，很难想象像山本那样狡猾的人能够轻易地铤而走险。这还颇有些令人不可思议。”

“是的。”彩说道，“我认为，正因为他感到危险，才试图首先把我当成目标。否则，山本先生就应当直接去和那些有势力的人物进行交涉。”

“你说的很对。好一个老谋深算的人呀!”浅见拍着手赞许道。

“这可不是开玩笑的事情!”彩反倒绷起了脸。

“噢，不是开玩笑。让我感到不可思议的是，山本先生为什么执意要向梅原小姐逼近。如果他非常了解事实真相，正如梅原小姐所说，就应当直接和那些有势力的人物去交涉。然而，实际上他并没有这样做。他之所以舍近求远地出现在学校，有其必然的理由。理由之一是，他担心如果亲自出动，将伴随着巨大的危险。另一个理由是，他或许还没有掌握能够与有势力的人进行正面较量的足够证据。为此，暂且通过梅原小姐投石问路，借以动摇对方人心，并且认为对方一定会有所反应。”

“原来如此！然而迟迟得不到下文，为此，他迫不及待地直接出动，结果却遭到杀害。”雄一朗当即给出了结论。

“问题就在这里。我感觉似乎有些疑问。山本先生果真破釜沉舟，向对方发出恐吓了吗?”浅见皱着眉头思索着。

“是的。肯定就是这样。”雄一朗充满自信地说道。彩却和浅见一样，皱起眉头思索着。

“尽管是为了儿子，总不会冒着杀身的危险去虎口拔牙吧?”

“眼前的现实是，山本先生被人杀害了。所以，只能考虑这种可能了。你说呢，浅见先生?”

“如果是这样，事情就会变得很简单了。但果真是这样吗?在我看来，大不了是选拔县运会的选手，不值得如此大动干戈。难道这就是天下父母心吗?”

“是的。这就是父母心。包括方才泽先生的故事。他一心希望女儿成为一名教师，结果却被人杀害致死。为了心爱的儿女，他完全失去了理智，舍生忘死，在所不辞。”

“这么说，为了我的事情，父亲您也会这样奋不顾身吗?”

被彩这样突然一问，雄一朗显得有些慌张。

“不，我可从来不想那些事情。我刚才不是已经说过吗？不必我操心，彩也会突破考试难关的。”

“嗯？听您这么一说，反倒有些让我放心不下。”彩板起面孔，显得很不满意。

“算了，不必为此争吵。关于山本先生是否下定决心虎口拔牙，向对方诉诸武力，看来只能等待警察的调查结果了。”浅见介入到父女俩的对立中间。

“按照警察的调查能力，或许已经充分掌握了案发前山本先生的行踪。如果警察对所谓有势力者周围进行调查，则必然会浮现出山本先生的身影。我认为，今后警察不会再次出现在梅原先生的家中了。只是，凭借我的直感，我认为山本先生无论如何也不可能采取那种愚蠢的行动。”

“可是，现实情况是，山本先生已被杀害。这只能让人认为，嫌疑人对于山本先生的行动感到了威胁。”

“这个嘛，的确像你所说的那样……”对此，浅见也不得不予以承认。然而，他无论如何也不认为，山本会直接付诸行动。至于为什么会这样，浅见自己也解释不清。这使得他的判断陷入困境。

如果说山本并未付诸行动，却对嫌疑人造成了威胁，就只能够认为，某个第三者将山本的“威胁”传达给了嫌疑人了。这个“第三者”，目前也只有梅原彩浮在水面。“请允许我提一个问题。”浅见说道。

“山本先生暗示要恐吓权势之人这一事实，除了梅原小姐，还有其他人知道吗?”

“是的，在向校长汇报时我说过，山本先生理直气壮地表示，要把群马县的教育界闹得天翻地覆。但是，仅有这些还不构成恐吓。那之后，山本先生列举了泽先生被杀害的例子，并且愈发具体地说道，这种事件还有可能发生。山本先生说要一针一针地刺痛他们。我认为这种情况很明显，目的就是实施恐吓。”

“这些话，梅原小姐并没有向任何人说过吗?”

“没有说过。我不知道山本先生是否对除我以外的人讲过。我没对任何人说过，甚至对父亲也没有说过。”

“是的，在我面前还那么见外，从来没听她说过。”雄一朗气愤地说道。

如此看来，果真是山本亲自付诸行动的吗？对此，浅见无论如何也不能理解。很难认为山本一方面知道泽先生被杀，另一方面却要重蹈泽先生的覆辙。

泽先生的情况是，出于行贿的目的，用尽了仅有的钱财，结果却遭背叛，以至目的未能实现。为此，他完全失去了理智，孤注一掷，铤而走险。

然而，山本的情况性质与此完全不同。充其量，不过因为儿子在选拔中落选。他恼羞成怒，闯进学校大发雷霆，对女教师百般刁难，摆出一副凶神般的面孔进行威胁恐吓。尽管如此，那也不过是被称为“怪兽家长”的所谓恶性投诉。对于嫌疑人来说，无疑泽吉博才是真正的无与伦比的怪兽。

实际上，或许山本根本就未曾对“有势力”之人实施恐吓。或者，山本先生言不由衷，并未真正存心实施恐吓。对此，浅见至今仍有怀疑。尽管如此，山本浩司被杀害致死却是不变的事实。在这一臆测与现实之间，浅见如坠五里雾之中，百思不得其解。

浅见甚至认为，或许山本事件与梅原彩所遭遇的“灾难”无关，原因与动机来源更深。

现场验证

1

浅见决定暂且静观警察的调查。之后，他便离开了梅原家。

如此使人感觉局促不安的浅见一旦离开，彩感到一种说不出的寂寞。对此，雄一朗似乎也有同感。“他让人感觉诚实可靠。”雄一朗望着消失在门外的浅见背影，说道。

“浅见先生言之有理。充其量，不过是儿子没有能够成为运动会选手，为了这点事情，父亲便对他人进行恐吓？老实说，我对此一点儿也没有信心。但是，如果我不这样说，有可能彩会被怀疑向那些权势者通风报信。”

“啊，父亲，您这样认为吗？简直是荒唐！首先，我怎么会认识那些有势力的人物？”

“不，即使你不认识，间接地或许认识一些人。”

“嗯？那么，这会是谁呢？”

“比如我，就是其中之一。校长也是如此。你对我和校长讲的话，也许会被认为已经传到了嫌疑人的耳朵里。当然，实际上并不存在这种事情。也不可能存在这种事情。但是，像警察那样靠着猜疑吃饭的人对此如何推测，我们完全不能控制。”

“噢，太可怕了！所以，您一直在顶撞浅见先生呀！”

“不对，我并没有顶撞他。”

“噢，您确实一直在顶撞。尽管是为了避免使我受到连累，但浅见先生是在进行推理判断。对此，我认为不能总是全面否定。”

“我并没有对他全面否定。我只是表达自己的意见。而且……”雄一朗深思片刻后说道，“实际上，浅见先生看出了我的想法。浅见先生逻辑思维极强，与此同时，他又非常善于观察人的思想及心理活动。他是个非常厉害的人。”

“嗯，原来如此……”那么，我就放心了。彩思索着。

第二天，彩来到学校，校长似乎早已在那里等候并叫住了她。“昨天晚上，警察来到我家，没完没了地询问与上次相同的问题。他们问山本先生对梅原老师说了些什么？除了上次汇报的，还有什么其他内容？并要求我准确地叙述出来。但无论警察如何询问，我只能是听到什么回答什么。或许，梅原老师，你还知道其他什么事情？”校长用试探的口气问道。

“不知道。除了向校长汇报的，我什么也不知道了。”说着，彩猛然想起，那天在路上与山本先生争吵是否曾被校长看到。从校长室的窗户理应看不见那个地方，但也不是绝对张望不到。

可是，校长却没有追问下去，只是说：“是呀！总之，最近一段时间要注意自己的言行。”便草草地收了场。

回家的路上，彩顺便来到百合超市，准备买些母亲拜托的关东煮套餐材料和父亲喜欢的冰淇淋。每次来到这个商店，她脑子里总是条件反射地浮现出住在白色百叶窗屋子里的男人结，担心会遇到他。但另一方面，心里却又想着能够见到他。这不由得让人心烦意乱。

可是，那个结没有出现，耳边却传来了一位奇怪男人的声音。

彩在取购物筐时，感觉到一个视线，无意中向那个方向望去，看到了一个男人怅然若失的神色，却又立刻微笑着向彩点头。那男人双手提着装满商品的食品袋，一边打着招呼“你好”，一边向彩走来。他看上去一副中年人的模样，体格健壮，身材高大，梳着平头，发起怒来似乎很可怕，但笑起来确乎又很和蔼可亲，使人感到安定。

彩也打着招呼：“你好!”看样子，他们似乎在什么地方见过，却又想不起来他是谁。或许是哪位学生的家长。到此任教还不足半年时间，家长会上见到的人无法全部记住，像山本父亲那样经常出现在运动场上的实属特殊。

尽管如此，却又不好张口问“你是哪一位”。或许，过一会儿会想起来。在此之前，只好装作熟悉的样子应付一时。“好久不见!”

“噢，好久不见。”

“老师也常到这里来买东西吗?”

“噢，从学校回家偶尔路过这里。”

“嗯，原来是这样。”

谈话中，彩努力回忆起对方的来历和姓名，始终未能想起他来。

“这位家长，您也经常到这个商店来买东西吗?”为了套出对方的实情，彩试着称呼对方“家长”。

“不，这里很远，所以不怎么常来。有时受老婆委托，没有办法顺便也来这里买些东西。好在这个商店东西很齐全。”对方显得有些难为情地说道。似乎的确是位学生家长，但这仍然只是捉摸不定。继续下去，自己反倒要露出破绽。彩说了声“对不起，我先走一步”，便装作行色匆匆的样子，迅速离开了现场。

彩简单地结束了购物，出了商店，就向停车场走去。这时，她看到前方相隔五六辆车的地方，那个男子伫立在一辆轿车旁，正和车内的人讲话。偌大的停车场内停满了车辆，那一情景却甚是引人注目。

彩心里一惊，急忙返回店内。彩清楚看到，车里的那个人便是结。让彩感到意外的是，那个男人竟然与结相识。他们之间是什么关系？这不禁引起彩的注意。论年龄，两人看上去相差十几岁，并不像是街坊邻居间的交往。记得方才那个男人说过，他家离这里“很远”。

从风度仪表看，那个男人与结亦相差甚远。看他们相互应酬的态度，原本看上去年长的男子对结却是毕恭毕敬。说起来，就像对待生意当中的主顾。

不久，两个男人相互告别，结的车便开出了停车场。那个男人目送结的车远去后，乘上自己的车也离开了停车场。彩像是终于解脱了咒语的束缚，独自走出百合超市。

彩无论如何也不能想象，那个中年男子究竟是何许人也。毫无疑问，的确在什么地方见过，决非不期而遇。在彩模糊的记忆当中，那曾经是一次认真的面对面的交往。从刚才那男子善意的言谈举止来看，似乎绝非反目关系。

上了车后，彩仍在为不能唤起记忆而感到焦虑。她逐一追忆着学生家长的面孔，却找不出一位与其相当的人物。

那天晚餐，千鹤子准备了“冷涮肉”。在大盘子里放上冰块，上面摆放生菜和用开水涮好的牛里脊肉。吃时蘸上橙醋，便可以食用。这是一种简单的料理，非常适合夏天食用。而且，这是彩从小以来最喜欢吃的。

“今天怎么啦？为何要如此设宴款待。是什么纪念日吗？”

听彩这么一说，千鹤子绷起脸，严肃地说道："今天是慰劳彩的，工作辛苦！"

"啊，是为了我吗？"

"是呀！彩刚刚参加工作，有许多不适应的地方，却又冒着酷暑坚持下来，成为了一名光荣的教师。我在这里表示慰问。"

"是呀，应当慰问。"雄一朗也说着。

"回想起来，自两年前担任临时教员以来，彩付出了极大的努力，表现得非常出色！"

"别这么说，用不着夸奖……"彩不觉热泪盈眶。然而，就在那一瞬间，彩"啊"地喊出了声。她猛然想起，那个男人竟是他。

2

彩突然大声喊叫，使得雄一朗和千鹤子感到十分惊讶。为了慰劳女儿的辛勤努力，全家沉浸在宁静的气氛当中。而女儿的一声叫喊，不得不让父母感到生气。

"什么事情，突然那么大声叫喊？让人吓一跳！"雄一朗不高兴地说道。

"对不起，我突然想起一件事情。"

"想起了什么？"

"爸爸妈妈，你们不知道，我在Q中学担任临时教师时，学校发生过一件不愉快的事情。"

"不愉快的事情？是不是挨了校长的批评？"

"要是那样就好了。可惜不是那样，是一位学生家长来到学校大吵大闹。那个学生是个有名的坏小子，我严厉地批评了他。可那位家长闭口不谈儿子的过错，却对我产生了怨恨。噢，就是那种所谓的怪兽家长。"

“嗯，发生了这种事情吗？可是，你在学校的那些事情，回到家里也不说出来，我们怎么会知道？那么，那个怪兽究竟怎么样了？”

“今天，我又见到了他。在百合超市里突然遇见。我怎么也想不起来是在什么地方见到过。也许是因为穿的衣服和从前不一样，甚至感觉脸型都发生了变化。刚才，爸爸说起临时教员的事情，那一瞬间我才回想起来。噢，就是那个黑社会的家长。”

“黑社会？”

“嗯，那个学生是个典型的坏小子。他的父亲则是真正的黑社会分子。不会错的。甚至他本人也称自己是黑社会成员。”

“那么，后来怎样了？”

“结果，校长和教务主任都向他道歉，总算收了场。我可是觉得，绝对不能向这种人道歉！”

“是的，自己没有错，为什么要道歉！”雄一朗像是亲身经历了一样，愤慨地说。

“就是嘛！学校的管理人员没有一点儿原则，真是让人不满意。此次山本先生的事件……”

“不说这个了。彩，你见到那个怪兽时，没出什么事情吧？有没有在商店发生争吵？彩现在是教育工作者了，绝不允许做出不成体统的事情。”

“您放心，绝对没有出现那种事情。相反地，对方显得非常友好，彬彬有礼地打着招呼。只是我一直想不起来他是谁，只好随声附和。”

“好厉害，你也学会了这种把戏！是彩已经长大成人，还是开始走向堕落了？”

“也许，是开始走向堕落了。”说着，彩想起了那个男人，那个与黑社会男人极不和谐的结。

两个人在百合超市停车场亲密交谈的情景，让彩感到莫名其妙。黑社会的那一位，应当住沼田市 Q 中学校区附近。他也说过，如果不是顺便，不会大老远来这个商店买东西。难道他也和彩一样，在顺便路过的商店里，碰巧与结不期而遇吗？

那个黑社会的男人长着真正黑社会的可怕面孔。结外表给人的印象则是温文尔雅的。尽管如此，那位强悍的黑社会男人在结面前却是那样地卑躬屈膝，态度谦恭得很。

结曾经半开玩笑地表示，他是一个“贫穷的投资家”。或许，他借钱给那个黑社会男子。而黑社会男子借了别人的钱，则显得寄人篱下。

看清了真相，总算感到一丝安心。然而，彩的心里不能平静，有件事情总是感觉放心不下。或许，是因为结与黑社会男子之间的关系，使得彩始终耿耿于怀。

彩对父母讲述了“黑社会男子”的事情，却闭口不谈结的存在。不知为何，彩并不希望被人知道有关结的事情。彩预感到，结有可能并非与自己擦肩而过。他的出现或许对自己有着“重要的意义”。

就是那个结，竟然动辄与黑社会男子交往。对结的情感，只是暗含在彩的内心世界。无论彩如何思量，对方却感觉不到任何痛痒。

去学校途中，或许还能见到结。这种期待感，不知不觉地在彩的心里膨胀。为此，尽管没有必要，她却假托购物，来到了百合超市。

八月六日至八日的三天时间里，群马县综合教育中心举办了集中的研修。参加对象为彩这样新近招聘的年轻教师。说起集体研修，立刻会使人想起学生时代兼有娱乐性质的夏令营。然而，彼此完全不同。三天按照严格的日程，编排出周密的研修课程，参加者原则上禁止外出。

研修活动极其艰苦。但另一方面，却使得彩的身心均得以从山本事件等烦心琐事中暂时解脱。只是，一有机会她便想起结。无疑，也没有能够忘记那位浅见。时而，也还牵挂着警察的动向。短短的三天时间，案件调查是否又有了新的进展？对这一切，彩仍然放心不下。

八日晚上，彩扛着行李、拖着疲倦的身体回到家。一进门，母亲千鹤子便阴沉着脸色说道：“昨天晚上，上次来过的安中警察局的警察再次来到家里。听说你没在家，便转身离去了。”

“嗯！警察可真够烦人的。他们又有什么事情呢？”

“谁知道！噢，还有，浅见先生也打过电话。我说如果有急事，可以往你住的地方打电话。可他说回来以后再联系。”

“什么事情？”

尽管不像对待警察那样反感，但浅见打来的电话也未必是什么好消息。这位浅见再次打来电话，是在晚上九时过后。

“昨天，我去了安中警察局，见到了一位叫小滨的刑侦组长。据悉，事件调查并没有很大进展。而且，关于梅原小姐和山本先生在路上争吵的事情，警察似乎并不知道。”

“啊，浅见先生，这件事情你对警察说了吗？”

“噢，我怎么会说呢！我只是根据对方的谈话作了推测。让人感到奇怪的是，警察至今尚不能确定山本先生是否确实前去实施恐吓了。警察掌握了事件发生数日之前山本先生的大部分行踪。然而，关键的恐吓，直至事件发生之前的一段时间，警察并没有得到相关的信息。”

“这么说，是不是山本先生前去恐吓时，当场被人杀害了？”

“是的，我也曾这样想过，但似乎并非如此。山本对家人说要出去打弹子球，就此离开了。据说，他是日常着装，家人并没有感到任何可疑迹象。”

“可是，他会不会对家人说谎？他总不会对家里人说，我要出去实施恐吓了。”

“哈哈，你说的很有意思。”浅见显得很兴奋，彩却是一副认真的样子。

“有什么好笑的？如果他真的去了弹子房，或者在弹子房里，或者在来回路上与人发生纠纷，甚至与恐吓毫无关系，结果被人杀害了。难道说，不存在这种可能吗？”

“太棒了！你说的很对。”

“啊，真的是这样吗？”

“除此以外，不存在任何其他可能。警察认为，山本先生在去弹子房的途中以及回家的路上，抑或在弹子房停车场里被什么人绑架，从而卷入事件当中。我也是这样认为的。”

“啊，那么说，与恐吓没有关系啦？”

“并不是这个意思。目前，只能认为犯罪动机与恐吓密切相关。但是，正如我方才所说，警察并没有抓到有关山本实施恐吓行动的证据。就是说，警察认为，嫌疑人方面有可能在山本先生实施恐吓行动之前便有所察觉，并且采取了行动。”

“啊？就是说，山本先生还未来得及进行恐吓便遭到杀害了？”

“是的。至少可以说，如果有迹象表明山本先生与嫌疑人方面曾经接触，则事件发生之后，那些人必将首先受到怀疑。为此，在危机发生之前，对方便将其扼杀在了萌芽状态。”

“可是，如果使用电话恐吓，不是不会被第三者发现吗？”

“这一点我也考虑过。但是，按照常识判断，电话恐吓的情况下，本人不会主动暴露真实身份的。一旦暴露身份，便会高度警惕以防遭到袭击，根本不可能悠然自得地去弹子房。”

“那么，为什么……”

“是的。为什么……为什么嫌疑人能得以事前察觉到山本的恐吓。根据推测，有一种假设得以成立，即嫌疑人一定是从某人口中得到了消息。这样一来，目标自然集中到了梅原小姐身上，认为梅原小姐或许知道些秘密……”

“是这样……是的，正因为如此，昨天警察才……”

“哈哈，警察果然又去了你家吗？他们都说了些什么？”

“当时我没有在家，他们就回去了。或许，他们还会再来。”

“或许是……对于警察来说，眼下除了梅原小姐，没有其他任何线索可以追寻。”

“真倒霉！我反倒成了唯一的线索。但是，我可是什么也不知道呀！”

“不，知道山本先生具有强烈恐吓意识的，除了他的家人，只有梅原小姐了。当然，也还包括校长。但校长并不像梅原小姐那样，清楚地了解山本先生进行恐吓的决心。”

“也许浅见先生说的有道理……但是，如果警察再来，我应当怎么办？”

“你只有对警察如实地说出当时在路上发生争吵的情况。告诉警察，山本先生拿泽先生的事件相威胁，并说了一些恐吓的话。无疑，警察会问，你曾经对谁讲过这些事情。如果你没有对任何人讲过，你只好如此回答。事情就是这么简单。”

“这样，事情会得到了结吗？”

“是的，一切都会得到了结了。”浅见大声地说着，轻松地做出了结论。听浅见这么一说，压在彩心头的沉重包袱顿时烟消云散。

3

尽管对彩进行了安慰，但和警察一样，浅见的“调查”丝毫没有进展。挂断电话以后，浅见许久地沉浸在思考当中。

昨天，浅见来到安中警察局调查组，拜访了小滨刑侦组长，听取了调查结果。小滨看上去是位做事认真的家伙，理当不会理睬一位采访记者。但由于浅见事先打了电话，请求县警察局森山打过招呼了，因此超出想象地得到了小滨的热情接待。

听了小滨的介绍，浅见认为，警察的判断大体未曾偏离方向。

根据梅原彩的证言，尽管警察了解到山本浩司曾经试图对什么人施加压力，但警察却未能掌握其付诸行动的证据。

“说老实话，对此，警察内部也形成了两种意见。”小滨说道，“一种意见是，山本先生实施恐吓之前，嫌疑人及时得到了信息，先发制人地将其杀害了。另一种意见认为，山本根本就未曾有过恐吓的意图。就是说，即使他曾经对一个外行人口出狂言，但并没有足够的胆量将此付诸行动。山本并没有恐吓的前科。他或许写过一些诽谤中伤之类的文章，挣得过一些‘封嘴的钱’，但他并没有做过乘人之危、落井下石的勾当。否则，无异于堵了自己的生财之道，最终落得鸡飞蛋打。”

和彩通电话时，浅见并没有谈及这些内容。如果得知自己被视作“外行人”，或许会使彩的自尊心受到伤害。

如果像小滨所说，根本不存在恐吓行为，则必须从另一个完全不同的角度寻找犯罪动机。而想象中的嫌疑人也将是另一种完全不同的形象。调查将会从头开始，一切将回到原点。

浅见仍然确信，山本事件与泽吉博被杀事件同根同源。嫌疑人急于杀害山本，是因为有了前一阶段泽的事件。嫌疑人一定是在神经高度紧张的同时，看到了山本的恐吓意图，采取了果断措施。

问题最终归结为一点：嫌疑人是如何察觉到山本意图的？如果像警察所说，山本尚未实施恐吓，那么只能认为，山本除了对梅原彩进行威胁时所表示出的恐吓意识，可能还对其他人有过同样的表示。这种恐吓意识的表现，不知为何，亦不知通过何种途径，竟被嫌疑人察觉。

目前，凭浅见所掌握的信息，无论如何不能解答这一疑问。

浅见隐约感到，在某个角落里，依旧沉睡着自己尚且不知道的某些事实。这一事实似乎近在咫尺，自己却未能察觉到。这种焦躁情绪，使得浅见躺在床上辗转反侧，许久不得入睡。

第二天是星期六，浅见却比平日早早地起了床，给彩挂了电话。“今天准备前去拜访，梅原小姐觉得学校或家里什么地方合适？”也不顾对方是否同意，浅见上来便不容分说地问道。或许，彩已经约好要和男朋友幽会。

“今天学校休息，我打算全天呆在家里。”听彩的口气，似乎并未感觉到麻烦。

路上，假日出游的汽车络绎不绝，道路拥挤不堪。上午十一时，浅见来到了位于涩川市的梅原家。一进门，便听到屋里的电视机传来甲子园高中棒球比赛的实况转播。

“父亲在看棒球比赛，也许顾不上出来迎接。”彩抱歉地说着，将客人领到了客厅。“天气这么热，辛苦您跑一趟！有什么事情不能在电话里说吗？”

“是的，电话里说不清楚。有件非常重要的事情，希望得到梅原小姐的协助。”

“噢，需要我协助？什么重要的事情？”

“非常抱歉，我到现在才想起来，还没有对梅原小姐受到山本先生威胁时的现场进行过验证。”

“对现场进行验证……”彩感到惊愕。

“是的。山本先生是在什么情况下，如何对你进行威胁的？希望你能够将当时的情形再现出来。”

“这么说，是在出了校门的路上吗？”

“就是那样，希望梅原小姐协助。”

“噢，这个嘛，我想没有问题。但是这样做，能够对事件的调查有所帮助吗？”

“这个，我也不知道。但是，事件调查的关键，就是要回到现场。一切都应当从这里开始。”

彩看了一下时间，到正午还有一个小时。彩似乎在确认，正午过后之前，是否够一个来回。

“我明白了。那么，立刻出发吧！”

浅见驾驶的Soarer驶向高崎。距离并非很远，但由于时间仓促，就选择了关越机动车道。到达春日中学校门前，正好十一点半。浅见将车停在了学校前门的道路上，即那天彩出了校门被山本拦截的位置。

“是这种感觉吗？”

“是的。就是这种感觉。”此时，车子正待右转，斜靠在路边。

两人同时下了车。彩站在驾驶室车门一侧，浅见站在副驾驶室车门一侧。如此，完整地再现出“当时”彩与山本对峙的情景。

“当时就是按照这种情形发生争执的吗？”

“嗯，就是这样。”

浅见环顾了一下四周。盛夏时节，烈日当头。柏油路面的反射光线使人头晕目眩。灼热的路面上，一眼望去，不见一个人影。

“那天也是这种感觉，路上没有行人吗？”

“是的，路上没有一个人。所以，我得不到任何人的救助。”

假日的学校显得尤为闲散。车子与校舍之间的距离，最近也要相隔三十米。教员室内空调开放，周围窗户紧闭。如果不是鸣笛报警，则任何人也不会察觉到“异常”。

浅见转而观察对面的民宅。眼前所见，便有顶层是白色百叶窗的二层小楼。院内停放着一辆轿车。看上去有人居住，门柱上却没有挂姓氏牌。

“这家人家叫什么名字？”

“嗯……”彩摇着头。

“当时你们争吵时，这家人不曾有所察觉吗？”

“或许没有……当时，并没有人出来。”

“我们不妨进去问一问。”浅见向那家门口走去。

“啊！你要去问吗……最好不要去。”彩慌忙说道。

“为什么呢?”

“那样，不是会给人家增添麻烦吗？这些学校附近的住户，家门口守着学校，加上学生们整天吵闹，平常就已经给他们添了不少麻烦了……”

“可是，这次特殊。”浅见毫不在乎地按下了对讲机的按钮。里面没有回答。为了慎重起见，浅见再次按下了按钮。过了一会儿，浅见待要放弃，里面却传来男人的声音：“谁呀?”

“非常抱歉，突然来打扰。有件事情想请教，能不能请您把门打开?”

“你要问什么事情?”

“前些日子，大约是七月下旬，在您家门外，出现过一个小小的麻烦。一位男士和一位女士发生了争吵。因为事情就发生在您家附近，所以觉得您一定听到他们说了些什么。为此，想向您了解一些情况。”

“你是警察吗?”

“不，我不是警察。”

“怎么，你不是警察？不，无论怎样，我什么也没有听到。发生了什么事情我也不知道。对不起，我现在很忙。”对方冷若冰霜地说着，谈话被迫中断。

4

当浅见提出走访眼前这户人家时，彩的心剧烈地跳动，思想出现了动摇。她竭力劝阻浅见“不要去打扰人家”，浅见绝非轻易能够退却的。彩屏住呼吸，注视着浅见按下对讲机按钮的那一瞬间。

毋庸置疑，门铃中传出来的便是结的声音。他那不耐烦的语气更使彩感到极度紧张，仿佛遭到了无情的痛斥。彩感到心神不安。如果此时结出现在眼前、与自己迎面相对，那将如何解释？彩甚至想到，不如索性躲回车里。

也许是不幸，抑或是万幸，遭到结的如此冷遇，浅见不得不挂断了对讲机。这时，彩才深深地松了一口气。浅见反倒觉得“莫名其妙”，抬头看了一眼那白色的百叶窗。彩越发不安。或许，结正从那个窗户里俯视下方。

浅见立刻转移视线。如此嗅觉敏锐的人，或许已经通过与结的短暂会话感受到了某种不寻常的迹象。这愈发使彩感到不寒而栗。

“这么一点距离，不可能察觉不到外面的喧嚣。”浅见说道。道路与建筑物之间的距离，最多不过五米左右。

“依我看，可能还有其他原因。或许，他当时不在家。而且，如果那时他在内侧房间，也有可能察觉不到外面的动静。住在学校附近的居民，家里似乎都安装了具有隔音效果的墙壁。”彩的这些话，总会使人感觉她心中内疚，并且在为结进行辩解。

“真是那样吗？我认为他明明知道，却又佯装不知。通常，人们遇到这种事情，都躲得远远的唯恐受到牵连。我看，有必要先去打听打听他到底是怎样的一个人。”

在浅见的催促下，彩上了车。

浅见驱车来到大街上，在一家酒店门前停了车。“你在这里等我一会儿！”说着，浅见一个人进了酒店。不大一会儿工夫，他又回到了车里。

“我打听清楚了。那家人姓结。联结的结，是单姓。非常少见的名字。”浅见一边开着车，一边说道。那一字一句，无不使彩感到惊恐万状。

“酒店的人说，那个男人好像单身一人生活，偶尔也来买些啤酒或调料之类的，却不知道他从事什么工作。看起来，似乎与街坊很少交往。”

“你打听这些有什么用吗?”彩提心吊胆地问道。

“有什么用我不知道，但总比什么都不做好。或许，他听到了外面争吵的声音。如果这是事实，则他有可能成为唯一知道山本扬言要进行‘恐吓’的第三者。”

“啊，有这种事情……可是，那又会对事件的解决有什么帮助呢?”

“肯定有帮助!”浅见显得非常自信。

“到目前为止，嫌疑人的‘信息来源’被认为只有梅原小姐一人。这样一来，又增加了一个证人的存在。”

“噢！那么说，他曾经向嫌疑人提供过信息?”

“不，我只是说有这种可能。可是，与梅原小姐一样，至少可以通过他确认事实经过。当然，如果我去确认他不会理睬。我们应当通知警察。无疑，即使警察去确认，他仍有可能不说实话。”

“就是这样。通常情况下，对方是不会讲实话的。更何况，这涉及杀人案件。无论什么人，都不愿意因此而受到牵连。”

彩希望事情会是如此，但另一方面，她又在头脑中对结产生了疑虑。正如浅见所说，结很有可能听到了自己与山本的争吵。道路与建筑物近在咫尺，无须侧耳倾听，声音便可自然传到耳朵里。

如果结听到当时的对话，会采取什么行动？是否会将山本要实施恐吓的打算迅速转达给相关者？如果他这样做，那么结与他是什么关系？

彩想象着各种各样的假设。越是思索，结与那个黑社会分子的关系就显得越发重要。然而，既然开始没有对浅见讲清楚结的事情，便意味着永远失去了向浅见说明结与黑社会关系的机会。怎么办？彩顿时感到情绪低落，前方玻璃窗外的景象也变得一片模糊。

“怎么啦？你不要紧吧？脸色很不好呀！”浅见看了一眼彩，然后说道。

“啊？不，只是感觉有点儿累。前些日子的集中研修实在有些辛苦。”

“原来是这样！我还以为你乘我的车晕车。我会尽量开慢点儿。”

“不，请不必担心。相反，我想早点儿回家休息。”

“我知道了。”浅见诚恳地点了点头。彩可以明显地感觉到，浅见在小心翼翼地驾驶着汽车。彩感到不安。浅见那敏感的神经，或许已经看到了自己的内心深处。

按照计划，两人于十二点半回到涩川。一进家门，母亲千鹤子便望着彩的脸问道：“出了什么事情吗？看上去脸色很不好。”

“实在对不起！”彩张口之前，浅见首先表示了道歉。“是我叫梅原小姐出去的。或许梅原小姐感觉有些疲劳了。前几天的研修结束后，也没能来得及休息。”

“不！请不必客气。”彩坚决地予以否定。她不希望浅见先生为自己担心。“对不起，我要告辞了。我想去休息一下。”彩向浅见鞠过躬，便回到了自己房间。她顾不得换上睡衣，一头便倒在了床上。

“真拿这孩子没有办法……”屋外传来千鹤子在客人面前应酬的声音。

这时，似乎雄一朗已看完电视，嘴里一边嘟囔着“太可惜了”，一边从客厅走了出来。看样子，当地学校队输给了对方。“啊，浅见先生，彩的事情给你添麻烦了。喂，快进来喝杯啤酒……噢，你要开车吗？那么，我说，能不能给我们煮碗面条？”

“不，我马上要告辞。”

“不要这么说！快进屋来。我说，彩她怎么啦？”

“她说有点儿不舒服。”

“真拿她没办法。难得浅见先生来一次。”

父母的谈话，越发使彩感到不安。但愿父亲不会在浅见面前说出那个“黑社会分子”的事情。这不由得给彩又增添了一层忧虑。

随着父母和浅见的脚步消失在客厅当中，谈话的声音也变得越来越微弱。彩全神贯注地侧耳倾听，也只能听到雄一朗那欢笑的声音。彩的心在跳动，脉搏的速度也提高了许多。此时此刻，彩感到难以忍受。

较量

1

从梅原家回来的路上，浅见顺便到了安中警察局，会见了小滨刑侦组长。一个东京来的让人不屑一顾的采访记者，按理说，不可能受到欢迎。然而，小滨表面满脸堆笑地接待了浅见。

“我说，你真的很积极呀！比我们这些调查人员还要努力。”小滨的话总是让人感觉带有些讽刺意味。“今天来，有何贵干?”

“有一件事情，似乎显得有些唐突。我想建议，对春日中学对面结先生的家庭情况进行一番调查，不知可否。”

“你是说，学校对面的那一家吗？你打算调查什么?”

“我想调查一下，居住在那里的居民身份。”

“调查身份?”小滨显得有些为难。

“没有任何正当理由，要对个人信息进行调查，即使警察也很困难。你的目的是什么?”

“当然，是与这次山本先生被杀案件有关。”

“你是说，那位结先生，他与此次案件有关吗?”

“有没有关系，现在还不清楚。”

“那样的话，很难将他作为调查对象。”

怎么办? 浅见有些犹豫。梅原彩对警察保留的事情，本不应当通过自己的口传达给警察。可是，此时如果不予说出，则很难讲清事情的原委。“实际上，有一件事情梅原彩小姐没有对小滨先生说清楚。”

“什么，是对警察隐瞒了吗? 这可不允许! 出于什么理由? 根据隐瞒的内容，最多可以构成窝藏嫌疑人罪。”

“哈哈，没有那么严重，只是在陈述方式上略微有所不同。”

“嗯。无论怎样，如果对警察隐瞒事实，警察是不会置之不理的。那么，究竟是什么事情呢?”

“梅原小姐说过，她曾经受到山本先生近乎威胁式的恐吓。”

“噢，这个我听说过。”

“他一方面对梅原小姐威胁恐吓，一方面却又对她死死地纠缠不休。”

“这个我也听说过。他说如果通过有权势的人说句话，事情就会发生改变。他似乎还说，如果梅原小姐办不到，他就会直接向有权势的人提出抗议。”

“关于这个问题，得知山本先生曾经气势汹汹地说过那些话的，除了梅原小姐，最多也只有校长。”

“是的。”

“然而，事情并非如此。除此之外，似乎还有一个人，知道梅原小姐与山本先生之间发生过争吵。”

“噢……他是谁呢?”

“问题就在于，梅原小姐与山本先生发生争吵的地点。”

“地点嘛，我听说是在学校的会谈室里。”

“噢，你说的很对。事实上，在那之后，山本先生看准梅原小姐回家的时间，曾经在校门外再次等候。他拦住梅原小姐的汽车，险些被撞倒。梅原小姐非常生气，两个人发生了激烈的争吵。这件事情，或许小滨先生还没有听说。”

“没有听说。嗯，有这种事情吗？梅原小姐，她为什么要隐瞒这件事情呢？”

“也许梅原小姐认为，没有必要提起这件事情，不外乎同样都是受到山本先生的威胁。”

“即使是那样，也必须向警察汇报。噢，我并不是在责备浅见先生。”

“问题就在这里。这一争吵并不是发生在会谈室里，而是在大街上。为此，他们争吵的内容有可能被过路的什么人听到。但是经过调查得知，当时道路上并没有行人。正因为如此，或许梅原小姐才认为，没有必要向小滨先生提起此事。”

“原来如此。”

“可是，即使道路上没有人，可能附近居民家中有人听到了他们的争吵。”

“噢，你说的有道理。完全有这种可能。”小滨振作起精神，立刻意识到了信息的重要性。“啊，正因为如此，浅见先生才提出对校门外那家的情况进行调查，对不对？”

“是的。我以为有必要进行一下调查。小滨先生认为如何？”

“嗯，的确是那样。可是，正如我刚才所说，如果不谨慎从事，或许被人指控侵犯人权。通常情况下，如果只是调查职业或人口，便可以派巡警前去查访。但如果调查有关家庭出身以及家庭成员，甚至涉及与案件的牵连，则必然引起对方的警觉。”

“如果只是确认与某个特定人物的关系，会非常困难吗？”

“那位特定的人物是谁？”

“比如说，县议员名越敏秋先生。”

小滨听了目瞪口呆。“为什么又要提出名越先生的名字？”

“噢，其中理由以后会说明。我这里首先想要知道，结先生与名越县议员是否有关系。当然，必须是在不被结先生察觉的情况下进行确认。”

“嗯？究竟是怎么一回事……”小滨为难地皱了皱眉头，“可是，如果调查内容涉及名越先生，则存在很大风险。”

“正因为如此，才希望不要提出引起结先生怀疑的问题。”

“是呀……可是，请问，你是如何感觉到结先生与名越先生可能存在联系的？首先，假设他们确实有关系，那么，你想象他们会是什么关系？”

“噢，可能是亲戚关系，也可能是工作关系，或者存在着金钱上的借贷关系。总之，可以考虑各种各样的关系。”

“金钱上的借贷关系……”小滨的表情显得越发阴沉。“如果有这种关系，事情会更加复杂。即使就是否存在着个人交往进行调查，警察也须采取适当谨慎的态度。更何况对方是名越先生……浅见先生提出名越先生的名字，究竟有什么依据？”

“名越议员是群马县教育界的掌门人物，是所谓的行业老大。”

“噢，原来是这样……就是说，山本先生所说的能够改变选手选拔结果的人物，是指名越先生啦？”

“是的。”

“这种事情简直不可能。我不认为名越先生能够接受那种愚蠢的要求。”

“的确是那样。可是，山本先生或许不这样认为。说不定他掌握着名越议员的弱点，以至可以采取强硬的态度。”

“要说弱点嘛……或许，每一位政治家或多或少都存在着一些弱点。但我不认为名越先生被人抓住了弱点，以至不得不接受那种无理的请求。也许，浅见先生掌握了什么证据?”

“并不是完全没有证据。”

“噢，是什么证据?”

“在沼田市的Q中学，曾经发生过一起泽先生被害事件。”

“是的，是有那么一个事件。噢，向我介绍浅见先生的县警察局森山警官，曾经担任那一事件的调查主任。难道那一事件和我们这里的事件存在着什么联系吗?”

“随着调查的深入，有些事情会逐渐明朗。实际上，山本先生遇害事件的背后，可能与那一事件有关。”

“啊，真的是这样吗?”

“你可以去问森山。那位泽先生生前拍摄了大量照片。而且，几乎所有照片都是暗地里偷拍的。照片中拍摄的人物，最多的就是名越议员。”

“噢……”

“泽先生确信，在群马县教师录用考试背后，名越议员暗中活动。为此，他不断地拍摄照片以扩充证据。泽先生暗自盘算，希望以此为武器，对长年参加教师录用考试而不被录取的女儿有所帮助，结果反而被杀害。而山本先生对梅原小姐进行威胁时，则显得对这一事件非常了解……”

“啊！请、请你稍等一下！”小滨显得有些慌张。

“听你这么一说，似乎杀害泽先生的嫌疑人，就是名越先生啦?”

“我并没有那么说。”

“噢，总之，请不要说些没有根据的话。刚才那些话，我只当没有听见。”

“噢，我明白了。本来那一事件就不属于你们管辖。”对于小滨那意外强硬的明哲保身主义，浅见只好付之一笑。

2

“我们暂且不必去考虑那些。我认为，可以向结先生确认以下两点。首先，他是否听到发生在道路上的争吵。其次，他是否与名越议员有关系。”浅见言归正传。

“我看，没有问题。但是，谁也不能保证结先生会如实回答。况且，对于被怀疑与嫌疑人有关的事实，他会极力隐瞒。”

“的确像你所说的那样。我在通过对讲机向结先生提出问题时，他的回答是，根本没有察觉到外面道路上的骚乱。”

“啊，怎么，浅见先生已经走访过那户人家了？不可以这样！这种事情，原则上不被警察允许。今后还请浅见先生多加注意，否则，是不会得到原谅的。”小滨耷拉着脸，嘱咐道，“既然浅见先生来求助于我，我会在可能的范围内尽量帮助调查。”小滨一边做着保证，一边说道，“可是，道路上发生的事情，路旁的居民偶尔听到几句，就被当成调查对象。这种事情是否有些不合情理？”小滨不停地摇着头。

或许，这是小滨的真心话。按照常识，这是一个极端跳跃式的设想。然而，浅见却认为那不过是理所当然。浅见觉得，除了这户人家，得知山本有恐吓意识的人，几乎不复存在。

尽管持否定意见，小滨仍然当即采取了行动。晚上，浅见回家不久，小滨便打来了电话。

“你离开以后，我立刻走访了结先生家。一位叫作结辽资的人，独自住在那里。辽资，写作司马辽太郎的辽和资本的资，读成 RYOSUKE。年龄三十三岁。职业嘛，他自己说是作家，但我看只不过是个无业游民。硬要说起来，或许是个投资家。他说由于最近股票下跌，交易不顺利。此外，关于他的家庭情况，父母均已去世，没有兄弟姐妹。有关马路上发生争吵一事，正如浅见先生所说，结先生表示，完全没有察觉。当然，很难说他说的是否属实。最后，与山本先生的关系，他说从来没有见到过这个人，甚至没有听说过这个名字。大致情况就是这样。”

看到对方要挂断电话，浅见急忙说道：“请稍等！你没有问他与名越议员的关系吗?”

“这种事情不好正面问。尽管如此，我还是顺便问了问是否认识名越先生。他的回答是，听说过这个名字，但是没有交往。也不知道他说的是不是真话。”

“能不能确认这是否属实?”

“这个嘛，当然不能说绝对不可能。可是，要想确认，首先必须召开调查会议，得到上方许可。召开会议，如何解释理由？充其量，当初也只是怀疑结可能听到了外面的动静。这种理由，根本没有说服力。”

“就是说，事实上没有办法确认啦?”

“或许就是这样。如果今后得到新的证据，则另当别论。那么，有事改日请教。”他便挂断了电话。嘴上这样说，心里却在想着，没有必要向你“请教”。

浅见感到失望。尽管早已料到这一结果，仍然感到了警察调查工作的局限性。

的确，正如小滨所说，目前并不存在怀疑名越的正当理由。既不知道结是否听到山本与梅原彩的争吵，也不知道结与名越是否相识。再者说，亦没有弄清山本是否计划恐吓名越。对这一切一无所知的情况下，仅凭一个外人的意向，要想驱使警察出动，只能是自讨没趣。如果当初梅原彩向小滨如实汇报，浅见这样思量着，如果彩说出曾在马路上与山本发生争吵，警察发觉附近居民有可能听到动静，或许警察的调查方向会从根本上发生改变。不仅对结姓一家，警察甚至还会对附近其他居民进行调查。

是的，浅见恍然大悟。听彩说起时，他曾经隐约感觉其中有些蹊跷。看来问题就在这里。

为什么彩在接受小滨的案件调查时，只说出会谈室里的谈话内容，而没有谈及在马路上与山本激烈争吵的事实？

或许，其中的理由在于，避免警察对自己无端的猜疑。浅见这样善意地解释着。可是，如果说出马路争吵的事实，则从那一时刻起，他与警察都会立刻察觉到，即使没有过往行人，仍然有可能被附近居民听到。这样，无疑会为警察的进一步调查提供依据。

彩是否对于这样做心有余悸？

这一瞬间，浅见的脑子里浮现出在结家门口按下对讲机按钮时，彩那惊慌失措的一幕。她曾近乎哀鸣地大声喊道："最好不要去！"

为什么会这样？浅见的疑虑不断加深。

或许，梅原彩与学校对面结家的人曾有一面之交？仔细想起来，结家就位于校门正对面。彩到春日中学任教四个月，未曾见过那家主人，按常理是不可能的，除非结辽资是一个不善交际、只在夜间出来活动、患有孤僻症的人？

浅见对结家的人产生了强烈的兴趣。按照小滨的介绍，结辽资其人年龄三十三岁，与自己同龄，而且单身。他不像自己那样寄人篱下，而是拥有一幢洋房。如果他们相识，则绝不仅仅是"认识"而已。即使双方产生特殊感情，也不足为奇。

如果把人分成"善"与"恶"，浅见总是会对"善"发生情感迁移，从而产生同情心理。在浅见看来，梅原彩属于被害者，即"善"的一面。所以，尽管浅见对彩的言行感到蹊跷，却对她采取了宽容的态度。这便是一个典型的例子。

浅见思索着，不觉联想到另一个案例。那就是泽吉博案件。

毫无疑问，泽是杀人事件中的被害者。为此，他给人以善良的印象。然而，对于他所执著追逐的名越敏秋来说，他又是一个顽固威胁他人的加害者。正是因为泽作为杀人事件被害者身份，浅见才忽视了对其作为加害者一面的关注。

尽管曾经行贿并两度遭到名越背叛，泽仍然执意地为了女儿的事业奔波。泽对女儿所表现出的无私的爱，以及对名越的背信弃义所表示出的强烈愤慨，使得浅见为之感动。一生谨言慎行、一丝不苟的泽，却在五十六岁这一教师生涯的“晚年”，最终冲破了隐忍的界限，步入歧途，走上了愚昧的恐吓道路。

“五十六岁……”浅见大致勾画着“他”的人物形象，喃喃自语。

教师到了五十六岁，至少应当作个教务主任，搞好了或许能坐上校长的交椅。难道泽就不曾有过这种野心，以争得一官半职吗?

被迅速膨胀的疑虑所驱使，浅见拿起了电话。“喂，这里是泽家。”三重子夫人有气无力地接通了电话。

“我是前些日子与沼田警察局井波先生一同前去拜访的浅见。经您介绍，前几天我还见到了日奈子小姐。”

“啊，浅见先生，你好！上次来，请原谅我的失礼。”

分明是自己多有失敬，看到泽夫人如此热情，浅见鼓起勇气说道：“请允许我冒昧地问，您的丈夫从来不曾想过要当教务主任或者校长吗?”

“什么……”无疑，浅见的问题有些出人意料，三重子显得有些迟疑。

“这个嘛，当然也曾想过……”

“参加过教务主任的升级考试吗?”

“是的，参加过。那是在三年以前。”

“那么，结果如何?”

“成绩非常出色，也曾被叫去谈话。但好像最后还是让给了别人。”

“嗯？那是为什么呢？”

“当时他提出申请，希望留在教室继续上课。而且，还有一些其他原因。”

“其他什么原因？”

“这个，我上次已经说过，不能告诉你。”

“噢，你说过，是有关名誉问题。或许，这事情与日奈子小姐有关？”

“啊，你怎么知道……”

“我听日奈子小姐说过。我猜测，是不是以让出教务主任的交椅，来换取日奈子小姐的教师录用资格？”

“……”三重子陷入了沉默。电话中那凝重的气氛，意味着回答是肯定的。

三年前，日奈子第二次考试落榜。那时，泽说过，这“都是因为我的努力不够”。当时泽先生指的就是这件事情。

“那么，提出这一条件的究竟是什么人？”

“这个嘛……”

“是不是名越议员？”

“啊……”三重子哑口无言。浅见再一次追问道，“我没有说错吧？”对此，他得到的是一味的沉默。

泽吉博为了给女儿的教师录用考试开辟一条道路，最终将教务主任的交椅让给了他人。仅此，便可以充分理解泽对名越的怨恨为何如此刻骨铭心。名越抓住泽的弱点，不断地施以钓饵，迫使其放弃教务主任的念头。然而，名越不仅不履行承诺，反而两度收取钱财，再三背信弃义。

然而，公开场合，泽对任何人都无法诉说名越的不义行径。他丢了面子，却还要“强装好汉”，唯一可以倾诉苦衷的只有自己的妻子。为此，他忍气吞声，所付出的代价超出常人想象。泽决定征讨名越，用照相机记录下他的“恶劣行径”，并以此为武器，准备和名越一决雌雄，结果却酿成了悲剧。

诚然，名越的“背信弃义”达到了冷酷无情的地步。他将泽置于死地，无所顾忌，实属非同寻常。只要泽对名越抱以仇视的态度，就必然激发起名越对泽的强烈敌意和憎恨。

浅见认为，名越具有重大嫌疑。与此同时，他对名越显示出极端的憎恶。绝不能放过他！浅见像桃太郎武士一样，暗自下定决心。

3

在百合超市，彩再次见到了结。像上次一样，事情并非偶然。结在此等候，却要故意装成邂逅的假象。

“噢，我们又见面了。”声音中很少意外的感觉。

大约一周前，彩见到结与“那个男子”在一起。彩这时装得若无其事，极其平常地回答道：“你好！”

“如果有时间，能不能一起去旁边的茶馆喝一杯咖啡？”结发出了邀请，显得非常熟悉的样子。

或许，就像桥本君说的那样，他是个出名的好色之徒。彩心里这样想，嘴上却答应：“可以。”她轻松地接受了对方的邀请。无疑，彩也有一些希望确认的事情。

彩将车停在停车场，徒步来到茶馆。这个茶馆常有许多家长带着孩子光顾，因此不必担心遭到毒手。

两个人各自要了一杯咖啡。结一边喝着店员端上来的冰水，一边说道：“前几天警察来了我家。”结把目光投向玻璃杯，双手晃动着玻璃杯里面的冰块哗哗作响。冰雕般的手指晶莹剔透，纤细柔软。彩的视线亦被吸引到了玻璃杯上。

“警察问我，是否听到了你和死在安中的那个叫山本的人在马路上的争吵。”

彩全身紧张，浑身僵硬，许久才回答道："啊，是吗?"

"当然，我对警察说不知道。如果我作证那是事实，警察会认为你存在杀害山本的动机。"

"那么，事实是，结先生知道那件事情啦?"

"噢，让我怎么说呢！我所能够告诉你的，就是我对警察说过，我不知道。"结抿嘴一笑。

"你还是听到了。那么，就请你不必担心，如实告诉警察吧。没有关系。"

女招待端上了咖啡。一时间，谈话被迫中断。

"可是，如果我将那激烈的争吵如实转告警察，无疑，你会受到怀疑。"

"我并不担心被怀疑。因为，我与事件没有任何关系。"

"这个我当然相信。可是，无论你如何解释，警察会没完没了地纠缠你不放。如果你第一次回答与第二次回答的不一样，他们就会如获至宝，把你当作嫌疑人对待。"

"哪里会有那种事情!"彩反驳道。彩已经有过类似的经验。警察的确会说些令人讨厌的话，却不至于把你当作嫌疑人。

"噢，似乎你已经经历过这种事情。"

"是的。在第一次接受警察讯问时，我没有说出在路上与山本先生争吵的事情。因为，我不愿给附近居民带来麻烦。然而，在第二次谈话时，我告诉了警察。正因为如此，警察才来到结先生家里。"

尽管这样说，彩知道自己告诉的并不是警察，而是浅见。因为有关此类讯问，或许浅见比警察更加高明。

"噢，原来是这样!"结点了点头，表示理解。自警察到访以来，不断出现许多新的情况。结若有所思，不觉将视线投向了远方。

"我想向结先生打听一件事情。"彩按捺住极度紧张的情绪，张口说道。

“啊，什么事情？”

“我想问，结先生以前就认识那位先生吗？”

“噢……太让人惊讶了！警察也问过同样的问题。”结噘着嘴，明显地摆开了架势。

“真的吗？这么说，警察也知道那件事情啦！那么，结先生是如何回答的呢？”

“噢，当然，我回答不知道。”

“那么，这也是为了那位先生不被警察怀疑与事件有牵连吗？”

“嗯，好尖刻呀！比警察看问题还尖锐。”结强装出笑脸，脸颊的肌肉却在抽搐着，内心表现出高度警惕。结的反应引起了彩的注意。彩意识到问题触及到了要害，却没有想到，竟会如此迅速地得出结论。

“可是，梅原小姐，你是如何得知这件事情的？是不是听什么人说过？”

“不，我是在一次偶然的机会见到的。”

“见到的……什么时候？在什么地方？”

“就在一个星期之前，在百合超市里，我见到你们两个人在一起谈话。”

“啊，百合超市……”结似乎忘记了此前摆出的虚假态势，开始显得有些狼狈了。“噢，你说什么……你说的是什么人？”

“我不记得他的名字。他是沼田的，好像是黑社会的人……”

“是不是叫门胁……”

“啊，是的，是的！是门胁先生。从前，我在沼田的Q中学任教时，他是班上一位学生的家长。”

彩的情绪开始激动。与此形成鲜明对照，结的脸上失去了笑容，脸色变得铁青。

这时彩发觉，自己，抑或结，完全误解了对方的意图。结脑子里想象的与彩所说的是完全不同的两个人。

“对不起，我所说的，似乎与结先生想象的不是一个人。”

“好像，的确是那样。”

“结先生想象的，是一个什么人？”

“不，我并没有想象任何人。”结摇着头，明显在回避彩的问题。

“你和门胁先生曾经交往吗？他和结先生的形象很不相称。因此，看到你和他亲热地交谈，我感到很意外。”

“我和他并非亲热，只是相互认识。”结看了看表，喝了一口咖啡，仿佛想起了什么似的，说了声“噢”，便起身准备离开。“我先走一步。咖啡由我支付。”最后，结的脸上勉强露出了笑容。他轻轻地抬起右手，然后向收银台走去。

想要逃走吗？彩像黑社会一样，心里暗自寻思着。与结的较量取得了胜利，彩感到精神振奋。但与此同时，内心的寂寞却又难于言表。

人脉与血脉

1

浅见刚刚报出姓名，冈野松美便发出狂喜般的呼声：“啊，太好了！”

“浅见先生打来电话，今天一定有好运气。”

不知为何被如此期待。浅见毫无意义地“哈哈”地笑着。

“噢，或许，春日中学老师的事件已经得到了解决？每当新闻里报道此事，我都会非常担心，并且很想知道结果。”

松美迫不及待地追问着。介绍自己与梅原彩相识，磋商寻找解决梅原彩“烦恼”办法的正是松美。自从上次会面以后，他便很少与冈野联系。目前的结果如何，有关事情经过也应当对她有个交代。

“不，那个事件还没有解决，目前已经取得了一些进展。今天就是为了这事打电话，希望借助冈野小姐的智慧。”

“什么？借助我的智慧？浅见先生这样

说，不是很奇怪吗？我看，其实正相反。”

“你说的不对。因为这件事情与当地各种人情世故有关，所以非常需要借助冈野小姐的力量，或许还需要池永先生的一臂之力。”

“你是说池永先生吗？那倒还可以理解。请问是什么事情？”

“事情有些复杂，如果方便，希望能够在上次的中餐馆或者什么地方见个面。”

“噢，没有问题。那么，是不是叫一记也参加？”

“不，这次最好他不在场。让他知道太多，对孩子的教育没有帮助。”

“噢，你说的很对。我明白了。”商量好见面时间，浅见便挂断了电话。

由冈野协助处理日常工作的池永，是群马县议会的重量级人物。引退后，在群马县政界幕后仍然发挥着举足轻重的影响力。即使是国会议员，见了他也要礼让三分。要想了解有关名越议员的情况，池永是再合适不过的首选人物。

松美指定的时间是午后两点，此时正值烈日当头。预定的餐馆是“巴米扬”中式家庭餐馆。

“池永先生现在出去购物了。浅见先生想要见他，过一会儿我可以带你去。”一见面，松美便说道。

“我今天有两件事情需要请教。一是关于县议员名越先生的。”

“噢，是名越先生吗？”松美表示惊讶。“不愧是浅见先生。已经调查到如此深入的地步了。”

“嗯？这是什么意思？”相反，松美的话让浅见感到莫名其妙。

“你想一想，有关梅原老师的事件调查，却出现了名越先生的名字，这让我不敢想象。可是，说起名越先生，这事情很可能与他有关。”

“噢，这么说，已有闲话在传吗？”

“具体情况我不清楚，总觉得他名声不佳。池永先生见到他总是望而生厌。噢，不是经常有人说‘滥用职权’吗？他就是那种人。”松美压低声音说道。

“选举时的得票数他总是倒数第一。但不知为何，他的政治力量非常强大。他曾经担任过建设、厚生等许多委员会的工作，最终还是教育领域最合他心意。名越先生，本来就是教师出身。”

“噢，他原来是教师吗？”

“那是他年轻的时候。后来子承父业，他参加了县议员选举。那时，他与金钱和权力无缘，是个清白的人。为此，得到PTA方面的巨大支持，以绝对优势当选议员。他吹毛求疵，善于挑剔别人的毛病，曾经散布池永先生与建筑行业有龌龊行为，在议会上对池永先生提出质疑，从而引起池永先生的愤怒。”

“名越先生曾经对池永先生进行过攻击吗？”

“是这样。其实，只要从事政治活动，就不可能清白无瑕。硬要挑毛病，或多或少地都会找出点儿缺点。”

“反过来说，名越先生也有可能存在问题啦。”

“当然是这样。浅见先生或许有所不知，在群马县教育领域，学校亦是一片黑暗。为了聘用为教师，同样存在着诸如大分那样拉关系的现象。拉关系就需要钱。处于最顶端的便是名越先生。然而，即使存在着暗中勾结，甚至小小不言的捐款，互相之间也会保守秘密。这是政治家之间的潜规则。无休止地互相攻击，只能导致县民对议会的不信任。正因为如此，池永先生掌握着许多事实，却始终不动声色，静观默察。一旦必要时，便会对他丝毫不留情面。”

“原来如此……”浅见对她感到由衷的敬佩。看上去名不见经传的小女子，只因平日窥见政界一斑，却也有了自己独到的见解。“老实说，有一件与照片相关的奇怪事情，警察还没有就此正式发表意见。”浅见说道，“死去的泽先生，生前曾拼命拍摄了大量名越先生的照片。”

“啊！名越先生的照片？这么说，泽先生曾与名越先生关系非常亲密啦？”冈野奇怪地摇了摇头。

“不，并不是那样。泽先生是怀着仇恨，执著地追寻着名越先生的踪迹。”浅见将事情经过就必要的部分进行了简短的说明。

泽为了换取女儿日奈子的教师录用资格，不惜将教务主任的职位让给他人，结果却遭到背叛。其后，又馈赠钱财以委曲求全，但最终也没有得到应有的回报。

听浅见这样一说，冈野接着说道：“是的，名越先生就是那样的人。”明显地表示出了自己对名越的憎恶。“可是，他拍摄名越先生的照片，想要干什么？”

“几乎所有照片，都是名越先生与教育界特定人物会谈的场面。就是说，泽先生希望通过这些照片，来证明名越先生的违法事实。泽先生在行贿的同时，又在考虑利用这些照片对名越先生进行威胁。”

“这么说，嫌疑人是名越先生啦……”松美睁大眼睛惊叫。

“这一点还不能确定。这件事情是否与本案有关，现在还不清楚。警察当中也有一部分人认为，泽先生反目为仇，蓄意对名越实施恐吓。就算名越先生与事件有关，至少应当认为，名越先生不可能亲自动手。”

“可是，不是可以委托刺客之类的吗？”

“的确是那样。但案发地点是在中学的教室。很难想象，泽先生会轻易听任刺客之类可疑人物的指使，毫无警惕地来到这里。现场没有强迫绑架的痕迹。如此看来，只能认为嫌疑人与泽先生彼此非常熟悉，或者说他们相互之间知根知底。”

“那么，这个人是谁呢？”

“噢，且不管他是谁，我想借助池永先生的智慧，了解一下名越先生的人脉关系。”

“那么，我们现在就一起去池永先生那里吧！池永先生随时恭候浅见先生的到来……对啦，刚才浅见先生不是说，有两件事情想要问吗？另一件是什么？”

“我想请教冈野小姐，是否认识一位姓结的人。联结的结，读作 YUYI。”

“结先生吗？似乎在什么地方听说过这个名字……”冈野松美思索着，却没有能够想起这个人来。

“关于这件事情，或许池永先生也知道一些线索。总之，应当去见一见池永先生。”

浅见与松美一起乘上 Soarer，顺便经过结家门前。拐过一条大路，来到春日中学附近。浅见放慢速度，手指着白色百叶窗的房子，对松美说道：“就是这里。这就是结家。”

“啊，好漂亮的房子呀！”松美说着，除此之外，并没有表现出特殊的兴趣。

2

正如松美所说，池永惠一朗一见到浅见，便表示了欢迎：“噢，就是你呀！感谢你的关照！”年龄早过八旬，十年前脑梗塞病倒在床，右半身留下后遗症。后来逐渐恢复，最近除走路仍然有些不便之外，精神显得非常健康了。

浅见将转达给松美的内容，也向池永进行了简明扼要的说明。被杀害的泽曾竭尽全力拍摄名越照片一事，引起了池永的极大兴趣。

“这么说，名越与泽先生的案件有牵连喽。”

“是的，我认为很有这种可能。但到目前为止，还没有找到足够的证据。”

“证据不重要。你的感觉是正确的。”

“假设名越先生涉及此案，问题是，他使用了何种手段。很难想象名越先生会亲自作案。”

“这种事情，找人顶替是轻而易举的事。”

“问题就在于这个人是谁。很难想象，泽先生会在毫无警惕的情况下对这个人唯命是从，深更半夜跟着他来到那个空荡荡的教室。”

“说的也是。可是，关于这个问题，浅见先生，你去想个法子，问题不就解决了吗！”池永再次轻松得出了结论。

乍听像是谬论，认真想来似乎也有道理。只要根据推理和臆测，便可以勾勒出引诱泽深夜来到教室的大致轮廓。接下来，只需找出杀人的罪犯。只是话说到这里，便是说到容易做到难。首先必须查清，按照名越指示犯下杀人重罪的嫌疑人，是否确实存在于名越身边。

“关于名越先生的人脉关系，就池永先生所了解的，能不能谈一谈。”

“是呀，最近的情况我不太清楚。但是我认为，人到了这个年龄，就不会再有年轻人与他为伍。基本上和以前一样，不过是我认识的那一群人围在他身边转。特别是各个市镇村的教育界人士，以及学校的校长和教务主任。”

浅见想起了在沼田市饭店见到的情景。的确，就是池永所说的那一类人，聚集在名越的周围。

“在名越先生的亲信以及受到他庇护的那些人当中，有没有黑社会以及暴力集团的人。”

“噢，不会有那些人。”池永立刻予以否定。这与冈野松美的见解截然不同，使得浅见感到意外。

“好歹名越也是教育界出身。如果被人知道与黑社会接触，他的政治生命立刻会被断送。名越不会不懂得这个道理。”

“有一个姓山本的人，像是黑社会成员，日前被发现死在了秋间川。您知道这个案件吗?”

“噢，我从新闻报道里听到了这条消息。”

“这位山本先生曾与名越先生接触，或试图与名越先生接触。可以认为他是在调查跟踪名越先生的什么丑闻。”

浅见讲述了有关山本浩司威胁女教师，并试图与县里的“权威人士”接触，对其进行恐吓的经过。

“基本上可以肯定，这里所说的权威人士是指名越先生。由此可以判断，杀害山本的目的是阻止他的行动。根据采取的杀人手段，明显可以看出，犯罪与暴力集团的黑社会成员有关。”

“是呀，一定是黑社会分子所为。如果那个叫山本的受害人也是黑社会成员，就绝不可能轻易被黑社会以外的人杀害。”

“如此看来，您是否仍然认为这个事件与名越先生无关?”

“与名越并非无关。”池永判断道。

“但是，名越不可能暗中指使刺客代为行刺，并且不可能指示黑社会成员进行暗杀活动。正如我刚才所说，名越绝对不会与黑社会往来。”

“既然如此，您为什么要说名越与案件并非无关，又说是黑社会成员所为呢?”

“名越并不需要指示。根据双方的默契，领会名越意图的其他人自然会采取行动。”

“就是说，那个人物与名越先生是一脉相承的关系啦？这样的话，那个人一定是名越先生的亲信。”

“那也不一定。名越的亲信出面活动，与名越本人活动并无两样。”

“的确是这样……”

如此看来，可以想象这样一位人物：他在台前不露面，却在暗地里按照名越的意图活动，就像历史剧中的“密探”或忍者。

“再问一个问题！池永先生是否认识一位姓结的人。他单姓结，读作 YUKI。”

“姓结的人……似乎听说过这个名字。是个什么人？”

“一位三十多岁的男子。”

“这个人我不知道。我认识的人，大都在五十岁以上。”池永说着，笑了笑。然而，在浅见即将告辞的时候，池永仿佛猛然想起了什么。“说起结这个姓，很早以前，确实有一位结姓的男子。大约是三四十年前的事情了。”

“那是什么人？”

“是县政府的职员。最后好像当上了县教育长。记得之后不久就去世了。”

结是一个非常少见的姓。如果那位结辽资与这个人物有血缘关系，应当相当于孙子辈。

“需要调查一下。”

“有目标吗？”

“不，没有目标。”

“这个年代，想要调查个人信息是难上加难。甚至警察有时也很难出手。让我来给你介绍一个人。这个人曾在县总务任职，对人事非常精通。料他还没有老到糊涂的年龄。如果还没有糊涂，那可是个难得的人才，堪称‘活字典’。”

池永亲自打电话，为浅见介绍了一位名叫笹岣一洋的人物。三十分钟后，双方在国道边上的一家茶馆会合。在此之前，池永我行我素，强行安排了会面，并取得了对方的同意。仅此，足以显示池永那超群的能量。

笹岣大约十年前从市政府机关退休。他给人印象忠厚老实，不事张扬。他声称以手中的购物袋为标志。走进茶馆，看到角落里孤零零地喝着咖啡的男子，便知道他就是笹岣。

“本人在职期间，甚至退休之后，都得到过池永先生的巨大帮助。”笹嶋未等浅见询问，便自我介绍道。

“听池永先生说，有关人事工作笹嶋先生犹如一本‘活字典’。”

听浅见这样说，他既不否认也不谦虚地点了点头。“这是我唯一的可取之处。或者说，这是我唯一的乐趣。我整天不厌其烦地翻阅着县以及市镇村的职员名簿。有些话不能到外面说，政府里面的人事，充满了世态炎凉，人情世故。人与人之间多多少少都有一些关系。A与Z在什么地方有着什么联系，对此猜测分析起来，总会感觉非常有意思。”谈起这些话题，笹嶋更显得兴致盎然。

“不限于县政府机关内部吧?”

“如果只是县政府机关内部，就不会有那么多工作可做。了解村政府基层职员的人脉关系，才显得工作有意义。”

“太让人惊讶了……那么请问，有什么实际应用效果吗?”

“当然有应用效果了。到了选举的时候，就会显示出来。首先是开票时的唱票。其次是瓦解对方阵营时，能够掌握人脉关系就显得非常重要。”

“这么说，这种知识也可以用来转让出售啦?”

“哈哈，你说得非常正确。我没有做过那种事情。拿知识换取钱财，就等于将自己的灵魂出卖给魔鬼。不过，或许多少对池永先生有过一些帮助。尽管如此，我可绝对没有收取过金钱。”笹嶋强调道。然而无论怎样，一定也得到了某些实惠。

“那么，请允许我冒昧问一下，笹嶋先生认识一位姓‘结’的人吗?”

“我当然认识。你说的是担任县教育长的结邦博先生。他一九××年任教育长，共任职八年时间。他任职期限之长实属破例。可是退休后不久，就得了脑溢血，突然去世。说起来那也是三十年前的事情了。去世的前几天，唯一的独生女儿自杀身亡。当时好像是二十七八岁。据说结先生得脑溢血，就是因为受到了刺激。”

“自杀……因为什么原因?”

“原因嘛……”笹嶋开始显得有些犹豫。再次看了看浅见的名片。尽管有池永的介绍，但对一个初次见面的采访记者过多地谈论有关个人的私生活是否合适，笹嶋暗自思忖着。

“请问，结先生的家……”浅见改变方式，提出了问题。“春日中学对面有一户姓结的居民，那里就是他的家吗?”

“噢，你已经调查过了吗？就像你说的，那就是他的家。”

“现在是一位叫作辽资的和我年龄相近的男子一个人住在那里。他就是邦博先生的孙子吧?”

“是，是的。”笹嶋先生迟疑地回答道。

“死去的是邦博先生的独生女儿。那么，辽资先生就是唯一继承邦博先生血统的人啦?”

“似乎就是那样。结家在邦博先生父辈以前，原本是县北部农村的大地主。农地改革时，结家开始走向没落。唯一的亲戚也离开了本县，去了横滨或其他什么地方。这个我也不十分清楚。且说，那位结先生出了什么事吗?”

“您说结辽资先生的母亲自杀身亡。那么，他的父亲又怎样了呢?”

面对浅见的提问，笹嶋显得有些为难，却又无可奈何地回答道：“父亲？他，他没有父亲。”

“没有父亲？就是说，是所谓单亲家庭啦?”

“噢，坦白地说，就是那样。”

“可是，结邦博先生身为教育长，从家庭环境来说，出现未婚先孕，实在让人感到意外。”

“的确是那样。但是，事情的发展竟然就是这样一个结果。”

“怎样的事情发展?”

“这个嘛，是由于家庭内部的一些原因。我不好猜测。”

浅见再次感到了障碍，于是重新选择了话题。“有一位山本先生，死在秋间川的河里。这件事情笹嶋先生也知道吗?”

“我当然知道……你不会说，这个案件与结先生的孙子有关系吧!”笹嶋说着，表现出高度的警惕。

3

浅见尽可能详细地将此前的经过向笹嶋进行了说明。且不说泽被害事件，有关山本事件，结辽资是解决问题的关键。这一点，笹嶋也不得不予以承认。

“您是否知道，结辽资先生与名越先生之间是什么关系?”

“这个嘛……”笹嶋表情苦涩。

“从前，结邦博先生和名越先生是否有过交往?”浅见再次改变了话题。

“当然有交往。他们原本都是教育界出身。名越能够进入政界，曾经借助结先生的一臂之力。否则，尽管继承了父亲的地盘，也不可能一下子就得以实现多数票当选。”

“那么说，他们之间的关系非常亲密啦?”

“不，其实也并非如此。自从第二届当选以来，名越先生和结先生之间出现了矛盾。最后双方吵了架，关系破裂。”

“您是否知道，吵架的原因是什么?”

“噢，原因嘛，可以想象得出来。”

“是什么原因呢?”

“教育长的职务，通常被认为是一种神圣的职位，也有一定的权力。围绕教师录用，谈不上是渎职，按照惯例都要赠送一些礼品。然而，年轻气盛的名越议员却对此提出质疑，以至显得有些得意忘形。年轻人都有可能犯这种毛病。”

“可是，至少在表面上，这种行为难道不是出于正义吗？”

“噢，你说的有道理。尽管如此，故意贬低帮助过自己的人，总不是一件好事。这种做法根本就是恩将仇报，完全没有一点儿恻隐之心。明显地可以看出，其背后是沽名钓誉的心理在起作用。对此，结先生不可能永远保持沉默。他勇敢地写了一封断交书。”

“断交书……”浅见为这一不合时代的语言感到惊讶。在那一瞬间，浅见产生了联想。“或许，那位使结先生的女儿成为‘单身母亲’的人，就是这位名越先生吧？”

“……”

“怎么样？如果不是邦博先生固执己见，或许结先生的女儿已经和名越先生结婚了？”

“噢，这种事情很难说。这些事情，我可是不知道。”笹嶋转过脸，含糊其辞，却又未予否定。

那年，名越敏秋大约三十四五岁，风华正茂。与结邦博的女儿结成情侣也不足为奇，而且——

“邦博先生写断交书时，结先生的女儿可能身怀六甲了？”

“噢，那种假定的事情，我无可奉告。”

说是无可奉告，却又不予否定。这其中已经蕴含了答案。

如果那是事实，将让世人震惊。就是说，名越与结是血脉相承的父子关系。俗话说，“血浓于水”。表面看似无缘，暗地里却水路相通。由于名越的过失，母亲被迫自杀身亡。在这一既成事实面前，无疑，结完全有理由并且有权利对名越予以谴责。或许正是出于这一原因，名越就此担负起了结辽资的全部生活来源。

由此不难想象，当结辽资听到梅原彩与山本浩司在自家门前马路上的争吵后，便将其通报了名越。

原来如此。浅见对此将信将疑。如此说来，那“密探”或许就是结辽资！

至此，想要继续从笹嶋那里得到更多信息，似乎已经很困难了。浅见郑重地道了谢，付了咖啡钱，与笹嶋告别。

浅见径直去了安中警察局。时间已经接近傍晚时分，山巅的白云映衬着夕阳，显得格外美丽。

小滨外出不在。据不确切消息，预计傍晚时分归来。于是，浅见便在刑侦科门口附近稍事等候。对面会议室门口张贴着的“秋间川杀人弃尸事件调查组”的标志，看上去墨迹未干。

小滨疲惫不堪地拖着沉重的步伐，回到了警察局。看到浅见在此等候，顿时像个泄了气的皮球。“今天，又有什么事情?”

“名越先生与结先生的关系我弄清楚了!”

“噢……”听到名越的名字，小滨煞有介事地做了个迷惑不解的动作。

“你还在调查这件事情吗?”小滨说着，显得有些惊讶。他拉着浅见的胳膊，进了小会议室。

“马上要召开调查会议。请简明扼要地说明来意。噢，你刚才说什么?”

“实话告诉你，名越敏秋先生和结辽资先生有可能是亲生父子关系!”在小滨的催促下，浅见只将重要的部分作了交代。

“什么……”正如事前所料，小滨反应强烈。

“岂有此理……根据前几天对他的情况调查，结先生自幼丧父失母。”

“噢，这样说，可能让你感到意外，却是事实。”

浅见从结的祖父结邦博与名越之间的关系开始谈起，介绍了结的女儿与名越曾是情侣。同一时期，结与名越之间下了“断交书”，双方反目为仇。最后说到，结的女儿产下私生子。

“就是说，现在的结辽资先生，就是结邦博先生的外孙子。”

讲解完毕，浅见松了一口气。长篇的叙述，更让听得入迷的小滨发出喟然长叹。

“浅见先生，你是从什么地方得到的这些信息?”

“噢，我不能公开信息的来源。我可以告诉你，我的信息是可靠的。”

“算了吧！那是不允许的。除非你拿出可以表明结辽资先生是名越先生亲生儿子的确凿证据。”

“那些请警察去调查。”

“这是不可能的。”小滨极力挥动着手臂，就像要赶走瘟神。

4

离开安中警察局后，浅见开着车，心里却感到愤愤不平。在浅见看来，警察永远只能是个软弱无力、优柔寡断的群体。对于弱者，他们总是毫不留情，不时地还要强迫其坦白自首，以至累及无辜。对于强者，他们又显得十分懦弱。如果没有兄长阳一郎的存在，浅见甚至要发起对警察的弹劾。

国道边有一家小餐馆，门口挂着“乌冬面”的招牌。被那牌子上的“上州名吃”所诱惑，浅见突然感觉饥肠辘辘了。也不知道是哪一方的上州名吃，面条筋筋道道的还算可口。人就是那么奇怪，只要填饱了肚子，对警察的不满也就烟消云散了。

离开餐馆，夜幕已经降临。过了八月中旬，晚风中已经夹杂着初秋的萧瑟。浅见本打算就此驱车返回东京，却又突然改变主意，进入高崎市内，顺便来到了春日中学旁边的那家酒店。

浅见上次来只打听了结家的情况，并没有买东西。这似乎给店主人留下了颇为深刻的印象。或许发现进来了一位并不受欢迎的客人，店主人嘴里说着“欢迎光临”，脸上却见不到一丝笑容。

浅见买了一箱罐装啤酒。霎时，店主态度变得热情洋溢起来。

“上次来向您打听了结先生家的事情，您还记得吗?”浅见随便聊了起来。

“噢，我当然记得。”

“听说，那家的女儿三十多年前自杀身亡了。”听浅见这么一说，店主人“哎”的一声，不由得倒退了半步。“我说这位客人，那么久以前的事情，你是怎么知道的?”

店主人似乎在说，你一个看上去三十几岁的人，怎么会知道这种事情！看脸面，店主人五十五六岁左右。

“噢，我也是最近才听说的。据说已经有了孩子，却遭到父亲的反对不能结婚，为此悲观失望，自杀身亡。这听起来让人感到悲伤。”

“是呀！很悲惨！”店主人漫无边际地环视了空无一人的小店，低声说道。

“受到打击，父亲也于女儿自杀后不久，便离开了人世。这事一时闹得满城风雨。有的说是在闹鬼，也有的说是女儿的幽灵在作祟……事到如今，这事早已被人遗忘。可是，我说这位客人，你说她的父亲反对他们结婚，实际上并不是那样。”

“噢，果然如此。就是说，是被男人所抛弃?”

“是的。你非常聪明。事实确是这样。噢，太不像话了！我简直无法相信，那么好的姑娘，如何能够被抛弃！结先生的女儿，在这一带是有名的美人儿。我也曾经暗自追求过她。据说，春日中学有一位男教师，曾经深深地爱着她。”

这时，浅见立刻联想到泽吉博。在与结家酿成这一悲剧的同时，春日中学新上任了一位泽先生。或许，这位泽先生就是那位“深深地爱着她”的教师。

原来如此。浅见已经确信无疑。对于视教师为神圣职业的泽来说，父亲是教育长且年轻美貌的女子无疑就像高山上的花环，“可望而不可即”。在与夫人三重子交往之前，往返于学校和家中的泽透过那白色的百叶窗，望着那依稀可见的结家千金，心中充满了爱慕之情。

如果上述情况属实，无疑，泽对于残酷蹂躏自己所憧憬的女子的那个男人，必然怀着满腔仇恨。况且，他也导致女子担任教育长的父亲病重身亡。现如今，又阻挠自己的女儿通过教师录用考试。对于这样一个男人，在三十余年后的今天，泽的复仇怒火重新得以燃烧。浅见的剖析一针见血。

“的确，正如您所说，如此美貌的女子，而且已经怀胎生子，又怎么能够舍得将其抛弃？不知对方是如何考虑的。”

“是呀。总之，他是遇上了更好的事情！”由于曾经暗自追求，店主人也没有忘记对那个男人的仇视。

“原来如此，名越议员年轻的时候也有过这些丑闻！”浅见深有感触地说道。

“是的。”店主人随声附和，却又愕然不知所措。“哎，怎么……我说这位客人，你是如何得知男子就是名越先生的？”

“我有一位消息灵通的朋友，对我讲述了这个故事。”

“嗯？实在奇怪！请问这位客人，你不是高崎人吧？就算是当地人，能够记得过去事情的也是寥寥无几。你是听谁说的？”

“我不能说出他的名字，他是当地的长老。”

“当地人……那么，是大河原家的爷爷啦？”

店主人无意中道出了长老的姓名。无疑，浅见并不知道这位叫作大河原的人。他对此不置可否。

“您刚才说，他遇上了更好的事情。或许，又有了更加迷人的诱惑吗？”

“噢，是的。总之是财迷心窍，被金钱蒙住了双眼。事到如今，这些话都已经失去了时效。传说，经一位国会议员介绍，与国会议员的女秘书结了婚。其实，那都是骗人的鬼话。对方出身大地主世家，名越是为对方的财力和权力所倾倒。”

“您说的国会议员，是太田先生吗?”浅见说出了一位现任长老议员的名字。

“不，是宫崎先生。不过，宫崎先生已经去世，现在由他的儿子继承，成为了第二代国会议员。”

“结先生的孙子，说起来和我年龄不相上下。您是否知道，名越先生就是他的父亲?”

“嗯，这让我怎么说呢……”店主人摇了摇头。

“这些都是传说。大家都这样认为，但当着面谁也不会这样说。即使是大河原的爷爷，也不曾明确表示过肯定。”对方想当然地断定浅见的情报来源于“大河原的爷爷”。

“尽管如此，名越先生刚刚进入政界时，不是曾经得到结家的关照吗？即使是国会议员介绍，或者是财迷心窍，背叛自己的恩人，甚至抛弃自己心爱的女人，绝非常人所为。”

再次回想起这段历史，无不对名越的冷酷无情感到义愤填膺。店主人也点着头说道：“是的，绝非常人所为。”

或许是因为店主人兴致所至，两人出乎意料地一拍即合，越谈越投机，不觉时间已经过了许久。浅见看了看表，对主人说道：“对不起，打扰您这么长时间了。”便告辞而去，离开了酒店。

浅见将一箱沉重的啤酒放在助手席上，双手握住了方向盘。此时，他猛然想到，还要去拜访梅原家。这一箱啤酒的理想落脚之地，那个家庭再适合不过。此时去涩川，到那里或许要晚上八时以后了。浅见希望将今日的收获尽早转告梅原彩。

给梅原彩打电话询问是否方便时，彩不安地问道：“出了什么事?”随后便表示，“欢迎，我在家里恭候。”

或许是因为听了许多令人不快的事，一进梅原家，浅见便感觉到一种温暖的气氛，心里感到安慰。

彩的父亲高兴地接过了啤酒。“噢，是惠比寿啤酒！这是我最喜欢的品牌。我立刻拿去冰镇一下。”说着，便兴致勃勃地将啤酒搬到了厨房。

“我了解到了许多情况。”待客厅里只剩下彩和他，浅见将迄今为止业已澄清的事实一五一十地进行了说明，从三十年前的泽对结家千金的追求说起。泽的满腔热情未能如愿以偿，结家千金与名越结合。然而，名越却抛弃了结家千金，与权势家族的女儿成婚。结家千金生下名越的儿子后，自杀身亡。受其打击，父亲也发病突然逝世。俨然一部爱情悲剧。

“难道，真的发生过这种事情吗?”

“我认为的确发生过。为此，泽先生曾经极度愤慨。无疑，那不是私愤，而是正义的愤怒。年轻有为而充满正义感的泽，对于企图以结婚为跳板，厚颜无耻地混入教育界的名越深恶痛绝，并提出了强烈的抗议。相反，这却招致名越先生对泽先生的憎恨。如果不考虑这些事实，则很难解释名越先生如此冷酷无情地对待泽先生的原因所在。强迫其让位教务主任的宝座，更多次收取贿赂，却又始终阻挠泽先生的女儿不使其合格录取。这一系列残酷的打击，最终导致泽先生超出忍耐的极限。他以顽强的毅力追踪名越先生的阴暗面，并将其与教育界人士营私舞弊的现场拍摄成照片，试图利用恐吓手段，向名越先生发起攻击。”

“就是说，名越先生存在着杀害泽先生的动机?”彩恐惧地缩了缩肩膀。

“是的。说到动机嘛，名越先生对于死在秋间川的山本浩司先生同样存在着杀人动机。理由是，名越先生担心被山本先生实施恐吓。”

“这么说，这两起案件都是名越议员所为吗?”

“不，名越先生并没有亲自下手。如果我的推断正确，名越先生最多也只是个教唆犯。可以肯定，两起案件的嫌疑人都受到了名越先生的保护。”

“那么，嫌疑人究竟是谁呢?”

“有关山本先生杀人事件，从其简单粗暴的杀人手段判断，很可能是类似暴力集团组织的犯罪。无疑，如果名越先生亲自出面委托，反而会冒更大的风险，甚至被黑社会抓住把柄。由此判断，其中必有第三者介入。关于泽先生事件，则完全是另一类犯罪分子所为。将泽先生请到学校教室并将其杀害，很难想象是黑社会的犯罪手法。教室是泽先生的地盘，最能让他安心。作为双方秘密会合的地点，甚至可能由泽先生亲自指定。约会的另一方，即嫌疑人，绝非黑社会成员所能胜任。他必须满足一个条件，即为泽先生信赖。”

“泽先生所信赖的人？浅见先生，已经锁定嫌疑人了吗?”彩问道。

“还没有最终锁定。但是，有一个浮出水面的人物已经基本确定。他分别介入了双方事件，或许自己就是嫌疑人。这个人梅原小姐非常熟悉。他就是那个白色百叶窗屋子里的结家男子。”

“啊……”霎时，彩目瞪口呆。

5

从浅见口里听到作为杀人嫌疑人的“结”的名字那一瞬间，彩被遮住的视野顿觉豁然开朗。诚然，这一事实令彩震惊。

“是呀……所以那天，他和门胁先生……”彩下意识地自言自语道。

浅见所说的山本事件的谋杀嫌疑人，或许就是门胁。一时间脑子一片空白的彩却在极力思索着，努力追忆着事情经过。待清醒之后，发现浅见那秃鹰般的目光紧紧注视着自己，一双眼睛看似要穿透自己的心，冷彻却又显得慈祥。此时，或许正是向浅见说出结与那个黑社会分子往来事实的最佳时机了。“那是八月四日的事情……”彩终于开了口，“在学校附近叫作百合的超市里，我看见结与那个人——黑社会成员在一起，亲密地交谈着。结先生看起来很傲慢。”

“那个人，他是谁？”

“他姓门胁，是我从前担任临时教师时Q中学一位学生的父亲。”彩对浅见讲述了门胁在儿子违反纪律受到批评后，反而对老师报以怨恨，来到学校大吵大闹的事情经过。

“原来如此。看来是个老牌儿的黑社会分子。”

“是的，这不只是我一个人的印象，校长和其他老师似乎都这样认为。他本人也自称是黑社会成员。毫无疑问，他是个真正的黑社会分子。正因为如此，校长才嘱咐我不要反抗，要息事宁人，且一味向对方道歉，承认是我的错误。可是，那位结先生，看起来并不像惹是生非的人。”彩依旧心存侥幸地说道。

“这么说，梅原小姐和那个姓结的人曾经有过交往啦？”

“噢，不，我怎么会和他有交往……”彩显得有些慌张，想着自己仍然对浅见隐瞒着与结的关系。“偶尔见他从家里出来，似乎觉得他就是结先生……”

“你说他不像惹是生非的人，就是说，从外表上看他很温文尔雅吗？”

“嗯？噢，对啦。看起来似乎就是那种感觉。”

“可是，常言道，人不可貌相。实际上，或许这个人非常难以对付。噢，考虑到他与刚才所说黑社会之间的关系，就更应当引起注意。我认为，结先生的确听到了山本先生与梅原小姐的争吵，且将这一情况转告了名越先生。另一方面，毫无疑问，他又将名越先生的意图转达给了黑社会分子门胁，最终将山本先生杀害。”

“原来是这样……”想象这一连串的关系，彩的内心感到无形的恐惧。其中，引发事件开端的一半责任，似乎就落在自己身上了。可是，名越是曾经抛弃结家母子的父亲，这又如何解释？

“事实上，对于结先生来说，名越先生是招致母亲及外祖父去世的祸根，是所谓杀亲之仇、十恶不赦的对象。按照常理，他更希望杀死名越，却又如何会成为共犯呢？”彩试着进行反驳。

“的确像你所说，名越是他亲生父亲的同时，又是他的仇敌。可是，如果换个思路，这两个事实又将两人强有力地结合在了一起。只要能够保住名越先生的社会地位，结就能够源源不断地从名越那里得到生活费。对于结先生来说，名越先生就像一只母鸡，为他下出金蛋。从这一意义上说，这两个人是一莲托生，紧密相关的。”

为什么浅见说起话来如此冷酷？彩无法面对这一现实。尽管已经成为怀疑对象令彩大失所望，但结的确曾经短暂地打开过彩的心扉。将结先生确定为嫌疑人，彩的心情不能平静。

“假设结先生是共犯，整个事件的轮廓便非常清晰了。”不知是否看出了彩的心思，浅见像发表论文一样讲解起来。“假设邀请泽先生来到沼田 Q 中学教室的是结，泽先生不生疑心且欣然前往，原因正像梅原小姐所说，结给人一种印象：名越是他不共戴天的仇敌。泽先生非常清楚这一事实。于是乎，名越便成为泽先生与结的共同敌人。如果结以策划对名越的复仇为借口，拉拢泽先生，泽先生会毫不犹豫地应声而出。更何况，密谈地点就设在泽先生视其为自家领地、曾经熟悉的学校教室。他万万没有想到，自己会在这里被杀害。”

或许，浅见说的有道理。彩对此表示赞同。在登上讲台的那一瞬间，教师会产生一种错觉，感到自己似乎掌握了魔力。刚刚大学毕业的年轻人，从那一时刻被称为“老师”，受到众多学生和家长瞩目。要想让他们不产生这种错觉是不可能的。教师是具有崇高使命的“圣职”。与此同时，教室却是世间任何人都可以实施魔法、任意发挥的“场所”。

在他走进教室的那一时刻，便陷入了这种错觉之中，以为自己可以主宰万物。尽管已经离开教师职位，他的痴迷却像亡灵一样，牢牢地留在教室里。他不断拍摄自己曾经执教的学校照片，并且执意要让女儿从事教师职业，这些均给人以病态感觉，甚至让人厌恶。过分依恋学校或者教室这一“神圣领域”，同样可能导致自己陷入困境。彩设身处地地思考着。

“可是，浅见先生，”彩振作起精神说道，“案件调查如此深入，警察是否会立即对名越、结及那位黑社会的门胁实施逮捕？”

“不，警察甚至还没有察觉到这些情况。”

“噢，那是为什么？这些信息没有通报警察吗？”

“没有。我只对安中警察局谈起过名越与结的父子关系，他们似乎并不感兴趣。无疑，我掌握的情况足以形成完整的证据链。但是，要想说服警察却非常困难。尽管如此，要想进一步调查物证，就需要行使警察的搜查权力。这又谈何容易。”浅见罕见地现出了悲观的情绪，并且深深地叹了一口气。

“那么，浅见先生，下一步你打算怎么办？”

“噢，无论如何，除了争取警察出动，没有任何办法。如果安中警察局靠不住，就只能去找沼田的刑警们商量。”

“啊，是那位叫井波的刑警吗？他总是纠缠不休。”彩对任何刑警均不抱好感。

“井波先生是一位非常出色的刑警。对工作纠缠不休，说明他对警察职业忠心耿耿。”浅见这样说，被彩解释为对警察的袒护，似乎浅见在为“警方”说话。这让彩感到了与浅见的距离。总之，浅见来到自己家，目的只是为了对事件进行调查。想到这里，彩莫名其妙地对浅见产生了偏见。

“目前应当做的，”浅见并未注意到彩的情绪变化，像平常一样淡淡地说着，“就是从门胁这位黑社会分子寻求突破口。他住在沼田市内，正好由沼田警察局管辖。我打算明天就去拜访，说明情况。”

听到门胁这个名字，彩不由得想起了那个少年。他充满了反抗精神，或许已经加入少年流氓团伙。可是，当时他一句“对不起”的道歉，意外地让彩看到了纯真的一面，甚至让彩感到同情。彩决不愿意看到他的父亲会是谋杀嫌疑人。“浅见先生，你真的认为门胁先生是嫌疑人吗？”彩问道。

“这个我也不知道。目前除了门胁，想不出其他人来。”

“可是，那只是我偶然遇到的，没有任何根据。那时，结先生和门胁先生只是互相打了个招呼，仅此而已。”

“噢，那已经足够了。”浅见漫不经心地说道。或许真是这样。彩也思索着。我看到他和门胁在一起。彩在说这话时，脑子里浮现出结那紧张的神情。

不明智的求爱

1

第二天，浅见于中午时分去了沼田。早上起床已经九点多钟，早餐与午餐合并一起，用餐时间已是十点左右。保姆须美子劝说道：“生活如此没有规律，小心弄坏了身体。”

刚起床，他便给井波挂了电话。一来表达希望拜访沼田警察局的意愿，二来有件事情请求对方在他到达前做好调查。

“这件事情，和案件有关吗?”井波用奇妙的语气反问道。然而，调查工作似乎在如约进行。

天空飘浮着一片乌云，仿佛要变天。乌云遮日，让人感觉气候凉爽。到沼田警察局大约需要两个小时车程。井波早已等候在那里了，待浅见来到，就立即进了小会议室。

“就像浅见先生所说，结家过去的确是沼田北部乡下的大地主。战后不久开始走向没落，全家背井离乡。嫡系长子去了高崎，据说次子去了横滨或其他什么地方。可是，这个结家到底发生了什么事情？这些情况与案件有什么关系？”

“这些以后我会详细说明。我委托的另一件事情调查得怎样了？”

“噢，是关于门胁伸美的情况吗？这家伙在沼田是有名的黑社会成员，且是那种旧世道的黑帮分子。他号称是国定忠治式的人物，视人情义气为终身大事，是个与众不同的人物。”听口气，对这样一个黑社会分子，井波却颇抱有好感。

“门胁先生和结家是什么关系？”

“噢，对啦！关于这个问题嘛，他们之间似乎确实有些联系。门胁出身于北部农民家庭，或许曾是结家的佃户。可以想象，在门胁父亲那一代之前，曾经受到结家的关照。可是，难道这些事情也和案件有关系吗？还是快谈正事吧！”井波迫不及待地晃动着身子，催促道。

“井波先生是否知道，高崎的结家在什么地方？”浅见问道。

“不，这个没有来得及调查。浅见先生知道在什么地方吗？”

“就在春日中学的校门对面。”

“哎，真的吗？噢，我记得那是一座有着白色百叶窗的古式建筑。”

“是的。就在大约二十天前，在结家门前的马路上，发生了一场争执。两个人在那里争吵不休。其中一位就是梅原彩小姐。”

“噢！”井波表示惊讶。浅见详细地说明了情况。有一位名叫山本的男子，由于儿子未被选为县运会代表大发雷霆，从而引发了这场争执。接着，便是一连串冗长的话题。

“你可以想象，对于这一争执，结家一位叫辽资的三十三岁男子窥听到了所有内容。”

“噢，没有问题，我可以想象得到。”井波开始显示出兴趣。

“然而，就是这位结辽资，他是县议员名越先生的亲生儿子。"看到井波那惊讶的目光，浅见就其来龙去脉开始了滔滔不绝的讲解。

"如果你的话属实，就事关重大了。"

井波将信将疑，但与安中警察局的小滨相比，他似乎认真了许多。虽然嘴上未说，但可以感觉得到，他似乎对名越并不抱好感。

"然而，刚才提到的那位男子，山本暗示要进行恐吓的，似乎正是名越先生。如果这一事实成立，结先生将这一情况密告名越先生，似乎就是顺理成章的了。"

这更让井波惊讶不已。名越发生这种事情并非奇怪，井波似乎这样认为。

"有恐吓者山本，有告密者结，又有受惠于结家的黑社会分子门胁。如此描绘出来的图式，让人感觉势必会有事件发生。"

"是呀……"井波在笔记本上写下三个人的名字，用一条线连接起来。"按照常识分析，似乎是结对门胁下了命令，干掉叫作山本的人。可那是推理小说当中的故事情节。"井波冷笑。

"日前，在安中警察局辖区内的秋间川里发现了一具尸体。"浅见说道。

"噢，我想起来了，是有那么一个事件……啊，被害人就叫山本。噢，看来，浅见先生所说的就是那个事件喽?"

"是的。"

"太让人震惊了……可是，那样的话，没有必要到这里来，不是应当通知安中警察局的调查组吗?"

"噢，我已经通知他们了。可是，并没有引起他们的重视。那里没有人像井波先生这样认真听取情况汇报。而且，在去安中警察局之后，我又重新确认过。为此，决定向井波先生汇报。"

"受到如此器重，我表示感谢。可是，你到这里来，我非但不能帮助你，反而给你带来麻烦。我立刻就与安中警察局联系。"

井波正要起身，却被浅见止住。“请稍等。迟早要向安中警察局汇报的。现在我还有话要说。而且，它涉及井波先生的案件。”

“噢，什么事情?”听到与自己负责的案件有关，井波重又坐了下来。

“关于山本实施恐吓的证据，可以考虑以下事实。首先，将自己凌驾于群马县教育界之上的名越先生，从教育界人士，特别是从参加教师录用考试人员手中收取大量贿赂。山本先生试图将其暴露。仅此，足以构成对山本先生的犯罪动机，但并不至于将其杀害。我认为除此以外，名越先生或者结先生担心更大的阴谋败露。”

“我想……”井波咽了一口唾液。

“你说的不会是泽先生的事件吧!”

“是的，就是这个事件。且不说山本先生是否了解这个事件的真相，只是名越唯恐山本这样吵闹下去，会使警察的调查矛头转向这一事件。或许这是嫌疑人过于敏感。但作为嫌疑人，小心谨慎莫过于防患于未然。”

“的确……浅见先生看透了嫌疑人的心理。可是，照你这么说，杀害泽先生的嫌疑人也是门胁啦?”

“不，你说的不对。”浅见肯定地说道，并且说明了理由，解释了嫌疑人有可能就是结辽资。

“泽先生跟踪名越，拍摄了大量照片。有几张或许已经送到了名越手里。而名越，由于多次刁难，致使泽先生女儿在教师录用考试中落榜，因此越发提心吊胆。泽先生的复仇心理发展到了疯狂的地步，最终走上了恐吓的道路。走投无路的名越，不得不委托一个人去处理泽先生。”

“那个人是谁?”

“对于名越来说，这个人极具讽刺意义，而且最能够得到名越的信赖。他就是结辽资。正如刚才所说，这两个人是一莲托生。结对名越怀有刻骨仇恨，他是置母亲及外祖父于死地的元凶。至少，泽先生对此确信无疑。结开始向泽先生接近，向他讲述他与名越的血海深仇，伪装合伙谋求对策以教训名越。或许两个人已多次聚会，讨论具体办法。结与泽先生会面的地点，就设在泽先生以为是自家领地的 Q 中学教室。于是，最后那个夜晚，结将放有毒药的罐装咖啡交给了泽先生。”

2

浅见讲解完毕，井波听得目瞪口呆，半晌说不出话来。如何咀嚼消化这些连续不断地输入的众多信息，井波似乎显得有些茫然不知所措。然而，将所有资料梳理分析后，井波迅速做出了判断。“突破口就在门胁。”

“我也这样想，所以才找到井波先生。”浅见说话掷地有声，浑身有说不出的爽快。或许井波也有同感，睁大了眼睛点了点头。

无论是名越还是结，都显得诡计多端，都是很难对付的家伙。在这方面，门胁这个黑社会分子按照梅原彩的介绍，则显得直通通地头脑简单。从某种意义上说，他反倒给人以老实的感觉。如果采取的方法得当，或许更容易突破。

“一起去吧！”井波站起身来，立刻就要采取行动。

“不需要征得森山警官的同意吗？”浅见有些担心地问道。

“不，森山警官外出不在。而且，和浅见先生一起行动，任何人也不会有意见。”言外之意，他是刑侦局长的弟弟。这使得浅见感到为难。

说话间，二人乘上浅见的 Soarer 去了门胁家。按照井波的指示，出了沼田警察局，经市道沿河边向正北方向前行。这一带地名称为下发知、中发知和上发知。山谷间细长的平原地带起伏绵延，不断攀升着高度，尽头蜿蜒消失在上越国境的山峦之间。

门胁家就坐落在中途一片地形较为开阔的平地上。房子前面是一片稻田，背后紧靠着一片杉树林。古老而阴暗的平房建筑比想象的要宽敞许多。被四周一面破烂不堪的围墙所包围的宅地，粗略估计至少有三千多平方米。

乍看上去，似乎感觉不到人烟气息。然而按下门铃，却传来一个沉闷的声音："谁！"紧接着，一个少年出现在面前。看年龄，似乎是个高中生，个头有一米八左右。或许就是彩所说的那个坏小子了。

他打开门，见到两个陌生客人，似乎一眼便认定是警察，条件反射似的愣了一下。

"我们是沼田警察局的。请问，你是门胁先生的儿子吗？"

"我是他的儿子。"

"你叫什么名字？"

"纯司。"态度生硬。

"你父亲不在家吗？"

"不在。好像在市内的弹子房。"

"你母亲呢？"

"去打小时工了。"

"你父亲什么时候回来？"

"嗯……晚上吧！"

井波看了一眼浅见。似乎在问，我们怎么办？

"是在哪一间弹子房？"浅见问道。

"可能是虎屋。他常去那里。"

"那么，我们去那里。如果见不到，我们再回来。"

离开门胁家，他们走上了下山的坡道。"好大的房子呀！"井波惊奇地说道。

“从前是结家财产。结家离开这里时，转让给了门胁家。看那房子规模，估计过去曾是个大庄头。门胁家必定对结家感恩戴德。”

“原来如此。这样一来，正如浅见先生所说，完全有理由认为，门胁必须遵从姓结的命令。”

井波非常熟悉市内那家称为“虎屋”的弹子房。正午时分，店内坐了六七成客人。在这经济不景气时期，人们既没有工作也挣不来钱，可弹子房却到处生意兴隆。看到这种情景，不能不让人为日本社会的堕落而感到深切担忧。

不必询问，井波便认出了门胁。在靠近门口的机台前，嘴里叼着烟卷、打着弹子球的那个大个子男人，便是门胁。

井波招呼一声“门胁先生”，门胁不耐烦地回头看了一眼井波。

“噢，警察老爷……你好！”

看来，两人似乎是“老朋友”了。门胁略微皱了一下眉头，立刻将视线转向了弹子球台。这是一台自动操作的球台，只要用手轻轻触摸，便可连续弹出钢球。

“我有一件事情要问，可不可以请你稍微停一下。”考虑到周围的顾客及店员，井波一时客气地说道。无疑，井波的态度不容分说。

“噢，现在正是关键时刻。”门胁不满地说着，又继续打了一会儿。似乎有些抵抗不住，没好气地摇着头，撒手离开了球台。他将七星烟盒放在盛有钢球的箱子上，对店员打着招呼，“我去休息一下”，便跟随井波走出了店铺。

旁边有一家茶馆。井波从门玻璃向里张望，确认店内空无一人，便走了进去。井波选择了一个离柜台较远的地方坐了下来。井波向女店员说：“来三杯咖啡！”

门胁听了后说道：“我不喝咖啡。能不能要杯啤酒？”

“不可以。你是不是开车来的？”

听井波这样一说，门胁挠了挠头。“噢，是的。那么，我要一杯红茶。”如果不是有警察在，他注定要喝上一杯啤酒的。

“我说，你认识一位姓结的人吗？他的名字叫结辽资。”待女店员离去，井波问道。

顿时，门胁的表情变得紧张起来，明显表示出了高度警惕。正如预料的那样，尽管人很坏，性格还算老实。“岂止认识，俺家祖祖辈辈都得到结先生家的关照。现如今，他也还经常帮助我们。”

“那么，你对辽资先生的身世很了解啦？”

“辽资先生是结先生的独生子，母亲早年去世。因为一些复杂的原因，被收养在横滨的亲戚家，直到长大成人前一直住在那里。家住高崎的外祖母去世以后，辽资先生又回到了家乡。但他很少和街坊四邻交往。辽资先生是个善良的人，但不善于与人打交道。和女人认识以后，由于不知道如何交往，经常是不欢而散。就是因为这个原因，到现在还没有结婚。照这样下去，结家恐怕会断子绝孙，很让人担心。噢，他自己说，春天认识了一位好姑娘……”

瞬间，浅见感到，那位“好姑娘”就是梅原彩。彩开始在结家对面的春日中学工作，正是在“春天”。

“就是这个女人，前些日子听说好像也要告吹。辽资先生脑子聪明过人，在这方面却总是显得很笨拙，甚至让人担心。”

没有问到的事情，门胁喋喋不休地说个没完。相反，或许这正表明他心怀鬼胎，有事情要隐瞒。

“我问你，你们前几天见了面，是在什么时候？”井波说道。

“什么时候……我忘记了。”

“大概是什么时间？你要好好想想。”

不好，说了些多余的话。门胁有些后悔。“让我想想……好像是在上个月末。”

女店员端来咖啡饮料，对话被打断。门胁往红茶里放入砂糖和满满的一小杯伴侣，用勺子搅拌着。“我想，最后一次见面，是在八月四日那天。”

三人各自喝了一口咖啡和茶，将杯子放回餐桌。这时，一直保持沉默的浅见张口说了话。门胁心里“扑通”一跳，迅速瞥了一眼这位从未见过面的“刑警”。

“你们不是在高崎的百合超市见了面吗？是不是向结先生汇报工作，又从结先生那里领取了报酬？”

“没有那种事情。不可能领什么报酬。和结先生之间的这种结算，通常都是通过银行汇款。如果拿了现金，就得如数交给老婆，可是老婆从来也不相信。就是这么一回事。”门胁“呵呵”地笑着，显得有些难为情。

浅见却绷着脸继续说道：“这么说，结先生经常委托你为他做些工作啦？”

“噢，我为他做一些工作。”

“都做些什么工作？”

“这个嘛，噢，有很多工作。比如说，装修房子时，我去帮助找木工，有时还帮助去催还贷款。就像我刚才说的那样，辽资先生不善交际，除了去银行和买东西，他基本上不外出。”

“结先生从事金融业吗？”

“不是什么金融业。还是曾祖父那一代，有些人从结家借了一些钱，但并不是所有人都按时支付利息。”

“原来如此……可是，八月四日你和结先生见面时，他委托你做了些什么工作？”

“啊？工作吗？要说工作，其实那天并没有谈什么工作。他有事情来这里，我顺便打个招呼，所以我们就在超市停车场见了面。”

“难道不是因为工作顺利完成而去领取报酬的吗?”

“工作顺利完成……我不是说过吗?报酬全部通过银行汇款。”

“其中不是也有一些工作不能够通过银行汇款吗?”

“不能汇款?没有的事!”门胁语气强硬地说着,瞪了浅见一眼,似乎在说,这家伙好厉害。

3

浅见使了个眼色,将主动权交给了井波。

“是的,是的。我想问一个问题。七月二十九日那天,你曾经到过什么地方,做了什么事情?”井波装作漫不经心的样子说道。

“七月二十九日?那么久以前的事情,我已经不记得了。”

“很久以前吗?只过了二十天,怎么会忘记呢?”

“哼,只要不去办事处,就一定是去了弹子房。总之,我记不得了。”

无疑,浅见并不知道这个时间的情况。所谓办事处,当然就是黑社会团伙的办公地点。表面挂着“北光兴行有限公司”的牌子,有时也邀请一些没有名气的歌手举办一些小型演唱会。但主要业务是经营一家拉面馆以及组织节假日的大排档。

“你说去了弹子房,那么是不是去了虎屋?”井波问道。

“噢,是吧。”

“去过虎屋以外的弹子房吗?例如离开沼田,去别的什么地方?”

“没有。我没去过别的弹子房,不了解球台情况,和店员又不熟悉,很不方便,所以觉得没有意思。”

“噢,有些弹子房很方便吗?”

“那当然啦！有些店员可以提供许多方便。”

“就是说，可以免费多给一些弹子球什么的啦？”

“哈哈，这个不能告诉你。那么，今天就到这里吧！”

不等警察回答，门胁先站了起来。井波也没有什么理由可以阻挠。

“你觉得怎么样？”望着门胁的背影，井波扫兴地皱了皱鼻头，说道。

“我认为很有收获。按照性格，他天生不会说谎。只要说谎，他就会表现出来。”

“真的吗？我总感觉他一直在有意回避话题。你发现了什么吗？”

“例如说，关于七月二十九日他在什么地方。”

“他说记得好像在弹子房。”

“最近的弹子房不是大都设有防盗录像装置吗？”

“噢，是的。最近，围绕弹子房的犯罪有所增加。为了防止利用各种手段在弹子房非法获取弹子球的行径，警察鼓励在弹子房安装防盗录像装置。”

“监视录像最长能够保留多少天？”

“按照警方指示，至少可以保存一个月，也有保存更长时间的。”

“那么，我们去调查一下。”

“你是说，调查七月二十九日门胁不在现场的证据吗？可是，即使虎屋的防盗录像当中没有门胁，也无法构成门胁不在场的证明呀！”

“不，不是虎屋，而是别的弹子房。”

“别的店，什么意思……”

井波列举了沼田市内的三家弹子房。

“不，我是说高崎的弹子房。就是说，死在安中秋间川的山本先生常去的弹子房。那里的防盗录像当中如果拍摄到门胁，岂不是一个很好的侦探故事吗?”

“原来如此……的确是那样……”井波感到佩服，脸上却显得怏怏不快。

“如果你说的是事实，那么应当是安中警察局的案件，和我们这里的案件不是没有关系吗?”

“怎么会和这里没有关系？杀害山本先生的目的与动机是为了掩盖泽先生的事件。”浅见肯定地说道。

“而且，门胁先生说的一些话似乎颇有含义。”

“噢，他都说了些什么?”

“他不是说，春天认识了一位好姑娘吗？那位好姑娘，无疑就是梅原彩小姐。他说结先生不常离家外出。那么，可以认为他没有机会遇到女人。而且，从他家的百叶窗里，可以俯瞰对面的春日中学校门。他几乎每一天都可以看到春天到此赴任的梅原小姐，自然对她产生了爱慕之情。可是，结先生不懂得如何表白自己的诚意。正如门胁所说的，他不明智，而且不善于与人交往。或许，他从未有过和女人正式谈情说爱的经验。他最终想出了一个奇妙的方法，并开始向梅原小姐接近。”

“噢，那是什么方法?”

“这就是那张照片。就是那张泽先生与梅原小姐一起拍摄的合成照片。结先生偷拍了梅原小姐的照片，在电脑上与泽先生的照片合成在一起。然后，将这张照片装入泽先生的上衣口袋。”

“啊，就是那张照片吗?”

“是的。或许泽先生的照片也是结先生拍摄的。那张泽先生的照片，视线对着照相机镜头。就是说，这也证明两个人的交往非常密切。”

“原来如此……可是，他为什么要这么做呢?”

“这样一来，梅原小姐必然成为警察的调查对象。于是，他就可以对陷入困境的梅原小姐伸出援助之手，并企图以商量对策的形式，开始与梅原小姐交往。”

“就是说，打算乘人之危吗？可是，为什么要如此拐弯抹角地……”井波被惊得目瞪口呆。

“的确有些啰嗦，显得非常不明智。但是，这种求爱方式我本人表示理解。或许，结以往有过许多经历，每次都落于失败，尝了不少苦头。如果我处于同样的立场，或许也会采取相同的方法。”

“难道说……不，浅见先生绝对不至于尝到女人的苦果!”井波笑了笑。

浅见似乎很认真。说到浅见，有关对女子表白爱情的方式，更是愚蠢得连他自己都感到惊讶。更何况，与浅见相比有着更加扭曲人生的结，能够产生如此愚昧的想法绝非奇怪。有些男人即使表面俊俏，却遭到女人的厌恶。有时看中了对方，却在感情上互不相投。然而，结或许对此并不自觉，因此误入歧途，受到严重创伤。或许，结不止一次经历过。

看来，对于浅见提出去高崎弹子房进行调查的建议，井波并不反对。总之，这终将是一次跨辖区作业。下一步需要正式召开调查会议，机构组织也要有所调整。有关今后具体操作，浅见则无权参与。

警察的行动比浅见想象的快了许多。当天，他们便确定了山本常去的高崎的弹子房，对防盗录像进行了分析，确认山本和门胁均被拍摄在录像当中，同时扣押了作为物证的录影带。

第二天傍晚时分，门胁因酒后驾车被当场逮捕。在回家的市道上，门胁遭警察查酒驾。门胁在警察面前破口大骂：“好黑的家伙，居然在这儿偷拍!”他说的不无道理。警察过去从未在这里设过检查点。目标明显对准门胁。确认门胁离开弹子房，在附近小酒馆喝了一杯之后，警察便张开了罗网。

门胁连车带人，被送到沼田警察局。取了笔录，经反复盘问后，警车将其送回家，汽车被扣留一晚，等待鉴定调查。

车中未发现凶器，只提取了大量纤维及头发等物品。此外，在汽车后备厢的毡垫上，检查出了微量的血液反应。DNA 的鉴定结果表明，采集的头发及血液样品均与山本一致。

这些报告由井波依次送到浅见手中。搜查工作也由此转交到安中警察局调查组。不久，门胁便以杀害山本浩司嫌疑人的罪名，被警方逮捕。

4

最初，门胁顽固否认。但证据确凿，在事实面前，他不得不承认："是我干的。那小子，还冲我瞪眼！我就把他杀了！"他这样强调道。他把山本从高崎的弹子房叫出来，坐上他的车，用棒球棒殴打其头部，并将其杀害，然后将尸体投入秋间川。

然而，有关杀人动机以及杀人手段，当警察提出详细质疑时，他开始保持沉默，最后索性拒绝回答。

被杀害的山本也是一条硬汉子，说他完全不抵抗、任人宰割是不符合情理的。

"是他将山本从弹子房叫出来的。然而，山本为何要对他言听计从，老老实实跟他走？这一点令人匪夷所思。"

对于警察的质疑，门胁总是装疯卖傻地说："你去问山本吧！"无疑，关于委托人的情况，他始终只字不提。审问涉及这一问题，门胁便缄口不言。

问题是下一步如何打开局面。为了以门胁为突破口查明杀害山本的动机，揭开泽吉博事件的真相，必须让他张嘴说话。

对门胁银行账户的调查结果表明，经常有来自结辽资的汇入款项。门胁所说"报酬全部通过银行汇款"确是事实。其中，最后一笔汇款金额高达百万日元，日期恰好是在山本被害的一个星期之后。通常的汇款金额为两三万日元，最多也不过十万。相比之下，此项汇款明显异常。对此进行追问时，门胁暴跳如雷地咆哮说："那是向辽资先生借的钱。"为了对其真实性进行确认，作为参考人，警察要求结辽资出面，并开始了情况调查。

结表示，"那是报酬"。然而对于警察"是什么工作的报酬"这一质疑，他却不能做出令人满意的回答。而且与门胁"借款"的供述截然不同。此外，同一时期在结自身的银行账户上，另有一笔来自名越敏秋的两百万日元汇款。对这笔汇款的理由，结同样解释不清。顺藤摸瓜，名越也成为警察的调查对象，并开始对他进行传讯。

"说出来不好意思，结辽资是我的亲生儿子。在他出生之前，我并不知道。辽资的母亲去世后，他的外祖父也相继去世。这时，我才知道了事情原委。从那以后，我便经常汇钱给他，作为我对他的赡养费。"名越对他给结的汇款这样解释道。

的确，名越曾不只一次地往结的账户汇款，单笔金额为两百万日元仍不失为反常。除此以外，大约在一个月以前，另有一笔一百万日元汇入结的账户，正值泽吉博被害前夕。

警察就此追问后，名越回答："金额视每次辽资的要求而定。"关于结出于何种目的要求汇款，他表示完全不予过问。但是，警察则认为这笔钱是对"委托杀人"的报酬。

按照社会上的一般"常识"，委托杀人金额在一百万甚至两百万日元，这个数目简直少得可怜。但是，考虑到结与名越以及门胁的特殊关系，或许此种交易也能够成立。

八月二十九日，沼田警察局调查组对结辽资实行了逮捕。这一时机的逮捕，或许是一种赌注。但浅见的一句进言——结可能会销毁证据，促使井波和森山采取了行动。

无疑，理由是"杀害泽吉博"的嫌疑。逮捕时，结坚持主张自己根本不认识泽吉博这个人物。然而，警察在对结进行拘留的同时，对结家进行了搜查，没收了他的电脑及附属设施。正如浅见预测的那样，在结的电脑当中，保留着泽与梅原彩的合成照片。这张照片成了决定性的证据。

在事实面前，结终于不得不招供。

犯罪经过与浅见推测的相差无几。首先，关于山本浩司杀人事件，结听到梅原彩和山本在路上争吵，察觉到山本对名越进行威胁的危险，决定先发制人，干掉山本。具体行凶委托与山本没有任何关系的门胁。门胁毫不犹豫地采取行动，第二天便满足了委托人的要求。

门胁对山本说："名越先生希望双方见个面。"开车将山本带到了安中榛名车站附近名越的别墅。山本下车时，门胁从背后用金属球棒将其殴打致死，随后将尸体遗弃在秋间川中。据门胁说，他完全没有打算隐藏尸体。除此之外，关于事成后的报酬，使用了以往的银行汇款方式。所有这些均表明，门胁对于警方的调查根本不屑一顾。

山本对于群马县教育界的违法行为早有耳闻，并且执意要求"采访"名越。结从名越那里得到这一信息。其实，有关教师录用考试当中徇私情的做法，不仅在群马县，而且在整个教育界都已成为惯例。无疑，山本很清楚，即使自己去触动这一症结，也无法保证能够像大分县那样成为媒体的猛料。

驱使山本挺身而出的，仍然是儿子参加县运会的道路被完全封堵。对于山本来说，既然在教师录用时可以徇私情，那么在选拔选手时同样也可以通融。正是出于这一单纯的想法，山本错误地认为，彩也是徇了私情才通过教师资格考试的。于是，他企图抓住她的这一弱点，迫使彩为其活动。然而，彩却是通过正规渠道，参加考试合格录取的，山本的邪恶企图在彩那里没有能够行得通。于是，便发生了马路上的争吵事件。

山本是否曾经蓄意对“有权势”的人物，例如名越县议员进行恐吓，现在已经无从查起。然而，听到争执的结辽资对此却确信无疑。结认为，危险在于山本威胁的矛头所向，很可能会越过梅原彩以及学校或教育委员会，直接指向名越。

不仅如此，结认为，山本的目的不只是名越的舞弊行为，他甚至预料，关于泽的事件，山本也抓住了把柄。固然，很难想象山本能够知道这件事情。但是，作为现行杀人嫌疑人的结，当时已经陷入恐慌，以至疑心生暗鬼，盲目地认为必须斩草除根。于是，被山本与彩的争执所驱使，结当机立断，决定将山本杀死。

无疑，山本是否曾经怀疑泽的事件是名越及结所犯罪行，这一点已无从考证。对于这一犯罪事实，结在警方的案件调查中已经供认不讳。既然已经杀了泽，对于干掉山本，也就感觉不到任何抵触了。

根据结的供述，泽对名越“恐吓”程度的加剧，对于名越来说，形成了真正意义上的威胁。早已深陷绝境的泽，随时随地都可能采取突发性的暴举。对此，他们已经无法事先预测。泽所掌握的证据究竟达到何种程度，亦无法估量。所有这些，对名越造成了无形的威胁。这种威胁，又因为不断来自泽的使人对名越与教育界人士之间暧昧关系产生联想的照片，而变得越发现实。如果这些内容被公开，名越在群马县长期培育起来的威望及政治生命将毁于一旦。

“你去想个办法。”对于名越的这一委托，结独断专行，以杀人的形式作出了回应。

在案件调查中，对于结采取何种方式向泽接近的质疑，得到的回答是，“要让名越县议员名声扫地”。此外，结故意煽动泽的感情，对泽说：“那家伙说他曾经受到泽先生的侮辱。为了报仇，他已经让泽先生的女儿吃尽了苦头。”结还对泽谈起自己的身世：他是我的父亲，也是我的仇敌。他背叛了母亲，使外祖父失意而猝死，并试图以此讴歌他的黄金岁月。对此，我决定对他不予饶恕。

无疑，这些都是谎言。相反，这正是出于对自己的生活来源的名越先生的庇护。当警察追问到这一问题时，结奇妙地微笑着，开口说道："你们只知道他是我的生活来源，却不知道名越还是我的父亲。"结的话反而让警方感到震惊。尽管结经历了悲剧性的童年时代，却依旧感受到了名越父亲的伟大形象。仅此而言，似乎又不失为"美谈"。表面上结在微笑，内心里无疑他是在哭泣。

总之，对于结的诱惑，泽当即表示赞同。两人暗自安排好会面时间，会谈地点就设在泽指定的沼田市立Q中学教室里。泽退职离开之前，曾经背地里保留了学校和教室的备份钥匙。

在这里，结曾与泽三度会面。在彻底得到泽的信赖的第三次会面中，结用带来的罐装咖啡，与泽干杯，并向未来起誓。泽所喝的咖啡里放入了毒药。毒药是结从家里找来的。太平洋战争末期，战场上分发给士兵用于自尽的毒药，结的外祖父邦博一直将其保留在家中。据结说，他万万也没有想到，它竟然在此派上了用场。

尾声

进入九月后不久，媒体一齐报道了群马县教职员录用考试当中的渎职事件。据悉，受贿方名越敏秋议员被逮捕，涉嫌参与录用考试违法行为的教育界相关人士均受到警方调查。一部分报道也曾怀疑，它是否与杀人事件有关联。

三天以后，浅见收到了一封来自泽日奈子的信。

> 母亲托我写封信，对浅见先生表示感谢。谢谢浅见先生！正如浅见先生所说，正义得到了捍卫。请原谅我们曾经出言不逊！现在想起来，令人感到惭愧，让人追悔莫及。事件得到了解决，父亲却永远不可能生还。无论什么理由，父亲所犯下的罪行也不能得到洗刷。我和母亲都会认真地接受这个现实，重新振作起精神，今后会更加顽强地生活下去。父亲说过，教师是真

正的天职。然而，我却不再对教师的职业有所留恋。我会专心做好现在的工作。适当的时候把母亲接到东京，母女在一起生活。今后，或许不会再有机会见到浅见先生。但愿有一天，能够当面向浅见先生道谢。我和母亲永远不会忘记浅见先生的恩德。再次表示衷心的感谢！

平平淡淡的文字，却表现出日奈子的内心世界，让人读后感到欣慰。像往常一样，在金钱的意义上完全得不到回报的这份“工作”，却是在收到这一诚挚的问候时，恰似获得了一份最高奖赏，让人感到莫大的荣幸。

浅见回想起为自己创造这一“工作”机会的竹内一记少年和冈野松美小姐，心里想着，也应当尽早向他们汇报调查结果。

对名越的审讯结果已经明朗，由沼田警察局的井波向浅见做了非正式的转达。

“据调查，名越与泽吉博在三十多年前发生过严重分歧。曾几何时，名越得到结家支持，以群马县教育界为后盾，参加县议会议员竞选，并顺利当选。在与结家的女儿定婚后，再次参选第二期县议员并当选。其后，名越背叛了结家和结家女儿，为了得到一笔财产，与大地主的女儿结了婚。对此感到愤愤不平的泽，曾闯入名越办公室，在其秘书和众多支持者面前痛骂名越背信弃义。对于那时的耻辱和仇恨，名越一直铭心刻骨。三年前，当泽参加教务主任考试时，名越在考试合格人名单中发现了泽，就想到报仇雪恨的机会已到。泽的成绩优秀，而且恰好有个空缺，理应升为教务主任。名越却劝说泽，将教务主任的交椅让给其他候选人。无疑，泽对此坚决拒绝。但是，作为代价，名越许愿让泽吉博女儿在教师录用资格考试中合格。在这一交换条件下，泽接受了名越的提议。然而，结果公布后他发现名越违反诺言，未能让女儿通过录取。其后，泽两次对名越进行贿赂。尽管如此，每一次都遭名越的故意阻挠，致使女儿不被录用。为此，泽不得不铤而走险，决心对名越复仇。然而，泽一味的愤怒却给结造成了可乘之机。结辽资投其所好，结果是他不仅遭到背叛，甚至被结所杀害。有其父必有其子，父子均可谓冷酷无情。”井波那疲倦的声音，显得有些愤慨。

进入新学期后不久的一天晚上，浅见光彦拜访了梅原彩。来到梅原家，见到前来迎接的彩，浅见一如既往地微笑着，打着招呼：“噢，所有事情似乎进展得非常顺利！”

浅见显然是指警方的调查，却引起了彩的不满。难道这就是第一句问候语吗？“我已经决定把那件事情忘掉。”彩表情冷淡地说道。

暑假过后的第一天，春日中学校门前的结家，警察出入频繁，新闻媒体记者人来人往，一派喧嚣。见到这一情景，学生、老师，甚至家长无不感到一派恐慌。大家都希望这一幕尽快从人们的记忆中消失。

“是呀。最好尽快把它忘掉。我也终于得以从事件中解放出来。今天是来向你们道谢的。多亏你们的帮助，或许也要请你们原谅，给你们带来了许多麻烦。”

“啊，原来是这样？这么说，浅见先生不会再到群马县来了吗？”

“是的。起码在最近一段时间内。因为还不知道是否参加伊香保的旅游。”

“真的吗……”看到浅见将要远离自己，一种寂寞感油然而生。

这时，从深陷失望的彩的背后，传来了千鹤子的招呼声。“不要站在那里说话，快请客人进来！”

“啊，对不起！我都忘了。”彩终于摆脱了窘迫，弯下身来取过一双拖鞋。希望能够为浅见做点儿事情，然而这可能是唯一的，也是最后一次机会。想到此，她不由得越发感到凄凉。

“今天浅见先生要来，所以晚饭准备了牛肉火锅。彩也说牛肉火锅最好。”

听千鹤子这样一说，浅见回答道：“那太感谢了！”于是，便高兴地跟着千鹤子向里面走去。他那无忧无虑的样子让人感到可憎。两个人走过长廊，打开了尽头的房门。彩站在后面，一动不动地目送着两个人走进了客厅。

拜访梅原家后的第二天，在晚餐的饭桌上，浅见问侄儿雅人：“你以前说过的千田君，噢，就是那个没能在教室张贴作品的孩子，他现在怎么样啦？”

“啊，千田君，他很好呀！”雅人将叉子插在炸肉饼上，满不在乎地说道。

“噢，那太好了！我在担心，他会不会仍然拒绝到学校上学。”

“那怎么可能呢？放暑假时，我去了千田君的家。当时他正在练习画画儿。他画得比我棒多了。”

“嗯，是呀，很棒吗？那么，为什么没有能够在教室里贴出？”

“那次，他没有提交绘画。听说他的母亲不同意他提交。”

“那是为什么？”

“他的母亲告诉他，还要好好练习。为此，他打了退堂鼓，撤回了自己的画儿。”

“原来如此。他的母亲要求很严格呀。”

“他的母亲是美术大学毕业的，不能容忍那些糟糕的作品。但是，和我的画儿相比较，不能不承认，千田君的才能胜我一筹。千田君的母亲也夸奖说，‘到底是我的儿子’。”

“哈哈，她这个人真是变化无常呀。可是，比你还棒，应当相当优秀啦！我认为你的画儿已经非常值得鉴赏了。”

“谢谢！总之，的确比我棒。”雅人似乎不愿意再继续谈论这一话题，大口吃着炸肉饼。

浅见感觉，幼小的雅人看上去突然长大了许多。他去了千田君家，和千田君一起画画儿。还能够坦率地承认，千田君的画儿比他的优秀。这使得浅见受到了不小的感动。在不被成年人所察知的世界里，孩子们正在茁壮成长。

图字：01 -2011 -7385

图书在版编目（CIP）数据

教室里的亡灵 /（日）内田康夫著；王延庆译．—北京：群众出版社，2013．1

ISBN 978－7－5014－4946－0

Ⅰ．①教…　Ⅱ．①内…②王…　Ⅲ．①侦探小说—日本—现代
Ⅳ．①I313．45

中国版本图书馆 CIP 数据核字（2011）第 238282 号

教室里的亡灵

（日）内田康夫　著　王延庆　译

出版发行：群众出版社
地　　址：北京市西城区木樨地南里
邮政编码：100038
经　　销：新华书店
印　　刷：北京兴华昌盛印刷有限公司

版　　次：2013 年 1 月第 1 版
印　　次：2013 年 1 月第 1 次
印　　张：8．25
开　　本：880 毫米×1230 毫米　1/32
字　　数：205 千字

书　　号：ISBN 978－7－5014－4946－0
定　　价：28．00 元

网　　址：www．qzcbs．com
电子邮箱：exiaoxiaohong@ hotmail．com

营销中心电话：010－83903254
读者服务部电话（门市）：010－83903257
警官读者俱乐部电话（网购、邮购）：010－83903253
文艺分社电话：010－83901730　　010－83903973